이상규 판타지 장편 소설

The Master Of Fate

天運超越者

천인 고등학교 **2**

천운초월자 2

이상규 판타지 장편 소설

초판 1쇄 찍은 날 § 2002년 1월 7일
초판 1쇄 펴낸 날 § 2002년 1월 15일

지은이 § 이상규
펴낸이 § 서경석

편집장 § 문혜영
편집책임 § 김희정
편집 § 장상수 · 박영주 · 권민정
마케팅 § 정필 · 강양원 · 김규진

펴낸곳 § 도서출판 청어람
등록번호 § 제1081-1-89호
등록일자 § 1999. 5. 31
어람번호 § 제1-0193호

주소 § 경기도 부천시 원미구 심곡1동 350-1 남성B/D 3F (우) 420-011
전화 § 032-656-4452 팩스 § 032-656-4453
http://www.chungeoram.com
E -mail § eoram99@chollian.net

값 7,500원

ISBN 89-5505-167-0 (SET)
ISBN 89-5505-267-7 04810

이상규 판타지 장편 소설

The Master Of Fate

天運超越者

천인 고등학교 **2**

도서출판
청어람

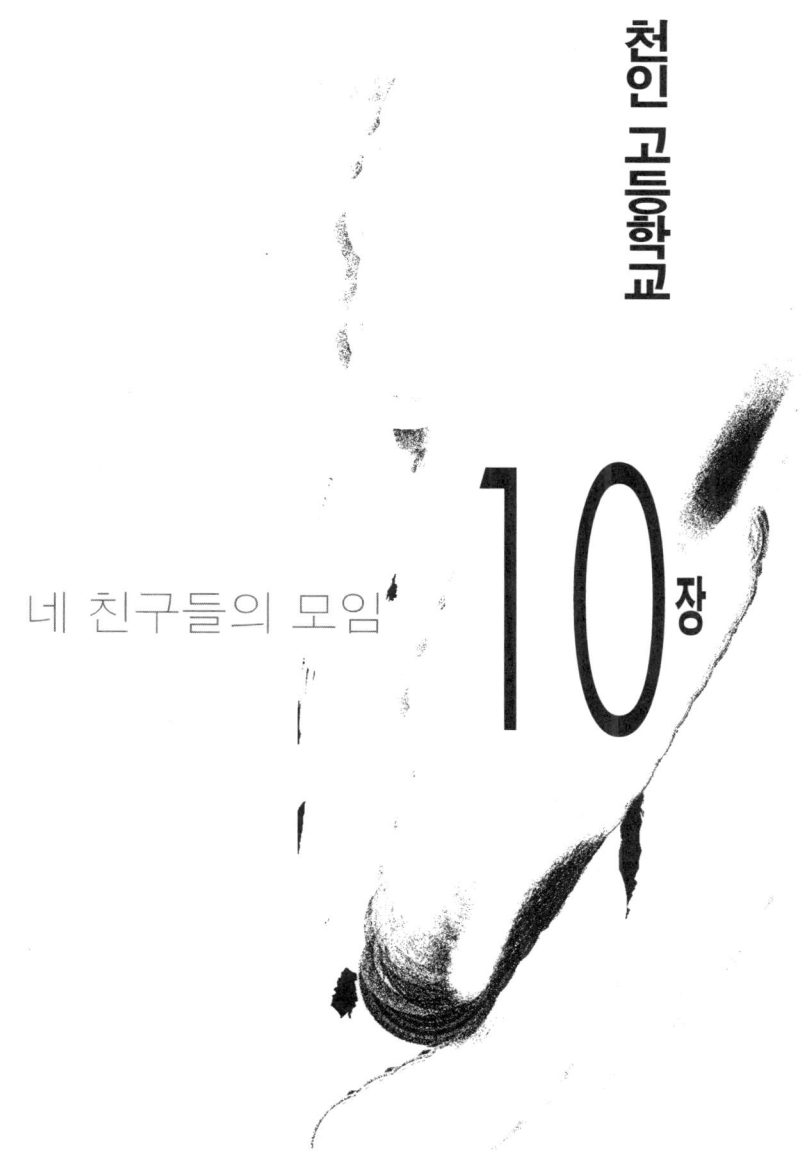

천인 고등학교

네 친구들의 모임

10장

X 네 친구들의 모임

2074년 3월 29일 목요일.

유정운은 고개를 설레설레 저으며 8층 물리실A로 향했다. 지금까지는 수업이 끝나면 항상 마법 연구부에 가서 놀았지만 오늘은 그 전적을 깨뜨려야 했다. 그래서 유정운으로서는 걱정이 되었다. 마마(ma 魔)부에서 제일 어린 녀석이 부 활동에 참가 안 하고 다른 짓 하는 걸 선배들이 가만히 놔둘지 알 수 없기 때문이었다.

스륵—

물리실의 문을 열고 유정운은 안으로 들어갔다. 언제나 그렇듯이 물리실 안에는 마마 부원들이 모두 모여 있었다…… 가 아니라 정태환의 모습이 보이지 않았다.

"어서 와, 정운아."

"안녕하세요. 근데 태환 선배 아직 안 왔어요?"

자신을 맞이하는 채소은에게 유정운은 인사를 한 뒤에 질문을 던졌다. 그러자 채소은이 약간 어이가 없다는 듯한 표정을 지으며 말했다.

"어제 뭘 잘못 먹어서 배탈이 났대나 봐. 그래서 지금 병원에 있대."

"그래요?"

여름이라면 음식이 상해서 식중독에 걸릴 확률이 높지만 지금과 같은 선선한 봄에 배탈나서 병원 신세를 진다는 것은 일어날 확률이 거의 없는 일이기 때문에 유정운도 약간 어이가 없었다. 그렇지만 그런 감정을 얼굴에 드러내지는 않고 대신 오늘 해야 할 말을 했다.

"저기…… 오늘은 일찍 가봐야 하는데요."

"응? 왜?"

"친구 녀석이 도와달라고 부르거든요."

"뭘 도와주는데?"

유정운의 예상대로 채소은은 자세히 캐묻기 시작했다. 예전 같으면 대충 둘러대고 말겠지만 채소은에게 그런 것이 통할 리도 없고, 굳이 말을 숨길 이유도 없기 때문에 사실대로 말했다.

"오늘 친구 녀석이 게임 대회에 나가는데 저보고 같이 연습하자고 해서요. 이번에 지면 떨어지거든요."

유정운의 말대로 내일은 프로게이머 박호준의 16강 마지막 경기가 있었다. 현재 박호준의 전적은 1승 1패. 첫 경기에서는 유정운과 연습했기 때문인지 유닛 컨트롤로 승리를 따냈지만 그 후에 있었던 두 번째 경기에서는 상대에게 패배를 당했다. 따라서 내일 있는 경기를 이겨야만 8강 진출을 확정 짓게 되고, 지면 떨어질지도 모르는 상황이 되는 것이었다.

"게임 대회? 무슨 대회인데?"

"하늘의 분노 1차 리그전이요. 내일이 16강 경기의 마지막이거든요."

"……!"

처음 유정운이 게임 대회란 말을 했을 때 채소은은 그저 규모가 작은 비공식 게임 대회를 생각했었다. 그런데 하늘의 분노 1차 리그는 현재의 게임 대회 중에서 가장 규모가 크고 정식 대회이기 때문에 채소은으로서는 놀라지 않을 수 없었다.

"친구 이름이 어떻게 돼?"

"박호준이요."

"박호준?!"

유정운의 입에서 박호준이라는 이름이 튀어나오자 마마 부원들의 대부분이 '뭐?!' 소리를 토해냈다. 하늘의 분노 게임을 조금이라도 해본 사람치고 박호준의 이름을 모르는 사람이 없을 정도였기 때문에 모두 박호준이라는 말을 듣고 놀란 것이었다.

"박호준이 여기 다녀?"

"예. 같은 반인데요."

"……!"

박호준이 천인 고등학교에 다닌다는 것도 놀라운데 유정운과 같은 반이라고 하니 모두들 놀라서 엎어질 지경이었다. 그리고 곧 이어 마마 부원들의 열화와 같은 요구 공세가 채소은과 임배희에게 빗발쳤다.

"박호준 보러 가요!"

"나도 가고 싶어!"

마치 마법 연구 하기가 귀찮다가 기회를 만났다는 듯이 마마 부원들은 외쳐 대었다. 모두들 마법이 좋아서 마법 연구부에 들어오긴 했지만 매일 마법 연구만 하는 것에는 지겨워졌기 때문이다. 채소은 역시 부원들의 마음을 알고 있는 상태라서 유정운에게 질문을 던졌다.

"연습은 어디서 하는데?"

"게임부에서 한대요. 2층에 있는 컴퓨터실A요."

"그래? 그럼 오늘은 게임부 견학이나 해볼까?"

"……!"

채소은의 말은 박호준 구경 가기를 허락한 것이었기 때문에 모두의 얼굴에서 기쁨의 빛이 흘러넘쳤다. 그렇게 해서 졸지에 마마 부원 전부, 아니, 아파서 병원 신세 지고 있는 정태환을 제외한 전원이 게임부 견학을 하게 되었다.

웅성웅성—

한산했던 8층 복도와는 달리 2층 복도는 학생들로 북적대었다. 특히 컴퓨터실A 앞에는 특히 많은 학생들이 모여 있었다. 모두들 박호준을 보러 온 학생들이었다. 프로게이머인 박호준의 솜씨를 직접 눈으로 확인하려는 것이다.

스륵—

컴퓨터실 밖에서 창문을 통해 박호준의 모습을 보고 있는 학생들과는 달리 유정운 일행은 망설이지 않고 컴퓨터실 안으로 들어갔다. 구경하는 사람들은 무단으로 찾아온 것이었지만 유정운은 박호준의 초청을 받고 찾아온 것이라 그 격이 다르기 때문이었다.

"실례합니다."

컴퓨터실 안으로 들어간 유정운은 하나의 컴퓨터 쪽에 몰려 있는 사람들을 향해 말을 건넸다. 그러자 그 사람들에게 둘러싸여 있던 박호준이 자리에서 일어나 유정운을 불렀다.

"이리로 와! 빨리 시작……!"

하던 말을 다 끝내기도 전에 박호준은 유정운 뒤에 서 있는 마마 부원들을 보고 놀란 표정을 지었다. 특히 채소은을 보고 더욱 놀랐다. 박호준이 채소은을 본 건 개학식 다음날 유정운과 같이 음료수 마시다가 본 것밖에 없었지만 그때 채소은의 인상이 워낙 강렬했기 때문에 아직도 기억하고 있었다. 그런데 그런 채소은이 유정운의 뒤에 서 있으니 놀랄 수밖에 없는 것이다.

"뒤에 있는 사람들은……?"

박호준이 마마 부원들을 가리키며 묻자 유정운 대신 채소은이 활짝 웃으며 대답했다.

"우리는 마법 연구부 마마 부원들이야. 게임부 견학하러 왔어."

"견학?"

의외의 말을 들었기 때문에 게임부 사람들은 물론이고 박호준의 초청으로 구경하고 있던 서동민과 김연영, 이상규도 어리둥절해했다. 게임부하고는 발바닥에 난 털의 개수만큼도 관계없는 마법 연구부가 게임부를 견학하러 왔다고 하니 고개를 저을 수밖에 없었던 것이다. 물론 마법을 소재로 쓴 게임이 있다면 마법 연구부와 게임부의 관계가 발등에 난 털의 개수만큼 될지도 모르지만.

"견학 왔다는데요."

박호준은 게임부 부장을 바라보며 그렇게 입을 열었다. 그러자 게임부 부장인 3학년 남학생은 바로 견학을 허락했다. 채소은이 워낙 남학생들 사이에서 인기있는 존재라서 그도 채소은을 알고 있었던 것이다. 그렇게 게임부 부장이 견학을 허락하자 박호준은 즉시 유정운과의 연습 경기에 들어갔다.

"프로게이머하고 연습 경기를 할 정도로 정운이 잘해?"

채소은은 단 한 번도 유정운이 게임하는 모습을 본 적이 없었기 때문에 게임부에 모여 있는 아이들에게 물었다. 하지만 그 누구도 대답하지 않았다. 그들 중에서도 유정운의 게임 실력을 아는 이가 단 한 명도 없었기 때문이다. 그저 박호준이 유정운을 들먹이면서 잘한다고 하기 때문에 잘하는가 보다 라고 생각하고 있을 뿐이었다.

타다닥―

박호준과 유정운은 컴퓨터실에 있는 컴퓨터를 사용해서 연습 경기를 시작했다. 컴퓨터실의 컴퓨터보다는 박호준과 유정운이 가지고 있는 노트북의 사양이 훨씬 좋지만 노트북을 꺼내서 기동시키는 것보다 컴퓨터실의 컴퓨터를 사용하는 게 더 편하기 때문에 그렇게 한 것이다. 게다가 노트북으로 연습 경기를 하면 다른 사람들이 '역시 갑부들' 이라는 생각을 할 가능성도 있었으니 컴퓨터실의 컴퓨터로 연습을 하는 게 나았다.

…….

박호준과 유정운과의 경기가 시작되자 컴퓨터실 안에 있던 사람들은 모두 입을 다물었다. 컴퓨터에서 나오는 게임 음향도 이어폰을 연결해서 차단하고 있었기 때문에 컴퓨터실 안에 울려 퍼지는 것은 키보드 두드리는 소리와 마우스 움직이는 소리밖에 없었다. 두 플레이어의 진영을 모두 볼 수 있는 일명 옵저버(Observer)의 컴퓨터 화면을 통해 경기의 진행 상황을 보는 사람들이 많았지만 게이머의 플레이를 직접 뒤에서 구경하는 사람도 몇 명 있었다. 채소은은 그중에서 유정운의 뒤에 서서 그가 하는 플레이를 하나도 빠짐없이 보는 사람이었다.

"아……!"

처음에는 유정운이 잘했지만 경기가 중반전으로 넘어가자 박호준의 페이스에 말린 유정운은 그대로 지고 말았다. 일반적으로 아마추어들은 초반에 상대를 끝내는 것에 능숙하고 대신 중후반전으로 갈수록 경험 부족이 생기지만, 프로게이머들은 장기전을 많이 치르기 때문에 아마추어보다 훨씬 대처를 잘한다. 그런 점에서 유정운이 박호준에게 밀려 버린 것이었다.

"에이, 정운이 잘 못하네."

채소은은 유정운의 뺨을 잡아당기며 놀려댔다. 비록 프로게이머에게 졌다고 하더라도 진 건 진 것이기 때문에 유정운은 아무런 반박도 하지 않았다. 게다가 하늘의 분노 게임을 잘 모르는 채소은에게 패배한 이유를 설명해 봤자 소용도 없을 것이라 생각했다. 그런데 잠시 유정운의 뺨을 잡아당기며 놀리던 채소은이 의외의 말을 했다.

"멀티 타이밍이 박호준보다 늦었잖아. 뭐, 그만큼 병력이 더 많았지만 컨트롤 실수로 많이 잃어버렸고, 하여튼 너무 소극적이고 위축된 플레이였어."

"……."

채소은의 지적은 유정운도 느끼고 있던 것이었기 때문에 아무 말도 하지 않았다. 오히려 채소은이 그런 것을 알아냈다는 것이 더 놀라웠다. 그것은 채소은도 하늘의 분노를 어느 정도 알고 있다는 것을 뜻하기 때문이었다.

'아…… 그리고 보니 게임 센터에서 왠지 소은 선배를 본 듯

한······.'

유정운이 그런 생각을 떠올렸을 때 다른 사람들의 감탄이 터져 나왔다.

"역시 박호준!"

"프로게이머가 아마추어에게 지겠냐?"

연습 경기가 끝나자 대부분의 사람들이 박호준을 추켜세웠다. 하지만 그때 채소은이 게임과는 전혀 상관없는 말로 그들의 칭찬을 봉쇄시켰다.

"근데 다음 주 수요일에 소풍 가잖아? 정운이네 반은 어디로 갈 거야?"

"······?"

다음 주 수요일에 소풍이라는 말에 유정운은 물론이고 박호준과 그 일당들도 고개를 갸웃했다. 하지만 3학년들과 2학년들은 그것을 알고 있었는지 별로 놀라지 않고 있었다. 그래서 박호준은 사실 여부를 채소은에게 되물었다.

"진짜 다음 주에 소풍 가요?"

"응. 몰랐어?"

"이런! 부반장인데도 전혀 몰랐다!"

채소은을 통해 소풍의 진위 여부를 확인한 박호준은 어이없는 표정을 지었다. 속으로는 전애리 선생에게 배신을 당했다는 생각만 잔뜩 하고 있었다. 소풍을 일주일도 채 남기지 않았는데 그 중요한 사실을 전애리 선생이 말해 주지 않았기 때문이다.

"소풍 장소는 반에서 정하는 거죠?"

"응."

"그럼 지금 당장 정해야겠다!"

내일 중요한 경기가 있음에도 박호준은 소풍이라는 말에 눈을 부릅 뜨고 유정운 일행을 모았다. 전애리 선생에 대한 가벼운 응징(?)과 부 반장의 권한을 세우기 위해 지금 이 자리에서 소풍 장소를 결정해서 밀어붙이기로 한 것이다.

"어디로 가고 싶냐?"

"우리끼리 정해도 되는 거야?"

"상관없어! 부반장 권한으로 무조건 통과다!"

박호준은 자신이 부반장임을 강조하면서 장소 결정을 재촉했다. 박 호준이 하도 강하게 나왔기 때문에 유정운 일행은 그냥 박호준의 말 대로 그 즉시 소풍 장소를 결정하게 되었다.

"도대체 저 녀석들 뭐 하는 건지……."

연습 경기 한다는 박호준이 앞장서서 딴 짓을 하고 있자 게임부 부 원들은 물론이고 구경하던 마마 부원들도 어이가 없다는 표정을 지었 다. 하지만 그런 시선에는 상관없이 박호준 일당들은 눈에 불을 켜고 소풍 장소를 정했다.

"어린이 대공원이나 갈까?"

"우리가 어린애야? 롯데월드나 가자."

의견을 낸 사람은 이상규와 김연영뿐이었다. 서동민은 어차피 김연 영의 의견에 따를 생각이었고 유정운은 아무 데나 좋다는 주의였기 때문에 결국 박호준은 이상규의 의견을 무시하고 김연영의 의견을 따 르기로 했다.

"야, 박호준! 연습한다면서 지금 뭐 해? 안 할 거냐?"

소풍 장소를 정했으면서도 연습할 생각을 하지 않는 박호준에게 게임부 부장이 경고를 주었다. 게임부에서 연습하지 않을 거라면 나가서 하라는 무언의 압력이었다. 그래서 박호준은 아부성의 웃음으로 상황을 대충 넘긴 뒤에 유정운을 보며 입을 열었다.

"그럼 연습 계속하자."

"어."

박호준의 말대로 유정운은 즉시 이어폰을 끼고 컴퓨터 앞에 앉았다. 그때 채소은이 유정운의 어깨에 손을 올리며 컴퓨터 화면을 보는 척하더니 유정운에게 질문을 던졌다.

"소풍은 어디 가기로 했어?"

"롯데월드요."

"그래? 좀 더 멀리 가도 되지 않아?"

"멀리 가면 고생해요."

박호준이 방을 만들고 기다리고 있었기 때문에 유정운은 채소은의 질문에 대충 대답한 뒤에 즉시 박호준과의 제2경기를 시작했다. 아무리 상대가 프로게이머라고 해도 계속 지기만 하는 것은 한때 배틀넷에서 날렸던 유정운의 실력에 먹칠을 하는 짓이었다. 그렇기 때문에 지금 가지고 있는 실력을 모두 뽑아내서 박호준에게 패배의 바가지를 들이키게 하고자 했다.

"벌써 10시인데? 시간도 빠르구만."

가로등이 반짝이는 거리를 거닐다가 거리에 있는 시계를 보고 박호준이 입을 열었다. 현재 박호준과 같이 있는 사람은 유정운, 서동민, 이상규 이렇게 세 명이었다. 학교 컴퓨터실에서 7시까지 서로 도와가며 박호준의 연습을 돕다가 모두들 돌아가고 이 네 명만이 불빛으로 반짝이는 인도를 걷고 있는 것이다.

'크으……'

벌써 3시간이나 지난 일이지만 유정운은 마음 속으로 울분을 삼켜야 했다. 박호준과의 연습 경기를 정확히 10번 가졌는데 10전 전패를 해버렸던 것이다. 그동안 마법 연구부 마마에 들어가서 마법에 심취하다 보니 하늘의 분노를 할 시간이 없었고, 결국 박호준에게 패배의 바가지를 들이키게 하기는커녕 도리어 박호준에 의해 패배를 드럼통째 퍼마시게 되었다고 할 수 있었다.

"근데 너희들, 집에 안 가도 돼? 아빠나 엄마한테 혼나는 거 아니야?"

현재 시각이 저녁 10시임을 보고 박호준이 세 명의 남아들에게 물음을 던졌다. 이들이 지금 가고자 하는 곳은 서동민이 아르바이트를 한다는 편의점이었다. 원래 서동민은 보통 김연영과 같이 하교를 하는데 오늘은 특별히 김연영을 떼어놓고 유정운 일당들과 같이 편의점에서 저녁 식사를 하기로 했다. 그런데 일반적으로 고등학생이 저녁 늦게까지 집에 들어가지 않으면 집에서 걱정하기 때문에 박호준이 세 명의 남아들에게 집에 연락은 했냐는 뜻에서 방금과 같은 질문을 던졌던 것이다. 그 대답에 가장 먼저 대답한 사람은 서동민이었다.

"난 원래 아빠 엄마 허락받고 아르바이트하고 있으니까 괜찮아."

"아, 넌 밤샘 아르바이트지?"

"어. 그래서 맨날 졸리다니까."

서동민은 대답하면서 하하 웃었다. 아르바이트를 자정에 시작해서 새벽 4시까지 하기 때문에 잠잘 시간이 부족한 것이다. 그래서 체육 시간에도 김연영보다 더 뛰지도 못하고 수업 시간에는 곯아떨어지기

일쑤였다. 만약 그때마다 김연영이 깨워주지 않았다면 서동민은 각 교과 선생들에게 불량학생으로 찍혀 버렸을 것이다.

"나는 오늘 늦게까지 연습한다고 했으니까 상관없고, 정운이 넌?"

자신의 입장을 먼저 밝힌 박호준이 다음 질문 대상자를 유정운으로 정했다. 그래서 유정운은 잠시 갈등을 하게 되었다. 아직까지 유정운의 부모가 죽었다는 사실을 아는 사람은 학교 내에서 채소은 한 명뿐이었기 때문에 그 사실을 말할 것인지 아니면 거짓말로 대충 둘러댈 것인지 결정하기가 어려웠던 것이다.

"뭐…… 별로 신경 안 써."

"그래?"

유정운의 대답이 간단해서 박호준은 약간 의아한 표정을 지었다. 유정운이 뭔가 대충 둘러대고 있다는 느낌을 어렴풋이 받았기 때문이다. 하지만 저번에도 유정운과 밤늦게까지 게임 연습을 했던 적이 있었기 때문에 유정운의 부모님이 모두 이해하고 있을 거라는 생각으로 머리 속 정리를 끝냈다.

"넌 어떠냐?"

마지막으로 박호준의 질문 상대는 이상규로 정해졌다. 앞머리가 얼굴의 절반 이상을 가리고 있는 유정운을 제외하고는 일행 중에서 가장 외모가 뒤쳐지는 이상규는 박호준의 물음을 받자마자 바로 대답을 날렸다.

"아빠 엄마는 날 완전히 포기했거든!"

"……(자랑이다……)."

좋다는 듯이 실실 웃고 있는 이상규의 모습을 보며 박호준이 걱정된다는 표정을 지었다. 하지만 이상규가 어떻게 되든 박호준으로서는 전혀 걱정하고 싶지 않았기 때문에 이내 표정을 바꾸어 서동민에게 말을 걸었다.

"근데 밤샘 아르바이트는 왜 하냐?"

"돈이 좀 필요해서. 좋은 자리는 벌써 대학생들이 다 차지해서 없더라고. 그래서 할 수 없이 밤샘으로 했지."

대답을 하면서 서동민은 고등학생들이 학교를 다니는 중에도 할 수 있는 아르바이트가 너무 제한되어 있는 현 사회가 걱정스럽다는 표정을 지어 보였다. 그러자 이상규가 음흉한 웃음을 띠며 입을 열었다.

"혹시 돈이 필요하다는 게 유흥업소에 가서 이상한 데다 쓰려고?"

"……"

이상규의 말은 상대할 가치가 없다는 듯 모두들 그의 말을 무시했다. 대신 서동민은 돈이 필요한 이유를 유정운 일행에게 설명해 주었다.

"사실 다음 주 수요일이 연영이 생일이거든. 그래서 선물 좀 사주려고."

"……!"

다음 주 수요일이 김연영의 생일이라는 사실에 모두들 놀란 표정을 지었다. 그날은 소풍날이기 때문이었다. 하지만 이상규는 그것보다는 그 날짜에 주목했다.

"4월 4일이 생일이라니 죽음의 숫자가 두 개나 껴 있구만. 오래 못 살겠는걸?"

"……"

이상규의 말에 서동민이 날카롭게 노려보았다. 김연영에 대해서 나쁘게 말하고 있으니 기분 좋을 리가 없는 것이다. 그것을 느낀 이상규는 급히 자신의 말을 정정했다.

"아니, 4가 두 개 있으니까 사사구가 돼서 볼 넷으로 1루에 진출할 수 있다는 뭐, 그런 거지…… 하하……."

헛소리로써 상황을 대충 무마하려는 이상규를 서동민은 계속 노려보았다. 아무리 농담으로 한 소리라도 서동민에게는 절대 농담으로 들리지 않았기 때문이다. 그래서 박호준이 나서서 험악해진 상황을 타개했다.

"저 녀석은 원래 그러니까 무시해. 그나저나 어떤 선물을 하려고 아르바이트까지 하는 거야?"

"글쎄… 뭘 줄지 나도 모르겠어. 지금까지는 그냥 값싼 걸로 줬는데…… 이번에는 친구가 아니라 애인으로서 사귀자는 뜻으로 선물을 주고 싶거든."

"오……!"

서동민의 말은 공개적인 커플 선언이었다. 하지만 지금까지 서동민과 김연영이 커플이라고 모두들 생각해 오고 있었기 때문에 의아한 느낌도 받게 되었다.

"그럼 지금까지는 그냥 친구였냐?"

"뭐… 예전부터 좋아하긴 했는데…… 연영이가 날 어떻게 생각하는지 확인해 본 적이 없어서…….."

강한 이미지와는 다르게 서동민의 입에서 나온 말은 자신감이 없었다. 그래서 박호준은 김연영과 지금까지 어떻게 지내왔는지를 물어보았다.

"둘이서만 밖에 나가서 논 적 있어?"

"많아."

"둘이서만 영화보러 간 적 있어?"

"밥 먹듯이."

"집에 너만 있을 때 연영이가 놀러온 적 있어?"

"심심할 때마다 놀러와."

세 가지의 질문과 세 가지의 대답이 교차되었다. 그리고 그 문답을 하나로 묶는 결론을 박호준이 내놓았다.

"연영이는 널 좋아해! 그렇지 않고는 어떻게 둘이서만 놀러가고 영화 보고 집에서 노냐? 안 그래?"

"나도 그렇게 생각해서 이번에 말해 보려고."

박호준의 생각이 자신과 일치하자 서동민은 어느 정도 자신감을 되찾았다. 그 모습을 보고 유정운의 머리 속에는 불현듯 유명운이 주장하는 끈 이론이 떠올랐다. 바로 다른 사람과 생각이 일치한다는 것은 자신의 끈 파동과 다른 사람의 끈 파동이 일치한다는 것이고 그것은 중첩 효과를 일으키기 때문에 그만큼 큰 에너지를 얻을 수 있다는 뜻이었다. 그래서 사람은 일반적으로 혼자서보다는 여럿이 모여서 하는 쪽을 좋아한다는 게 유명운의 주장이었다.

'이런… 또 쓸데없는 생각을 했다.'

계속해서 떠오르려는 유명운의 끈 이론을 억누르며 유정운은 박호준 일행의 대화에 신경을 집중시켰다. 그렇게 걷다 보니 어느새 서동민이 아르바이트를 한다는 편의점에 도착하게 되었다. 편의점이 비교적 학교 근처에 있어서 두 다리라는 교통 수단만으로 목적지에 도착할 수 있었던 것이다.

"생각보다 넓은데?"

편의점의 크기를 본 이상규가 의외라는 표정을 지었다. 그의 머리 속에는 구멍가게만한 크기의 편의점이 구상되어 있었기 때문이다.

쉬잉—

편의점 문은 자동문이었기 때문에 문 앞에 서자 문이 자동적으로 열렸고 유정운 일행은 유유히 편의점 안으로 침투했다. 그때 카운터에 서 있던 여자 아르바이트생이 '어서 오세요'라고 말을 하려다가 일행 중에 서동민이 있는 것을 보고 놀란 표정을 지었다.

"동민 오빠?"

"아, 안녕."

여자 아르바이트생을 본 서동민은 가벼운 인사말을 했다. 머리는 그렇게 길지 않아서 어깨만 살짝 덮는 정도의 머리 길이이고 서동민과 같은 색인 파란색으로 염색한 머리를 하고 있는 여자 아르바이트생이었는데, 얼굴은 꽤 귀여운 편이었다. 고등학교 1학년인 서동민을 오빠라고 부르고 있으니 당연히 중학생이고—정확히는 중학교 3학년이었다—이름은 송도연(松途連)인데 원래 겨울방학 때까지만 이곳에서 저녁 10시부터 새벽 2시까지 아르바이트를 하려고 했다가 마음을 바꿔서 지금도 계속 아르바이트를 하고 있는 중이었다.

"오빠는 12시부터 아니에요?"

"그냥 친구들이랑 놀러온 거야."

송도연의 물음에 서동민은 유정운 일행을 가리켰다. 편의점이라고는 하지만 이곳 편의점 내에는 테이블이 몇 개 있었기 때문에 거기에 앉아서 시간을 때우기로 한 것이다. 송도연도 그것을 눈치 채고 밝은 미소를 지었다.

"그럼 여기서 2시간 동안 있을 거예요?"

"음…… 아무래도 그래야겠지. 지금 집에 갔다 오는 것도 그러니까."

송도연과 서동민이 서로 이야기를 나누는 동안 유정운 일행은 빈 테이블에 앉아서 휴식을 취했다. 물론 편의점에 있는 과자를 까먹으면서 취하는 휴식이었다. 그리고 과자 값은 서동민이 다 낸다는 무언의 합의를 자기들끼리 한 상태였다.

"야, 많이 먹지 마! 내 월급 깎으려고 그러냐?"

이상규가 이것저것 집어 들고 먹으려고 하자 서동민이 제재를 가했다. 모처럼 공짜로 과자나 배불리 먹으려고 했던 이상규는 서동민의 말에 어쩔 수 없이 맛있는 과자를 동물원의 동물 구경하듯 관람만 해야 했다.

"근데 저 여자애 누구냐?"

서동민이 자리를 잡고 앉자마자 박호준이 카운터에 서 있는 송도연을 가리키며 물었다. 아르바이트하기에는 조금 어려 보이는 나이였기 때문에 궁금했던 것이다. 서동민은 그런 박호준의 궁금증을 대충 알아채고 어깨를 으쓱하며 대답했다.

"중학교 3학년 애인데 방학 동안 용돈을 못 받았다나? 그래서 아르바이트하고 있대."

서동민이 거기까지 말했을 때 이상규가 갑자기 끼어들었다.

"중학생이 벌써 아르바이트하냐? 혹시 가출한 거 아니야?"

"글쎄…… 가출한 것 같지는 않던데. 애도 착한 거 같고."

송도연과 일한 지 대략 2개월 되었지만 그동안 그녀가 불량하거나 불건전한 모습을 보인 적이 한 번도 없었기 때문에 서동민은 이상규의 부정적인 생각을 부정했다. 하지만 이상규의 부정적인 생각은 다시 이상한 쪽으로 방향을 잡았다.

"혹시 너, 저 애 때문에 아르바이트하고 있는 거 아니야?"

"뭐?"

"쟤 귀엽잖아. 쟤 어떻게 해보려고 여기 아르바이트하는 거지?"

"……."

이상규는 정곡을 찔렀다는 회심의 미소를 짓고 있었지만 일편단심 김연영만을 머리 속에 채워 넣고 있는 서동민으로서는 이상규의 말은 상대할 가치도 없는 것이었다. 그래서 이상규를 싹 무시하고 박호준과 유정운을 바라보며 물음을 던졌다.

"연영이한테 뭘 선물하면 좋겠냐?"

"음……."

서동민의 질문에 박호준은 열심히 머리를 굴렸다. 하지만 박호준은 여자 친구가 없기 때문에 뭔가 좋은 조언을 해줄 수도 없는 입장이었다.

"그냥 반지 같은 거 주면 어떠냐?"

"커플링 말이야? 근데 반지 주면 연영이가 받을까?"

"널 좋아하면 받겠지. 안 받으면 싫어하는 거고."

"뭐… 그렇겠지만……."

박호준의 말처럼 서동민도 그렇게 생각하고는 있었지만 왠지 자신이 없었기 때문에 표정이 그다지 좋지는 못했다. 지금까지는 김연영과 잠정적인 커플 관계라는 생각을 했었지만 막상 대쉬를 하려니 거절당할 것만 같은 불길한 느낌이 들었던 것이다. 박호준도 서동민이 불안해한다는 것을 알아차리고 하하 웃으며 말했다.

"걱정 말라니까. 100% 성공이야. 지금 연영이는 네가 먼저 말해주기를 기다리고 있는 거라고. 용기있는 자가 미인을 얻는다. 모르냐?"

"…그렇겠지?"

"그렇다니까. 너, 의외로 소심하다? 그냥 네 인상처럼 강하게 밀고 나가."

"내가 거칠게 보여?"

"아니, 거친 게 아니라 강해 보일 것 같은 거야. 좋은 뜻으로 얘기한 거라고."

"뭐……."

자신의 이미지가 강인해 보인다는 것은 서동민도 익히 알고 있는 사실이기 때문에 박호준의 말을 인정했다. 실제로 서동민의 성격은 강하게 밀고 나가는 스타일이었는데 이상하게도 김연영과 관계된 일에는 평소의 성격대로 나가지 못하고 있었다. 그저 지금까지 친구처럼 지내오면서 거의 10여 년을 지지부진하게 진행해 왔을 뿐이었다.

"나 음료수 좀 마시고 올게."

서동민과 박호준의 대화를 말없이 듣고 있던 유정운은 뭔가 마시고 싶었기 때문에 자리에서 일어섰다. 그러자 이상규가 자기 것도 주문했다. 그렇게 이상규가 주문을 하자 얘기를 나누던 서동민과 박호준도 유정운이 웨이터인 양 음료수를 주문했다. 그래서 유정운은 속으로 한숨을 쉬며 그들의 주문을 모두 받고는 음료수가 진열되어 있는 곳으로 향했다.

"저기……."

"……?"

유정운이 주문대로 음료수를 고르고 있을 때 카운터에 있던 송도연이 그에게 가까이 다가와서 말을 걸어왔다. 처음 만난 여자애가 갑자기 말을 걸어오자 유정운은 속으로 긴장을 했지만 겉으로는 내색을 하지 않고 입을 열었다.

"왜?"

"동민 오빠한테 여자 친구 있어요?"

"……?"

송도연의 질문이 꽤나 뜻밖이었기 때문에 유정운은 잠시 머리를 갸웃해야 했다. 하지만 머리 속으로 불현듯 어떤 생각이 스쳐 지나갔고, 그 생각을 증명하기 위해서 송도연의 얼굴을 앞머리 사이로 자세히 살펴보면서 대답을 했다.

"있어. 어릴 때부터 사귀었대."

"네……."

유정운의 대답을 듣자마자 송도연의 얼굴이 약간 어두워졌다. 그것이 의미하는 것은 하나밖에 없다고 할 수 있었다. 송도연이 서동민을 좋아하고 있다는 것이었다. 유정운이 보기에도 그건 별로 의아해할 만한 것이 아니었기 때문에 속으로 서동민을 부러워하게 되었다.

"동민 오빠…… 이번에 좋아하는 사람한테 말하려는 건가요?"

"어."

"네……."

유정운의 대답을 들을수록 송도연의 어조에는 힘이 빠지고 있었다. 그래서 유정운은 음료수를 챙겨 들고 테이블로 돌아갔다. 계속 얘기를 하면 송도연에게 마음의 상처만을 잔뜩 안겨줄 것 같았기 때문이다.

"자."

손에 음료수를 들고 온 유정운은 음료수를 박호준 일당에게 나눠주었다. 그때 이상규가 유정운의 손등에 난 파란 줄을 보고 장난하듯이 말했다.

"별로 힘쓸 일도 아닌데 왜 힘줄이 튀어나왔냐?"

"……?"

이상규가 무슨 얘기를 하는 건지 잘 이해하지 못했던 유정운은 자신의 손등에 파란 줄이 튀어나온 것을 보고 그제야 이해를 했다. 하지만 이상규의 말 중에서 틀린 게 있었기 때문에 유정운은 즉시 정정을 해주었다.

"이거 힘줄이 아니고 정맥이야."

"정맥?"

동맥과 정맥에 대해서는 중학교 때 이미 배운 상태였기 때문에 정맥이란 말을 처음 들어서 이상규가 고개를 갸웃한 것은 아니었다. 단지 힘줄이라고 생각했던 것이 정맥이라는 소리를 들어서 의외였을 뿐이었다.

"그러고 보니까 나도 TV에서 그렇게 들은 것 같다."

유정운의 말을 뒷받침이라도 하듯이 박호준이 맞장구를 쳤다. 하지만 이상규는 자신의 생각을 철회하고 싶지가 않았기 때문에 즉각 반박했다.

"그게 무슨 정맥이야? 힘주면 튀어나오니까 힘줄이지! 봐!"

자신의 말을 증명이라도 하겠다는 듯이 이상규는 소매를 걷어붙이고 팔을 테이블 위에 올려놓은 다음 힘을 주었다. 그러자 그의 말대로 이상규의 팔뚝과 손등에 굵은 파란 줄이 튀어나왔다. 그렇지만 유정운은 아주 여유있는 표정으로 입을 열었다.

"그건 정맥이 늘어나서 그런 거야. 힘줄이란 건 원래 인대(靭帶)라고 하는데 뼈와 근육을 연결해서 관절이 움직일 수 있도록 해주는 거래. 그래서 인대가 늘어나면 제대로 움직일 수 없는 거고."

"그럼 왜 힘을 주면 정맥이 튀어나오냐? 정맥이 왜 늘어나는데?"

"확실하지는 않은데 피가 몰리거나 더우면 그럴 거야. 한번 팔을 심장보다 높이 들고 힘을 줘봐. 정맥이 튀어나오나 안 나오나."

"좋아!"

유정운의 제안대로 이상규는 머리 위로 팔을 들고 죽어라고 팔에 힘을 주었다. 하지만 아무리 힘을 줘도 파란 정맥이 튀어나오지 않았다. 그것은 정맥이 힘줄이 아니라는 명백한 증거였다. 힘을 줘도 튀어나오지 않으니 힘줄이라고 말할 수가 없는 것이다.

"팔을 높이 들면 정맥을 흐르는 피가 쌓이지 않으니까 정맥이 튀어나오지 않아. 원래 정맥을 흐르는 피는 속도가 느려서 때로는 역류도 하거든. 그걸 방지하려고 혈관 내에 판막이라는 게 있는데, 어쨌든 팔을 내리면 피가 정맥을 거슬러 올라가야 하는데 속도가 느리다 보니까 피가 쌓이게 돼. 그래서 정맥이 늘어나게 되는 거고."

이상규가 머리 위로 들어 올린 팔에 계속 힘을 주는 광경을 쳐다보면서 유정운은 느긋하게 설명을 했다. 그리고 이상규의 실망감을 더욱 증가시켜 주기 위해서 부연 설명을 덧붙였다.

"추울 때보다는 더울 때 정맥이 더 잘 튀어나와. 더우면 열을 내보내기 위해서 혈관이 늘어나니까. 그리고 오래 서 있으면 다리에 있는 정맥에 피가 쌓이기 때문에 다리가 부어. 그럴 때는 다리를 조금 높게 해서 쌓인 피가 흐르도록 하는 게 좋고. 뭐, 그럴 장소가 없다는 게 문제지만. 어쨌든 뼈가 부러지거나 삐었을 때 다친 부위를 심장보다 높이 해야 붓지 않아. 붓는다는 건 피가 쌓이는 거니까."

"으……."

유정운의 청산유수처럼 쏟아지는 말을 들으며 이상규는 눈물을 머금고 자신의 믿음이 틀렸다는 것을 인정해야만 했다. 하지만 그대로 주저앉기에는 자존심이 허락하지 않았기 때문에 마지막 반격에 나섰다.

　"그럼 여자들은 왜 힘줄… 아니, 정맥이 안 튀어나오냐? 이상하잖아? 여자들은 전혀 정맥이 안 튀어나온다고."

　"……!"

　이상규의 마지막 반격에 유정운은 아무렇지도 않은 표정을 지었지만 박호준과 서동민은 꽤 궁금하다는 표정을 했다. 특히 김연영과 오래 사귀었던 서동민은 그런 의문을 예전에 품고 김연영에게 질문을 했었지만 그녀도 모른다고 했기 때문에 그냥 넘어갔던 적이 있었다. 그래서 유정운에게서 대답을 들을지도 모른다는 희망을 가졌다. 그러는 사이 유정운은 약간 자신없는 표정으로 대답했다.

　"그건…… 나도 확실히는 모르는데…… 아마도 피하 지방이 두꺼워서일걸?"

　"피하 지방?"

　"어. 피부 쪽에 있는 지방인데 여자가 남자보다 피하 지방 두께가 훨씬 두꺼우니까 정맥이 잘 늘어나지 않는 걸 거야. 뚱뚱한 사람은 피하 지방이 두꺼울 테니까 만약 뚱뚱한 남자의 팔에 있는 정맥이 잘 튀어나오지 않는다면 피하 지방의 두께 때문에 정맥이 늘어나지 않는 거라고 할 수 있겠지. 그럼 여자의 팔에 있는 정맥이 잘 튀어나오지 않는 이유가 설명될 거야. 근데 한 번도 확인한 적이 없어서 모르겠어."

　"만약 뚱뚱한 남자의 팔에서 정맥이 튀어나오면?"

"그럼 피하 지방 때문이 아니겠지 뭐."

끈덕진 이상규의 질문에 유정운은 정확한 답변을 못하고 대충 얼버무렸다. 사실 예전에 그런 궁금증 때문에 뚱뚱한 남자의 팔을 자세히 살펴보려고 했었다. 그런데 평상시에는 그렇게 많이 보였던 뚱뚱한 남자들이 정작 유정운이 생각을 확인해 보려는 때에는 보이지 않았기 때문에 한 번도 제대로 관찰한 적이 없었다. 그래서 지금까지 유정운은 자신의 생각이 맞는지 안 맞는지조차 모르는 상태였다. 형인 유명운에게 물어도 생물학에 대해서는 거의 아는 바가 없다면서 모른다고만 했기 때문에 유정운의 궁금증은 아직 풀리지 않은 것이다.

"야야, 정맥 얘기는 그만 하고 상담이나 해줘."

한동안 유정운의 설명을 듣고 있었던 서동민이 화제를 다시 원래대로 돌려놓았다. 그렇지만 이상규는 계속해서 정맥 얘기로 화제를 몰고 갔다.

"그럼 여자보다 남자가 손목 끊고 자살하기 쉽다는 얘기 아니냐? 남자의 피하 지방이 얇으니까 손목 자르면 동맥이나 정맥이 끊어질 확률이 더 높잖아?"

"그렇겠네……."

이상규가 한 말에 대해서 유정운은 한 번도 생각해 본 적이 없었기 때문에 속으로 적잖이 놀라고 있었다. 물론 남자보다 여자의 피하 지방이 두껍다는 것에 착안해서 손목 끊고 자살하는 행위를 떠올리는 이상규가 이상한 녀석일지도 모르지만 그런 생각을 했다는 것 자체가 유정운으로서는 놀랍고 신선했다.

"재수없게 자살 얘기 할 거냐?"

김연영에게 줄 선물에 대해서 얘기하려고 하는데 자살 얘기를 하자 서동민이 이상규를 노려보며 경고를 주었다. 한 번만 더 그런 얘기를 하면 이상규가 먹은 과자 값을 지불하지 않겠다는 무언의 협박이 담긴 경고였다. 그러자 이상규는 즉각 꼬리를 내리며 손에 든 청량음료의 뚜껑을 땄다.

쏴아―

"뜨아!"

청량음료의 뚜껑을 따자마자 캔에서 거품이 줄줄 흘러나왔다. 아까 팔 들고 힘 주고 있을 때 자기도 모르게 음료수를 흔들어 버렸던 것이다. 그것을 모르고 뚜껑을 땄으니 거품이 테이블 위를 지저분하게 덮어버리는 상황이 되는 것은 당연했다.

"너, 바보냐?"

이상규가 테이블을 더럽히는 광경을 보고 서동민이 혀를 찼다. 그리고는 휴지로 테이블 위를 닦아내었다. 그러는 동안 이상규는 모든 탓을 청량음료에게로 돌렸다.

"우씨, 겨우 조금 흔들었다고 왜 거품이 나오는 거야? 이건 제조 회사에 가서 따져야 해! 가서 손해 배상을 청구해야 한다구!"

"무슨 손해 배상?"

"내 여린 마음에 상처를 준 심리적인 손해지! 손해 배상금으로 한 10억은 받아야 된다니까."

"혼자 쇼를 해라."

손해 배상 운운하는 이상규를 박호준 일행은 싹 무시했다. 그렇지만 이상규는 그것에 굴하지 않고 자기 궁금한 건 꼭 풀려고 했다.

"근데 이거 왜 거품이 나오냐?"

"내가 알기로는 이산화탄소를 집어넣었다고 하던데."

이상규의 물음에 대답한 사람은 박호준이었다. 그러자 이상규는 좀 더 자세한 답변을 그에게 요구했다.

"이산화탄소를 집어넣었는데 왜 거품이 나와?"

"글쎄……."

이상규의 2차 질문에 박호준은 답변을 하지 못했다. 그래서 이상규의 시선은 자연히 유정운 쪽에게로 옮겨졌다. 유정운이라면 정확한 답변을 해줄 것이라는 기대감 때문이었다.

"나도 잘 모르는데……."

우선 첫마디를 그렇게 시작한 유정운은 계속 말을 이어나갔다.

"음료 속에 녹아 있던 이산화탄소가 밖으로 빠져나오면서 물분자를 같이 데리고 나오니까 거품이 생기는 거 아닐까… 라고 생각하는데 모르겠어."

"그럼 이산화탄소가 왜 밖으로 빠져나오려고 하는데?"

"원래 이산화탄소를 녹일 때 캔이나 병에 높은 압력을 가해. 근데 뚜껑을 따면 내부 압력이 줄어드니까 억지로 물속에 녹아 있었던 이산화탄소가 밖으로 빠져나오는 거지. 흔들수록 거품 생기는 게 심해지는 건 흔들수록 이산화탄소에게 높은 에너지를 제공하게 되니까 그런 거고."

"음……."

유정운은 약간 자신없는 듯한 어조로 설명을 했지만 듣고 있는 세 사람은 과학 선생에게 수업을 듣는 듯한 기분을 받았다. 그래서 이상규는 유정운의 어깨를 두드리며 이렇게 말했다.

"그래, 유정운. 네가 전교 1등 먹어라."

"……."

그의 말에 유정운은 속으로 쓴웃음을 지어야 했다. 유정운이 중학교 때 얻은 성적은 반에서 20등이었다. 학급당 인원이 거의 40명이었기 때문에 중간 정도라고 할 수 있었다. 따라서 지금 이상규의 말은 유정운에게 있어서 한낱 꿈에 지나지 않는 것이었다.

"야, 언제 상담해 줄 거냐? 계속 이상한 얘기만 할래?"

더 이상 참을 수 없는지 서동민이 약간 화난 표정을 지었다. 자신은 일생일대의 중요한 시기를 맞고 있는데 친구라는 녀석들이 쓸데없는 얘기로 시간만 잡아먹고 있으니 기분이 좋을 리가 없는 것이었다.

"그럼 다시 토론으로 들어가자!"

서동민의 화를 가라앉혀 주기 위해 박호준이 화제를 다시 김연영에게 줄 선물 쪽으로 돌렸다. 그렇게 해서 유정운 일당들은 다시 본래의 취지인 '서동민에게 충고해 주기'를 시작해 나갔다.

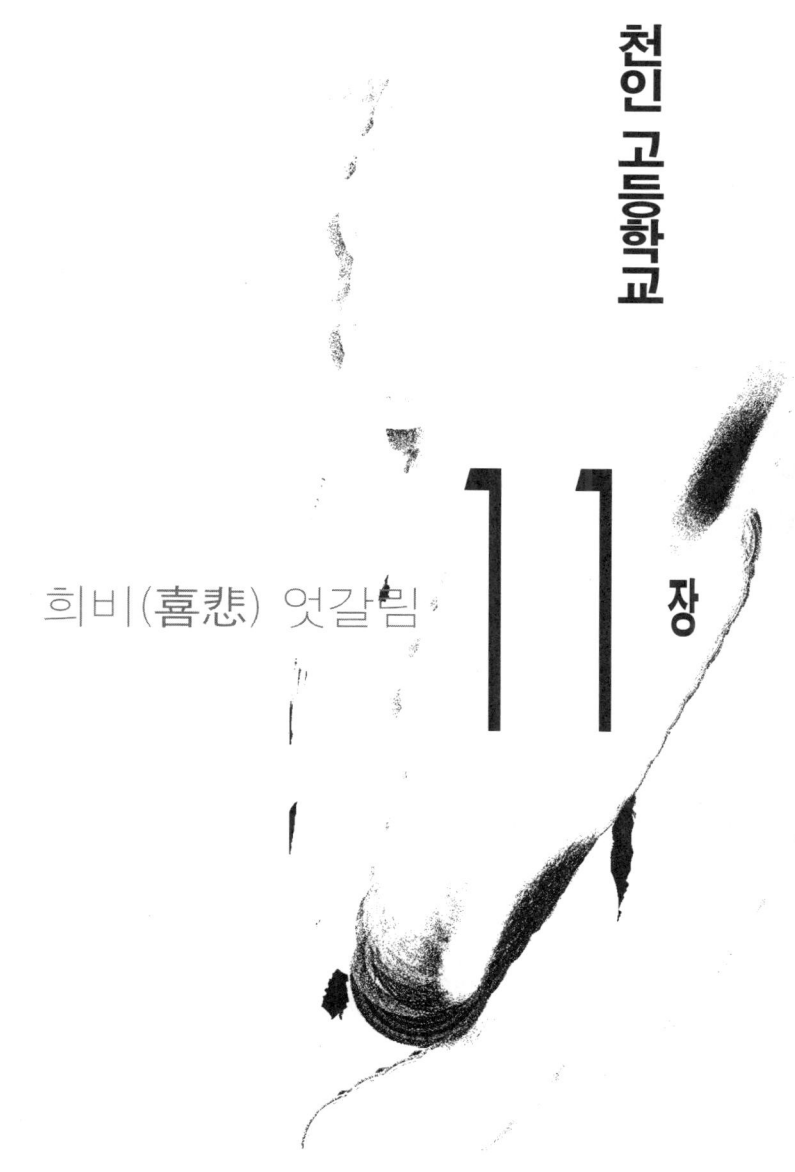

천인 고등학교

희비(喜悲) 엇갈림

11 장

XI 희비(喜悲) 엇갈림

2074년 4월 4일 수요일.

김연영의 생일이자 천인 고등학교의 공식 소풍 날. 1학년 28반 학생들은 지금 학교에서 불러온 관광버스에 타서 신나게 떠들어대고 있었다. 3학년까지 합하면 학급 수가 108개인데, 천인 고등학교에서는 각 학급마다 전용 버스를 보유하고 있어서 소풍 날이나 수학여행 등의 여행 일정이 잡히면 보통 학교 버스를 타고 목적지까지 가는 게 관례였다.

"우웨엑―"

1학년 28반 버스 안의 한 좌석에서 유난히 듣기 싫은 소리가 터져 나왔다. 그것은 유정운 옆 자리에 앉은 이상규가 구역질을 하는 소리였다. 버스가 출발하기 전부터 속이 울렁울렁거린다고 하더니 기어코 일을 저질러 버린 것이다. 그나마 먹고 있었던 과자 봉지에다가 토사물을 토해냈기 때문에 버스 바닥이 지저분해지는 일은 일어나지 않았다.

"야야, 겨우 버스 탔다고 토하냐?"

버스 좌석을 돌려서 유정운과 마주 앉아 있던 박호준이 한심하다는 듯한 표정을 지어 보이며 이상규를 탓했다. 이상규 덕분에 처음부터 불쾌하게 소풍을 가게 되었기 때문이다. 그것은 이상규의 바로 옆에 앉은 유정운이 더했으면 더했지 못하지 않았다. 게다가 유정운은 약간의 멀미기가 있어서 버스 안에서 뭔가를 자세히 보거나 할 경우에는 어지러움증을 느끼기 때문에 옆에서 멀미랍시고 토해 버리자 괜히 속이 울렁거리는 느낌을 받을 수밖에 없었다.

"꾸에엑—"

속에 있는 걸 모두 토해내겠다는 듯이 이상규는 역겨운 소리를 한층 높이며 과자 봉지 속에 얼굴을 묻었다. 그것을 보고 이상규와 마주 앉아 있는 서동민의 건너편 옆 자리에 자리를 잡고 있던 김연영이 입을 열었다.

"과자 봉지에다가 토하면 어떡해? 과자 아깝잖아! 게다가 그 토한 거 어디다 버릴 거야? 그냥 놔두면 냄새난다구!"

"우우……."

김연영의 힐책에 이상규는 과자 봉지의 뜯어진 윗부분을 닫았다. 그리고 나서 가지고 왔던 빈 비닐 봉지에다가 넣고 꽉 묶었다. 하지만 그걸 버릴 곳은 없었기 때문에 그냥 가방 올려놓는 받침대 위에다 올려놓았다. 그러자 박호준이 걱정된다는 듯이 말했다.

"왠지 저 봉지를 뚫고 토한 게 줄줄 흘러내릴 것 같다……."

"맞아. 상규가 토한 거니까 그럴지도 몰라."

박호준의 말을 서동민이 맞장구치자 이상규는 억울하다는 표정을 지었다. 하지만 한껏 토한 뒤라 힘이 없어서 그냥 눈을 감고 잠을 청했다. 멀미가 나는 원인은 눈으로 들어오는 시각 정보와 몸의 평형을 담당하는 전정 기관에서의 감각 정보가 불일치할 경우나 전정 기관이 반복되는 흔들림에 지칠 경우이므로 시각 정보를 차단하면 그나마 멀미가 덜해지기 때문이었다. 물론 이상규는 그런 사실을 알고 있지는 못했다.

"연영이한테 선물 언제 줄 거냐?"

이상규가 얌전해지자 박호준이 서동민에게 속삭이듯이 말했다. 어제 김연영에게 줄 선물에 대한 상의를 한 다음에 같이 선물을 골랐기 때문이다. 그들이 선택한 건 간단한 액세서리와 커플링이었고 작전은 생일 선물로써 먼저 액세서리를 준 뒤에 커플링으로써 승부를 걸겠다는 것이었다.

"아무래도 둘만 남게 됐을 때 줘야겠지."

그것은 서동민의 생각이었고 박호준은 서동민에게 도움을 주기 위한 말을 했다.

"그럼 연영이 친구들은 우리들이 모두 치워줄 테니까 잘해봐라. 시간은 점심 먹기 전! 잘되면 연영이하고 같이 점심 먹으면 되니까. 알았지?"

"어. 고맙다."

박호준에 말에 서동민이 고마움을 표시했을 때 자고 있는 줄 알았던 이상규가 번쩍 눈을 뜨더니 서동민의 손을 덥석 잡으며 작은 목소리로 이렇게 말했다.

"오늘 마지막 선까지 넘어봐. 그럼."

털픅—

그 말을 끝내자마자 이상규는 다시 눈을 감고 잠을 청했다. 하지만 서동민은 가볍게 이상규의 정강이를 걷어차서 이상규에게 약간의 극심한 고통을 주었다. 자꾸 헛소리를 하는 녀석에게는 매질이 최고라고 생각했기 때문이다.

"상규 괜찮니?"

그때 맨 앞좌석에 앉아 있던 전애리 선생이 박호준 일당들이 있는 좌석에 찾아왔다. 아까 이상규가 토했다는 소식을 전해 듣고 걱정되어서 와본 것이었다.

"앤 괜찮아요. 맨날 이러는 녀석이니까 걱정하지 마세요."

박호준은 별것 아니라는 표정으로 말했다. 전애리 선생 역시 이상규에게 장난기가 너무 많다는 것을 알고 있었기 때문에 아픈 정강이를 부여잡고 있는 이상규를 무시하고 박호준에게 질문을 던졌다.

"근데 호준아, 게임은 잘했니?"

"지난 주에 있었던 거요? 예, 이겨서 8강 진출했어요. 이번 주에는 16강 재경기가 있어서 전 경기없구요."

마치 전애리 선생에게 자랑하듯이 박호준이 대답하자 이상규가 갑자기 한심하다는 표정을 지으며 입을 열었다.

"지난 대회 우승자인데 2승 1패가 뭐냐?"

픅—

이상규의 말이 끝나기가 무섭게 박호준의 킥이 이상규의 정강이에 작렬했다. 약하게 찬 것이긴 했지만 아까 서동민에게 맞은 데를 또 맞았기 때문에 이상규가 느끼는 고통은 꽤 컸다. 하지만 누구도 이상규의 고통에는 신경 쓰지 않았고 심지어는 전애리 선생마저 이상규를 외면했다.

"선생님! 점심은 같이 드시죠!"

다른 애들에게 전애리 선생을 뺏기지 않기 위해서 박호준이 먼저 전애리 선생에게 말을 건넸다. 아직 누구와 점심을 같이 먹을지 결정하지 않은 상태였기 때문에 전애리 선생은 박호준의 부탁을 흔쾌히 승낙했다.

"그렇게 하자. 근데 너무 상규 괴롭히지 말아."

그 말을 남기고 전애리 선생은 다시 제자리로 돌아갔다. 하지만 전애리 선생이 보고 있는 앞에서 이상규에게 일격을 가한 박호준 일당들이었으니 전애리 선생의 말을 잘 들을 리가 없었다. 그래서 목적지인 롯데월드에 도착할 때까지 이상규가 헛소리를 할 때마다 이상규는 박호준과 서동민에게 무지막지한 구타를 당했다. 그리고 유정운은 이상규가 구타당하는 광경을 재미있게 쳐다보기만 했다.

"그럼 3시까지 여기로 모이기로 하고 마음껏 노세요!"

"네ㅡ!"

전애리 선생의 말이 끝나기가 무섭게 1학년 28반 학생들은 전염병 번지듯이 롯데월드 안으로 모습을 감추었다. 유정운 일행은 전애리 선생과 함께 행동하기로 했기 때문에 남아 있었다. 그리고 김연영과 2명의 여학생들도 같이 남았다.

"그럼 먼저 어디로 갈까?"

남아 있는 7명의 학생들을 향해 전애리 선생이 입을 열었다. 만약 7명의 학생들이 키가 작았다면 완전히 백설공주와 일곱 드워프들(Snow White and the Seven Dwarfs)이 되는 것이었지만 그들의 키가 전애리 선생과 거의 비슷했기 때문에 그렇게 되지는 않았다.

"스케이트장이요!"

가장 먼저 말을 꺼낸 사람은 김연영이었다. 어차피 놀이 기구에는 사람들이 많이 몰려 있을 가능성이 컸기 때문에 다른 학생들도 김연영의 의견에 따르기로 했다.

'이런……!'

일차 목적지가 스케이트장으로 결정되자 유정운은 눈살을 찌푸렸다. 스케이트는커녕 자전거조차 탈 줄 모르니 걱정만 앞섰던 것이다.

"……?"

그때 유정운의 바지 주머니 속에 있던 핸드폰이 진동하기 시작했다. 오늘은 유명운이나 남궁소진에게 전화가 올 이유가 없었기 때문에 유정운은 고개를 갸웃하면서 핸드폰을 손에 들었다. 그리고 유정운이 '여보세요'라는 말을 하기도 전에 예쁜 목소리가 유정운의 귀를 간질였다.

《정운아! 지금 어디 있어?》

'소은 선배 목소리……!'

의외의 목소리였기 때문에 유정운은 속으로 적잖이 놀랐다. 3학년도 오늘 소풍을 갔으니 지금쯤이면 채소은도 어딘가에서 신나게 놀고 있을 시간이었던 것이다. 그런 채소은이 자신에게 전화를 걸고 대뜸 어디 있냐며 물어보고 있다는 것에 유정운은 의아할 수밖에 없었다.

"롯데월드에 있는데요."

《아니, 롯데월드 어디에 있냐구.》

"아직 버스 주차장인데요."

《그래? 그럼 지금 당장 '신밧드의 모험'으로 와. 알았지?》

"예?"

《빨리 안 오면 가만 안 둔다!》

뚝— 뚜우뚜우—

유정운이 뭐라 말하기도 전에 채소은은 전화를 끊어버렸다. 뭔가에 쫓기는 것같이 서둘러 전화를 끊었기 때문에 유정운은 약간 걱정스러운 마음이 들었다. 하지만 그것보다도 채소은이 롯데월드에 있다는 것이 뜻밖이었다. 그것은 채소은네 반이 소풍을 롯데월드로 왔다는 소리이기 때문이었다.

'그럼 또 여기서 마법 연구 하게 되는 건가.'

유정운은 속으로 피식 웃었다. 채소은과 임배희가 같은 반이기 때문에 만약 유정운이 합세하게 된다면 결국 3마마(MAgic MAnia) 체제가 갖추어지는 것이다. 말하자면 마법 연구부 마마(ma魔)의 야외 활동이라고도 할 수 있었다.

"호준아."

"응?"

전애리 선생과 함께 스케이트 타는 장면을 상상하면서 웃고 있던 박호준에게 유정운이 말을 걸었다. 박호준 일당들보다 채소은의 파워가 더 강력하기 때문에 어쩔 수 없이 박호준 일당들과 헤어져야 했다.

"지금 마법 연구부 선배가 불러서 가봐야 돼."

"선배? 그 선배도 여기로 소풍 왔어?"

"어. 먼저 갈 테니까 선생님한테 잘 말씀드려."

"어, 그래……."

갑자기 유정운이 간다고 했기 때문에 아쉽기도 했지만 마법 연구부의 그 아리따운 여자 선배가 유정운을 부른다고 하니 박호준으로서는 뭔가 이상한 느낌을 받았다. 둘이 사귀는 것이 아닐까 하는 생각이 들었던 것이다.

"그럼 간다."

그 말을 끝으로 유정운은 롯데월드 내의 인파 속으로 사라졌다. 채소은이 부르는 이상 최대한 빨리 약속 장소로 가야 했기 때문이었다.

'신밧드의 모험이라…… 그게 어디냐?'

롯데월드에는 와본 적이 없는 유정운으로서는 그런 놀이 기구가 어디에 있는지 알 리가 없었다. 그래서 할 수 없이 안내판 쪽으로 가서 그 위치를 확인했다. 그리고 나서 안내판에 나와 있는 대로 방향을 잡고 열심히 걸어갔다.

"까아악—!"

신밧드의 모험이라는 놀이 기구까지 가는 동안 유정운의 귀에 들리는 것은 여자들의 비명 소리뿐이었다. 잘 보면 남자들도 비명을 고래고래 지르고 있지만 여성의 목소리 톤이 훨씬 높기 때문에 남자들의 비명 소리가 파묻히고 있었다.

"왜 이제 와?!"

유정운이 신밧드의 모험 입구 쪽에 도착하기 무섭게 귀에 익은 채소은의 목소리가 그의 귀를 강타했다. 하지만 그 말은 정말 유정운이 늦어서 화를 낸다기보다는 만나서 반갑다라는 말을 완전히 돌려서 한 것이라고 할 수 있었다. 그래서 유정운은 사과의 말 대신 인사말을 건넸다.

"안녕하세요."

"정말 사람을 5분이나 기다리게 하고!"

겨우 5분 기다린 것 가지고 채소은은 삐친 듯한 표정을 지었다. 그래서 화풀이라도 하려는 듯이 유정운의 뺨을 한번 쭉 잡아당겼다. 유정운으로서는 그저 가만히 있을 수밖에 없었다.

"……!"

처음부터 채소은에게 시선을 두고 있었기 때문에 유정운은 채소은과 같이 있는 사람이 임배희뿐이란 것을 뒤늦게 알아챘다. 그것은 3마마 체제가 완전히 갖추어졌다는 것을 의미했으므로 유정운은 오늘 하루 재미있게 노는 것을 포기해야만 했다.

"그럼 보러 들어갈까?"

"……?"

어느새 화가 풀렸는지 채소은은 밝게 웃으면서 유정운의 손을 잡아끌었다. 그녀가 가고자 하는 곳은 신밧드의 모험이었다. 사람들이 약간 많았지만 채소은은 그런 것에 신경 쓰지 않고 유정운과 임배희를 대동한 채 줄을 섰다.

'어라…… 그냥 이렇게 3명이서 놀자는 건가?'

뭔가 중요한 일이 있어서 채소은이 자신을 부른 것이라 생각했던 유정운으로서는 약간 어리둥절해졌다. 그렇지만 채소은과 임배희 사이에 끼어서 같이 노는 것도 나쁘지 않았기 때문에 불만은 없었다.

"아, 나 화장실 좀 다녀올 테니까 기다리고 있어."

사람들이 비교적 많아서 순서가 금방 돌아오지 않을 것이라 생각했는지 채소은은 그렇게 말하며 대열을 이탈했다. 그래서 임배희와 둘이서만 남게 된 유정운은 궁금했던 사항을 그녀에게 질문했다.

"소풍 이리로 온 건가요?"

"응. 소은이가 이리로 오자고 강력히 우겨서."

"……?"

임배희의 대답에 유정운은 고개를 갸웃했다. 원래 소풍 장소는 반 아이들이 다수결로 정하는 것이 원칙인데 채소은 한 명의 강력한 주장으로 소풍 장소가 결정됐다는 것이 의아했던 것이다.

"소풍 장소는 학급에서 다수결로 정하는 거 아니었어요?"

"물론 그렇긴 한데 소은이는 반장에다가 남자애들의 절대적인 지지를 받고 있으니까. 소은이가 거의 소풍 장소를 결정할 수 있는 권한을 갖고 있다고 할 수 있거든."

"……!"

임배희의 2차 대답에 유정운은 크게 놀랐다. 채소은이 반장일 줄은 꿈속의 꿈에서도 생각하지 못했기 때문이다. 그래서인지 혹시 임배희가 부반장일지도 모른다는 생각이 들게 되었다.

"배희 선배는 학급에서 무슨 직책을 맡고 있어요?"

"나? 부반장."

"……."

예상했던 대답이 임배희의 입에서 흘러나왔기 때문에 유정운은 약간 어이가 없었다. 하지만 마법 연구부에서 강력한 위엄(?)을 뿜어내는 채소은과 임배희가 반장과 부반장이라는 사실은 어느 정도 수긍할 수 있었다. 그러다가 문득 채소은이 왜 롯데월드로 오자고 강력히 주장했는지 궁금해졌다.

"소은 선배는 왜 여기로 오자고 했어요?"

"그건…… 왜일까?"

뭔가 대답을 하려다가 임배희는 말을 돌렸다. 알고 있으면서도 유정운에게 알려주기 싫다는 모습이라서 유정운은 대답 듣는 걸 포기했다. 그러자 이번엔 임배희가 유정운의 궁금증을 더욱 증폭시키고 싶은지 묻지도 않은 말을 꺼냈다.

"가만히 있으면 우리 반 남자애들이 소은이를 끌어들이려고 하니까 거의 도착하자마자 이쪽으로 뛰어왔다니까. 너한테 전화한 건 롯데월드에 거의 도착할 즈음이었고."

"예⋯⋯."

"아까 버스 탈 때부터 머리카락 하나가 돼지꼬리처럼 꼬였는데 내가 뽑아주겠다고 해도 뽑으면 아프니까 됐다고 하다가 지금 그거 뽑으려고 화장실 간 걸 거야."

"왜요?"

"글쎄⋯ 왜일까?"

"⋯⋯?"

또다시 임배희가 대답을 얼버무리자 유정운은 더 더욱 어리둥절해졌다. 하지만 평소의 성격대로 몰라도 상관없는 것을 굳이 알려고 하지 않았다. 대신 임배희에게 또다시 궁금한 점을 물어보았다.

"그런데 소은 선배는 왜 절 부른 거예요? 반 친구들하고 같이 노는 게 더 재미있지 않아요? 소은 선배나 배희 선배 친구들이 섭섭하게 생각할지도 모르잖아요?"

"아⋯⋯."

이번 질문에 임배희는 빠른 답변이나 얼버무림을 하지 못했다. 그 문제에 대해서 생각해 본 적이 없었기 때문에 생각할 시간이 필요했던 것이다. 그렇게 생각할 시간을 가진 뒤 임배희는 입을 열어 대답했다. 하지만 그 대답은 거의 둘러대기 수준이었다.

"난 그냥 소은이가 하자는 대로 따라온 것뿐이니까⋯⋯."

"⋯⋯."

임배희가 누구에게 이끌려 다닐 정도로 주체성이 없다고는 생각하지 않았지만 본인이 그렇게 말하고 있기 때문에 유정운은 그냥 그렇게 믿기로 했다. 그때 화장실 가겠다고 대열을 이탈했던 채소은이 밝게 웃는 얼굴로 컴백했다.

'어라? 아까보다 표정이 더 밝아진 것 같은데?'

유정운 혼자만의 느낌인지는 모르지만 그의 눈에는 그렇게 보였다. 물론 화장실 가서 작은 것이든 큰 것이든 내보내고 오면 사람들의 표정이 모두 밝아지긴 하지만 유정운이 느낀 느낌은 그런 것과는 다른 것이었다.

"보여? 머리카락 뽑고 왔지?"

"……?"

채소은이 가까이 다가오자마자 임배희가 보란 듯이 작은 목소리로 유정운에게 속삭였지만 유정운은 그 사실을 확인할 수 없었다. 돼지 꼬리처럼 꼬인 머리카락이 어느 위치에 있었는지조차 모르는 상태에서 그 머리카락을 뽑았는지 안 뽑았는지 확인할 방법은 거의 없기 때문이다.

"뭐야? 둘이서 뭘 속삭여?"

임배희와 유정운이 가까이 붙어서 뭔가 비밀스런 얘기를 하자 채소은이 둘 사이에 끼어들었다. 하지만 임배희는 아무것도 아니라는 표정으로 시치미를 뗐다. 그래서 결국 채소은은 화살을 유정운에게 돌렸다.

"무슨 얘기했어? 내 흉 봤지?"

"아뇨, 여기 처음 와봤다고 얘기하고 있었어요."

"그래? 그럼 내가 잘 안내해 줄게!"

유정운의 그럴듯한 둘러대기에 채소은은 의외로 쉽게 넘어갔다. 물론 실제로 유정운이 이곳에 온 것은 처음이었기 때문에 그의 표정에는 거짓이 없었다. 그래서 채소은이 순순히 믿게 된 것일지도 몰랐다. 어찌 되었든 그렇게 유정운, 채소은, 임배희로 구성된 3마마는 자기들끼리 롯데월드 관람을 시작했다.

*   *   *

위이잉—

유정운의 형인 유명운이 박사로 있는 고려대학교 자연계 캠퍼스 안. 그 안으로 희귀한 한 물체가 하늘로부터 천천히 떨어져 내렸다. 그것은 일반인들로서는 굉장히 보기 힘든 항공 운반 차량이었다. 수소 반응에서 나오는 수증기를 강한 압력으로 분사시켜서 비행을 하고 우주금속의 복제품이 수소 반응을 안전하게 제어하는 항공 자동차는 공해를 거의 일으키지 않는다. 사실 공해를 일으킨다고 해도 항공 자동차의 수가 워낙 적기 때문에 자연에 미치는 영향은 없다라고 할 수 있었다.

"꺅!"

유명운 옆에 서 있던 남궁소진이 항공 트럭에서 분사되어 나오는 증기 압력에 눈을 뜨지 못하고 유명운의 품에 몸을 던졌다. 유명운은 남궁소진이 증기 압력에 머리가 헝클어지지 않도록 그녀를 꽉 껴안은 채 항공 트럭이 완전히 내려오기를 기다렸다. 그렇게 아주 잠깐의 시간이 흐르자 항공 트럭은 안전하게 착지했고 증기 압력을 더 이상 분출하지 않았다.

"우주금속의 핵 도착했습니다."

한 건장한 검정색 정장의 사내가 항공 트럭의 문을 열고 내리면서 그렇게 입을 열었다. 그의 시선이 닿은 곳은 유명운과 그 외 교수들이 서 있는 쪽이었다. 유명운이 미국에 있는 존 스트로베리 박사에게 우주금속의 핵을 보내달라고 얘기한 뒤 거의 한 달 만에 마침내 우주금속의 핵이 유명운의 손에 들어오게 된 것이다.

"어서 안으로 옮기십시오."

항공 트럭에 타고 있던 건장한 사내들이 트럭에서 뭔가 커다란 상자를 끌어내렸고 이윽고 교수들의 안내를 받으며 건물 안으로 그 상자를 끌고 들어갔다. 그 상자에는 두말할 것도 없이 우주금속의 핵이 들어 있었다. 그것은 물리학계에서 상당히 가치있는 물건이었기 때문에 교수들이 직접 나와서 안내를 하고 있는 것이다.

"저게 뭐예요?"

유명운에게서 아무것도 듣지 못한 남궁소진이었기에 궁금하다는 표정을 지으며 그에게 물음을 던졌다. 유명운은 하하 웃으며 대답했다.

"우주금속 핵이야. 한 달 전에 보내달라고 했는데 이제야 보낸다니까. 어차피 보낼 거면서 뭘 그렇게 시간을 끈 건지."

"네……."

유명운의 말을 듣고서도 남궁소진으로서는 별 감흥이 없었다. 그녀는 과학과는 거의 인연이 없는 미술학과였기 때문에 우주금속의 핵이 얼마나 중요한지 모르고 있는 것이다. 그리고 그런 중요한 물건을 이곳까지 가지고 오게 만든 유명운의 위상이 얼마나 높은지도 알지 못했다. 그녀에게 있어서 유명운은 어디까지나 장난기 많은, 교수 같지 않은 교수이기 때문이었다.

"어이! 유 교수! 그런 데서 뭐 하나? 어서 오라고!"

먼저 안으로 들어갔던 한 교수가 밖에서 남궁소진과 놀고 있는 유명운을 불러댔다. 그래서 유명운은 할 수 없이 남궁소진을 품에서 놓아주어야 했다.

"그럼 난 연구하러 가볼게."

"네. 열심히 하세요."

남궁소진과 아쉬운 작별을 하고 유명운은 교수들과 함께 건물 안으로 들어갔다. 유명운에게는 남궁소진만큼 소중한 것은 없었지만 지금 상태에서는 우주금속의 핵이 어떻게 생겨먹었나 하는 호기심이 너무나 컸기 때문에 남궁소진과 떨어져도 별 아쉬움 없다는 것이 사실이었다.

"그럼 가보겠습니다."

우주금속의 핵이 들어 있는 상자를 유명운의 연구실까지 운반해 왔던 건장한 사내들은 교수들에게 인사를 하고 총총히 밖으로 빠져나갔다. 하지만 교수들은 아무도 연구실을 빠져나가지 않았다. 그들 모두 우주금속의 핵을 직접 목격하기 전에는 강의가 있어도, 건물이 폭발해도 절대 연구실에서 나갈 생각이 없었다.

"어서 열어보라고."

40대 정도의 한 남자 교수가 유명운을 재촉했다. 우주금속의 핵을 가져오게 만든 사람이 유명운이기 때문에 유명운에게 상자를 열어볼 수 있는 특권을 주려는 것이었다. 물론 유명운은 그 특권을 거절하지 않았다.

"예, 그럼."

꾹— 꾹꾹—

유명운은 상자에 있는 숫자 버튼에 암호를 입력했다. 그러자 피잉 소리와 함께 상자의 뚜껑이 열려졌다. 상자 안에는 우주금속 핵의 파손을 막기 위해서 값비싼 액체 헬륨을 집어넣은 상태였기 때문에 뚜껑 열리자마자 하얀 연기가 뿜어져 나왔다. 액체 헬륨의 온도가 절대영도인 -273도에 가장 가까우므로 그 차가운 기운에 공기 속의 수증기가 얼어서 하얀 얼음 입자를 형성한 것이다. 물론 그 얼음 입자는 크기가 작기 때문에 사람의 눈으로 볼 때에는 단순한 하얀 연기로 보일 뿐이었다.

"으음……."

액체 헬륨 속에 담긴 우주금속의 핵을 보고 유명운을 비롯한 교수들은 묘한 신음 소리를 내었다. 그들이 생각했던 것과는 달리 우주금속의 핵은 일반적인 우주금속과 별반 다를 것이 없는 모습을 하고 있기 때문이었다. 황금과 비슷한 노란색의 완벽히 동그란 금속. 그것이 우주금속의 핵이라고 불리는 물체의 모습이었다.

"도대체 이게 핵이라는 걸 무슨 수로 구별하지?"

"저기에 오각형하고 육각형 무늬만 새겨 넣으면 완전히 축구공이겠군."

교수들은 우주금속의 핵을 보고 실망한 듯이 한마디씩 했다. 뭔가 특이한 것을 속으로 기대하고 있었던 유명운도 약간 실망하긴 했지만 일부러 한 가지 특이한 특성을 끄집어내어서 입을 열었다.

"하지만 가공하지도 않았는데 자연적으로 완벽한 구형을 이루고 있다는 게 신기하지 않습니까?"

"그렇긴 하군."

유명운의 말에 한 명의 교수가 약간의 맞장구를 쳤을 때, 다른 한 교수가 그 말에 반발하듯이 말했다.

"어쩌면 인공적으로 가공한 일반 우주금속을 보낸 것일지도 모르지."

"그래, 충분히 있을 수 있는 일이야."

평소에 존 스트로베리 박사에게 불만이 많았던지 몇 명의 교수들이 맞장구를 쳤다. 그래서 유명운은 이 한마디로 그들의 반발을 불식시켰다.

"만약 이게 가짜면 딸기 박사를 물리학계에서 매장시켜 버리죠 뭐."

"그럼 되겠군!"

유명운의 말 한마디가 모든 교수들의 마음을 흡족하게 만들었다. 그때, 웃음으로 가득 찬 연구실 안에서 유명운은 알 수 없는 현기증을 느꼈다. 그 현기증이 무엇 때문에 일어난 것인지 모르지만 왠지 기분이 나빠져만 갔다. 그렇지만 다른 교수들의 분위기를 맞춰주기 위해 유명운은 열심히 밝게 웃었다. 괜히 분위기 깨는 짓은 하고 싶지 않았기 때문이다.

*   *   *

"꺅!"

마치 걸음마를 배우는 아기처럼 전애리 선생은 제대로 서 있지를 못했다. 발에 스케이트를 신었으니 당연했다. 스케이트를 배운 적이 없으니 전애리 선생으로서는 지금 완전히 걸음마 배우는 아기 같은 심정이었다.

"괜찮으세요?"

제대로 앞으로 나가지를 못하는 전애리 선생과는 달리 박호준은 아주 여유있게 다가와서 전애리 선생을 일으켜 주었다. 어릴 때 스케이트는 물론이고 스키도 배웠기 때문에 박호준이 못하는 운동이라고는 없다고 할 수 있었다. 그것은 서동민과 김연영 커플도 마찬가지였다.

"이겼다!"

서동민과 김연영의 스케이트 질주 경기에서 김연영이 한 끝 차이로 서동민을 제쳤다. 그래서 김연영은 아주 좋아했다. 하지만 경기에서 져서 하나의 놀이 기구를 탈 입장료를 지불해야 하는 서동민은 별로 기분 나쁜 표정을 짓지 않았다. 어차피 오늘은 많이 쓰려고 자금을 넉넉히 가져왔기 때문이다.

"동민아! 연영이하고 같이 먹을 것 좀 사와라!"

전애리 선생을 일으켜 준 박호준이 서동민에게 소리쳤다. 그것은 서동민과 김연영을 단둘이 만들기 위한 물밑 작전이었다. 유정운이 일행 중에 가장 먼저 떨어져 나가고, 김연영을 따라왔던 두 명의 여학생들도 다른 친구들이 꼬셔서 이미 놀이 기구 타러 빠져나간 상태였다. 이상규는 아까 전에 스케이트를 파손해서 관리인에게 열심히 혼나고 있는 중이었다.

"뭐 드시고 싶으세요?"

또 넘어질까 봐 박호준의 손을 놓지 않고 있는 전애리 선생에게 박호준이 질문을 던졌다. 학생들의 돈으로 뭔가를 얻어먹는다는 건 담임으로서 바람직하지 않은 일이었지만, 박호준의 분위기에 이끌려 자신이 좋아하는 호빵을 주문하고 말았다.

"그럼 다녀올게요!"

박호준의 계략을 알지 못하는 김연영은 방글방글 웃으며 서동민과 함께 스케이트장을 빠져나갔다. 돈은 물론 서동민이 모두 내기로 했기 때문에 기분이 나쁠 리가 없는 것이다. 하지만 반대로 서동민은 굉장한 압박과 긴장을 느껴야만 했다. 김연영에게 자신의 마음을 털어놓아야 하는 상황이 점점 다가오고 있었기 때문이다. 그리고 사람들이 비교적 적은 곳을 지나가게 되었을 때 서동민이 입을 열었다.

"저기…… 연영아."

"응?"

"오늘 네 생일이니까 선물 주려고."

"선물? 정말?"

서동민의 말이 의외였는지 김연영은 굉장히 기쁜 얼굴을 했다. 오늘이 자신의 생일이라는 것을 잊을 리는 없었지만 소풍하고 겹쳐 버렸기 때문에 별 기대는 하지 않고 있었던 것이다.

"자."

서동민은 잘 포장된 선물을 김연영에게 건네주었다. 그 속에는 초콜릿이 들어 있었다. 항상 생일이 되면 서로 선물을 챙겨주기 때문에 간단하게 먹을 것으로 하자고 합의를 했었다. 그래서 이번에도 초콜릿으로 생일 선물을 대신한 것이다. 하지만 오늘은 선물 하나 달랑 주고 끝낼 생각이 없었다.

"연영아, 넌 나에 대해서 어떻게 생각해?"

용기를 낸 서동민의 입에서 흘러나온 질문. 하지만 김연영은 어리둥절한 표정을 지을 뿐이었다.

"갑자기 무슨 헛소리야?"

"아니, 날 남자로서 어떻게 생각하냐고."

이어지는 서동민의 2차 질문. 하지만 이번에도 김연영은 그가 원하는 대답을 하지 않았다.

"뭐, 너 정도면 괜찮지 않아? 웬만한 여자애들은 넘어가고도 남을걸?"

"아니, 그런 거 말고."

직접적으로 말하지 않으면 김연영이 알아들을 것 같지 않았기 때문에 서동민은 우선 거기서 대화를 끊었다. 그리고 마음을 진정시키기 위해 크게 숨을 한 번 들이킨 뒤 용기를 짜내어 입을 열었다.

"난 네가 좋아. 어렸을 때부터 좋아했어. 그러니까 이제부터는 커플로서 사귀자."

"……"

서동민의 말이 끝나자 일순간 둘 사이에서는 침묵이 흘렀다. 그것은 마치 김연영이 전혀 뜻밖의 말을 들어서 놀란 듯한 장면을 보여주고 있는 듯했다. 그래서 서동민으로서는 그 침묵이 매우 참기 힘들었다.

"연영아, 난……!"

"갑자기 무슨 이상한 소리야?"

서동민이 다시 뭔가 말하려는 순간 김연영이 침묵을 깨고 입을 열었다.

"꼭 무슨 프로포즈하는 것 같잖아. 장난하지 마."

"……!"

김연영의 표정에서는 그 어떤 흔들림도 찾아볼 수 없었다. 정말로 서동민이 장난을 치고 있다라는 생각을 하고 있는 듯한 모습이었다.

그런 김연영의 모습에 서동민은 가슴이 덜컥 내려앉는 느낌을 받았다.

"나 지금 장난하는 거 아니야. 진심이라고."

불안을 느끼면서도 서동민은 계속해서 자신의 마음을 밝혔다. 아무리 둔한 사람이라도 상대가 그렇게까지 말하면 그가 무엇을 말하고자 하는지 모를 리가 없었다. 김연영 역시 서동민이 진심으로 자신에게 사귀자고 말을 하고 있음을 알아차렸다. 그래서 상황은 더 이상 수습할 수 없는 상태에까지 이르게 되었다. 이제 남은 것은 김연영의 대답을 듣는 것뿐이었다.

"…후우."

김연영은 우선 길게 숨을 내쉬었다. 자신의 마음을 정리할 필요가 있었기 때문이다. 그렇게 긴 심호흡으로 마음을 가라앉힌 김연영은 서동민을 향해 입을 열었다.

"옛날부터 우린 소꿉친구였어. 그래서 난 널 정말 좋은 친구라고 생각해. 그런 생각은 지금도 변함없고. 하지만……."

"……."

"무슨 애인 사이처럼 지내는 건… 별로 원하지 않아. 그냥 예전처럼, 아니, 지금처럼 친한 친구로 지내면 안 될까?"

"……!"

김연영은 부드러운 어조로 말을 했지만 서동민의 귀에는 그것이 바로 옆에서 터지는 폭탄 소리보다 훨씬 컸다. 그리고 그 폭발력과 충격력은 가히 지구에 운석이 떨어지는 수준이었다. 그렇기 때문에 서동민은 한동안 아무런 움직임도 취하지 못했다.

"동민아? 동민아? 서동민!"

서동민이 아무런 반응을 보이지 않았기 때문에 김연영이 걱정스러운 얼굴로 그를 불렀다. 그런 김연영의 외침에 서동민은 겨우 정신을 차렸지만 머리 속이 혼란스러운 것은 변함이 없었다.

"그럼… 왜 나하고 같이 영화 보러 간 거야?"

그것만큼은 알고 싶었기 때문에 서동민은 혼란스러운 상황에서도 물음을 던졌다. 하지만 그에게 돌아온 대답은 너무나 당연한 것이었다.

"친구니까. 친구끼리 영화 보러 가는 게 뭐 이상해?"

'친구……!'

김연영의 대답을 듣고서야 서동민은 어느 정도 머리 속의 혼란이 가시는 듯한 느낌이었다. 둘이서만 같이 영화를 보고, 같이 놀고, 선물을 주고받는 것……. 그것은 이성 친구가 아닌 동성의 친구끼리에서도 충분히 있을 수 있는 일이었다. 만약 김연영을 남자라고 가정한다면 지금까지 서동민과의 일들은 전혀 이상하다고 볼 수 없는 것이다.

"그랬… 구나……."

거기까지 생각이 미치자 서동민은 극도의 허탈감을 느꼈다. 이 순간을 위해 10여 년을 같이 지내고 몇 개월 동안 아르바이트를 했던 그 모든 것이 전부 물거품으로 변해 버렸기 때문이었다.

"아하하……."

서동민은 조그만 웃음을 터뜨렸다. 그것은 허탈함이 묻어 있는 웃음이었다. 원래는 가능하면 밝게 웃으려고 했지만 생각만큼 얼굴 근육이 움직여 주지 않은 것이다.

'젠장! 제대로 웃으란 말이야!'

거짓 웃음을 만들어내기 위해서 서동민은 속으로 악을 썼다. 만약 여기서 아무 말도 하지 않고 돌아가면 서동민과 김연영은 앞으로 친구로서도 같이 지내기가 굉장히 힘들어지기 때문이다. 연인 사이는 이제 완전히 포기해야겠지만 적어도 김연영이라는 친구를 놓치기가 싫었던 것이다.

"뭐 그냥 한번 해본 말이니까 신경 쓰지 마. 애들 기다릴 테니까 빨리 먹을 거 사갖고 가자."

그런 서동민의 노력이 결실을 맺었는지 그의 표정은 완전히 평상시로 돌아왔다. 그리고 어조 역시 맥 빠진 것이 아니라 평소와 다름없는 것이었다. 그래서 김연영으로서는 어리둥절할 수밖에 없었다.

"그냥 한번 해본 말? 그럼 농담이었다는 거야?"

"아니, 뭐…… 남자와 여자는 진정한 친구가 되기 어렵다는 말이 있으니까…… 과연 그럴까 하고 말해 본 거야."

겉으로는 실실 웃으면서 말하고 있었지만 서동민은 속으로 피눈물을 흘리고 있었다. 그런 되지도 않는 말을 늘어놓으면서 지금의 상황을 뒤집어야 했기 때문이었다. 김연영과의 사이를 예전처럼 만들기 위해 자신의 기분을 접어둔 채 입을 열어야 하는 것이다.

"하지만 네 반응을 보니까 남자하고 여자도 충분히 진정한 친구가 될 수 있겠다. 역시 옛날 말이 틀렸다니까."

"당연하지! 네가 괜히 이상한 말 하니까 놀랐잖아!"

미련스럽게도 김연영은 정말로 서동민이 그냥 한번 장난친 것이라고 믿어버렸다. 어쩌면 마음 한구석에서는 찜찜한 부분이 있을지도 모르지만 그녀 역시 서동민을 좋은 친구라고 생각하고 있었기 때문에 서동민의 말을 그대로 믿고 있는 것이다. 어쩌면 김연영은 여기서 서동민의 말을 거짓이라고 생각하고 이상한 얘기를 하게 되면 둘 사이는 영원히 예전처럼 되지 못한다는 것을 어렴풋이 짐작했는지도 몰랐다.

"그럼 빨리 가자!"

웃고 있는 서동민과 마찬가지로 김연영 역시 밝게 웃으면서 그의 손을 잡고 가게로 향했다. 그러한 김연영의 행동은 예전과 다름이 없었다. 그렇기 때문에 서동민으로서는 그것을 다행이라고 생각해야 할지 불행이라고 생각해야 할지 갈피를 잡기 어려웠다.

'후우…….'

용기를 내어 말을 꺼냈으나 서동민에게 돌아온 것은 거절의 말뿐. 그나마 친구로서의 관계가 무너지지 않았음을 다행으로 여겨야 하는 것. 그러한 것들이 서동민의 마음을 너무나 무겁게 짓눌러 버리고 있었다.

"정말 재밌다!"

'신밧드의 모험'이라는 놀이 기구를 타고 나서 채소은이 기분 좋은 듯이 입을 열었다. 사실 신밧드의 모험은 배 같은 놀이 기구에 타서 정해진 길을 따라 이것저것 구경하는 방식으로 20세기 전에도 존재했던 오래된 놀이 기구였다. 물론 지금은 홀로그램과 마법, 마술을 결합하여 볼거리를 다양하게 해놨지만 어쨌든 고전 중의 고전이라고 할 수 있는 것이다.

"하아… 하아……."

"……?"

즐겁다며 웃고 있는 채소은과는 달리 임배희의 표정은 그렇게 밝지 않았다. 놀이 기구 탈 때 채소은과 임배희 사이에 끼어야 했던 유정운은 배가 계속 이동하는 동안에 임배희가 내내 불안한 얼굴을 했었다는 것을 알고 있었다. 물론 유령이나 용 같은 볼거리들이 굉장히 사실적이라서 처음 와보는 사람이나 담력이 작은 사람은 많이 놀라겠지만 원래부터 겁대가리를 상실한 유정운에게는 그런 것들은 전혀 무섭지 않았다. 그래서 겨우 그 정도에 놀란 표정을 짓고 있는 임배희가 약간 신기하기도 했다.

'배희 선배는 의외로 담력이 작군.'

유정운이 그런 생각을 하고 있을 때 채소은이 뭔가 좋은 것을 발견했는지 기쁜 어조로 입을 열었다.

"저기 유령의 집이다! 들어가 보자!"

"……!"

'유령의 집'이라는 말을 듣자마자 임배희의 얼굴이 완전히 굳어버렸다. 특히 유령의 집 입구에 세워져 있는 팻말을 보고 더욱 기겁해 버렸다. 그 팻말에는.

「이곳은 다소 잔인하고 공포스러운 장면이 있으니 임산부나 노인은 관람을 피해주시기 바랍니다. 10살 이하의 어린이는 반드시 어른과 함께 입장해야 합니다.」

라고 써져 있었던 것이다.

"어서 들어가자니까!"

임배희가 어떤 심정인지는 알지도 못한 채 채소은은 유정운과 임배희의 팔을 잡아끌었다. 채소은 역시 임배희와는 2학년 때 마법 연구부에 들면서부터 알게 되었지만 같은 반이 된 것은 올해뿐이라서 임배희가 무서운 것에 약하다는 사실을 모르고 있는 것이다.

"난 별로……."

자꾸 유령의 집으로 끌고 가려는 채소은을 향해 임배희는 내키지 않는다는 표정을 지었다. 그렇지만 채소은은 그것을 다른 뜻으로 받아들였다.

"뭐야, 여기 와서 왜 약한 척해? 빨리 들어가서 스트레스 풀자!"

'저기 들어가면 난 스트레스를 더 받을 것 같단 말이야!'

속으로 임배희는 그렇게 외쳤지만 그 말이 입 밖으로는 나오지 않았다. 채소은이 너무나 즐거워하고 있었기 때문에 차마 안 들어가겠다는 말을 할 수 없었던 것이다. 그렇기 때문에 결국 임배희는 채소은에게 이끌려 들어가고 싶지 않았던 유령의 집을 들어가야만 했다.

으흐흐흐…….

입장료를 내고 유령의 집 안으로 들어가자마자 기묘한 웃음소리가 사방에서 들려왔다. 그리고 내부도 꽤 어두운 편이었기 때문에 너무 떨어져서 가면 서로를 놓치게 될 우려도 있었다. 그래서 세 사람은 바짝 붙어서 이동하기로 했다.

이히히히…….

스테레오로 빵빵하게 들려오는 기괴한 소리로 인해 겁대가리없는 유정운조차 꽤 놀라고 말았다. 음향 효과도 괜찮고 비춰지는 불빛도 공포심을 자극하는 파란색 계열이라서 정말 무서운 분위기를 잘 연출하고 있었던 것이다. 여기에 뭔가 강한 자극을 준다면 아무리 담력 큰 사람이라도 비명을 지를 수밖에 없을 것이라는 생각이 들었다.

키키키……!

그때 유정운의 생각대로 그들의 눈앞에 불쑥하고 귀신이 모습을 드러내었다. 눈은 붉게 충혈되고 입가에는 피를 줄줄 흘리고 있는 귀신의 모습이었는데 사람이 직접 변장한 게 아니라 홀로그램으로 만들어 낸 영상이라서 오히려 더 무서운 모습을 하고 있었다.

"아하하…… 귀신 나올 줄 알았어……."

유정운처럼 이미 귀신이 튀어나올 것이라는 예상을 하고 있었는지 채소은은 일부러 여유있는 태도를 보였다. 하지만 무서운 건 무서운 거라서 웃는 얼굴이 상당히 부자연스러운 점은 어쩔 수가 없었다.

'무서우면 그냥 소리 지르면서 나한테 안겨도 되는데…… 흠흠.'

유정운은 속으로 그런 생각을 하면서 채소은을 쳐다보았다. 하지만 채소은은 그렇게 할 생각이 없어 보였기 때문에 혼자만의 헛생각으로 그칠 것이라는 느낌이 들었다. 그러다가 문득 임배희에게 생각이 미쳐서 그녀 쪽을 쳐다보았다. 임배희는 유정운의 바로 뒤쪽에서 따라오고 있었는데 유정운의 교복 옷자락을 잡고 있었다. 그냥 보기에도 임배희의 몸이 조금씩 떨리는 것을 확인할 수 있을 정도라서 유정운은 그녀가 걱정될 수밖에 없었다.

'이러다가 기절해서 응급차에 실려 가는 건 아닌지…….'

"어차피 여기 있는 건 모두 가짜니까 무서워할 필요가 없다니까."

채소은은 그렇게 말하면서 조금씩 앞으로 전진했다. 특히 유정운과 임배희가 자신의 뒤를 잘 따라오고 있나 없나를 계속 확인했다. 그들과 조금이라도 멀리 떨어지게 되면 공포심 때문에 잘못하면 우는 모습을 보일지도 모른다는 생각이 들었던 것이다.

까아악!

그때였다. 허공에서 하얀 소복을 입은 여자와 낫을 든 검은 옷의 귀신이 떨어져 내렸고 검은 옷의 귀신은 손에 들고 있던 낫으로 소복 여인의 가슴을 찔러 버렸다. 그에 따라 소복 여인의 가슴에서 새빨간 피가 분수처럼 뿜어져 나와 유정운 일행의 머리 위로 뿌려졌다. 비록 소복 여인과 검은 옷의 귀신이 허공에서 떨어지고 가슴에서 피가 뿜어져 나오는 광경은 일순간이었지만 그 광경을 목격하지 못한 사람은 없었다.

"악!"

소복 여인과 검은 옷의 귀신 모습이 사라지자마자 이번엔 채소은이 비명을 질렀다. 유정운과 임배희의 얼굴과 옷에 피가 점점이 묻어 있었기 때문이다. 하지만 이내 자신에게도 피가 묻어 있는 것을 보고 더욱 기겁했다.

"뭐, 뭐야 이거!"

피가 옷이나 몸에 묻어서 공포심이 증가된 채소은은 급히 피를 떨어내려고 했다. 하지만 액체인 피가 떨어낸다고 떨어질 리가 없었다. 그렇기 때문에 채소은은 더욱 공포를 느끼게 되었다.

"이런 건 너무하잖아!"

거의 울상을 지으며 말하는 채소은을 보면서 유정운은 몰래 속으로 웃었다. 하지만 결코 겉으로는 아무런 표정도 짓지 않고 그저 시간이 지나기만을 기다렸다. 그렇게 한 10여 초 정도가 지나자 갑자기 어두웠던 실내에 불이 들어왔다.

"앗! 눈부셔……!"

눈의 통증을 느끼며 눈을 가린 채소은은 통증이 가라앉은 후에 슬며시 눈을 떴다. 그러다가 놀란 눈을 했다. 분명 유정운과 임배희, 그리고 자신에게 묻어 있어야 할 피가 흔적도 없이 사라져 버렸기 때문이다.

"피가……!"

"그거 가짜 피예요."

놀라는 채소은을 보면서 유정운이 마침내 입을 열었다. 사실 유정운은 빨간색 액체가 사라지는 원리에 대해서는 잘 모르기 때문에 말을 하지 않으려고 했지만 지극히 상식적인 사실은 알려주어야 한다는 생각에 입을 연 것이었다.

"설마 진짜 피를 사람에게 뒤집어씌우겠어요? 그럼 이곳은 당장 폐쇄됐겠죠. 심장이 약한 사람들이 놀라서 기절하는 것 외에는 위험한 요소가 없게 해야 되니까요."

"그, 그렇구나……."

너무 놀라서 그런 것은 생각할 겨를이 없었던 채소은이었기에 유정운의 말에 고개를 끄덕일 수밖에 없었다. 특히 전혀 무서워하는 표정을 짓지 않고 있는 유정운의 모습에 놀라고 있었다. 처음 이곳으로 유정운을 끌고 올 때는 유정운이 겁에 질려 벌벌 떨 것이라는 예상을 했었고 자신은 그런 유정운을 놀려줄 작정이었다. 겉으로 보기에 유정운은 무서움을 굉장히 잘 탈 것 같았기 때문이다. 그런데 실제 상황은 완전히 반대로 되어가고 있었다.

팟―

그때 갑자기 밝아졌던 실내가 일시에 어두워졌다. 마치 하늘에서 떨어진 피가 가짜임을 알려주기 위해 잠시 불을 켰다가 끄는 것 같은 느낌을 주었다. 이유야 어쨌든 밝은 장소에 있다가 갑자기 어두운 장소로 들어온 꼴이 되어버렸기 때문에 유정운 일행의 시야에는 아무것도 보이지 않게 되었다.

"……!"

아무것도 보이지 않는 상황에서 유정운은 자신의 양 옆으로 부드러운 물체를 느꼈다. 만약 보통 사람들이라면 뭔가 귀신이 옆에 들러붙은 것이라고 생각할 수도 있겠지만 겁대가리없는 유정운은 그런 생각을 하지 않았다. 대신 가까이 있던 채소은과 임배희가 자신에게 가까이 붙은 것이라는 확신을 가졌다.

"갑자기 불을 끄면 어떻게 하라는 거야, 진짜!"

유정운의 확신을 증명이라도 하듯이 유정운의 바로 옆에서 채소은의 말소리가 들려왔다. 다른 사람들보다 약간 활달한 채소은이라서 말을 함으로써 무서움을 날려 버리고 있었던 것이다. 하지만 그녀와는 달리 임배희는 유정운의 손을 꼭 잡고서 바들바들 떨고 있었다. 임배희에게는 바로 그것이 공포를 없애는 방편이었다.

'어라? 그러고 보니……'

임배희의 담력이 작다는 것에 놀라는 유정운의 머리 속에 갑자기 어떤 생각이 스쳐 지나갔다. 그것은 임배희에게 남성 혐오증 비슷한 버릇이 있다는 것이었다. 그런데 지금 임배희는 버젓이 유정운의 손을 잡고 있었다. 그래서 유정운은 그 이유를 생각해야 했다.

'공포 때문에 그런 건가? 그렇다면 배희 선배는 남성 알레르기가 있는 게 아니라 그냥 정신적으로 남자를 싫어하는 거라고 할 수 있겠군. 그게 아니라면……'

계속 생각을 뻗치자 무시무시한 결론에 도달하게 되었다.

'배희 선배는 날 여자라고 생각한다?!'

유정운이 도달한 결론에 자기 스스로 놀라고 있을 동안에도 유정운 일행은 전진을 계속했다. 유령의 집답게 자주 귀신의 홀로그램이 출현했고 어린아이가 보기에는 껄끄러운 잔인한 장면도 몇 번 보게 되었다. 과연 임산부나 노인은 관람을 삼가하라는 팻말의 의미를 실감

할 수 있을 정도였다.

"끝났다!"

보통 관람이 끝나면 아쉬운 마음이 들게 마련이지만 채소은은 밖에 나오자 안도감 섞인 말부터 토해냈다. 다시는 들어가고 싶지 않은 유령의 집이었지만 이상하게 속으로는 나중에 오게 되면 한 번 더 들어가 볼까 하는 생각을 하고 있었다. 다음에 들어갈 때는 지금과는 달리 웃으면서 나오겠지라는 생각을 하기 때문일지도 몰랐다.

"휴우…… 아!"

밖으로 나와 밝은 조명을 받게 된 임배희도 안도의 한숨을 내쉬었다. 그러다가 아직도 유정운의 손을 잡고 있다는 사실을 알아차리고 얼른 손을 놓았다. 그러나 유정운은 임배희가 괜히 당황하지 않도록 하기 위해 일부러 눈치 채지 못했다는 표정을 지으며 아무렇지도 않게 채소은에게 말을 걸었다.

"나중에 또 올 건가요?"

"응? 글쎄…… 뭐, 별로 무섭지 않았으니까 한 번 더 들어가 봐야지!"

실제로는 무서웠지만 밖에 나온 이상 선배로서의 위엄을 세워야 했기 때문에 채소은은 짐짓 강한 척을 했다. 하지만 유정운은 그 말을 기다렸다는 듯이 되받아쳤다.

"그럼 지금 당장 또 들어가요. 사실적이라서 재미있던데요."

"……!"

후배 주제에 그런 말을 할 줄은 몰랐기 때문에 채소은은 속으로 뜨끔 하는 표정이었다. 하지만 이내 재치있는 말로써 그 상황을 넘겨 버렸다.

"들어갔던 데를 또 들어가면 무슨 재미야? 다른 곳으로 가자!"

"아, 예……."

유정운은 속으로 아쉬움을 머금으며 채소은이 이끄는 대로 따라갔다. 웬만하면 채소은이 무서워서 눈물을 글썽이는 장면을 보고 싶었지만 그다지 겁이 없는 채소은에게 그런 것을 바라는 건 무리라는 생각이 들었다. 어찌 됐든 유정운은 밝은 표정의 채소은과 약간 상기된 표정의 임배희와 함께 다른 놀이 기구 탐방을 계속하였다.

오후 3시.

마침내 소풍을 끝내야 할 시간이 되었다. 1학년 28반 학생들은 3시가 조금 넘어서야 모두 버스 주차장으로 집결했다. 그렇게 학생들의 인원수를 확인한 뒤 모두들 버스에 올라탔고 버스는 곧장 학교를 향해 출발했다. 물론 학교까지 가는 길목 가까이에 집이 있는 경우는 그자리에서 내리게 해주었다.

"……?"

유정운은 5시간 만에 모인 박호준과 서동민, 이상규의 표정이 묘하다는 것에 고개를 갸웃했다. 이상규는 아예 울상 짓는 표정이었지만 박호준은 기쁨과 안타까움이 뒤섞인 표정이었고 서동민은 슬픔을 억지로 숨기려는 듯한 표정이었던 것이다.

'상규 녀석은 분명 사고 쳤을 테니까 표정이 망가졌겠지만, 호준이하고 동민이는 왜 표정이 저렇지?'

그것이 유정운에게 있어서 궁금한 사항이었다. 서동민은 김연영에게 대시를 해서 성공했을 테고 박호준은 전애리 선생과 함께 오붓한 시간을 보냈을 것이 틀림없었기 때문이다. 그런데 박호준의 표정에 기쁨과 안타까움이 뒤섞여 나타나 있는 것을 보고 한 가지의 추리를 할 수 있었다.

'설마…… 동민이의 대시가 실패로 끝나서 호준이가 안타까워하고 있는 건가? 전애리 선생하고 재미있는 시간을 보내서 속으로는 즐겁지만 동민이 때문에 즐겁다는 표정을 드러내지 못하고 있는 것?'

그런 추리를 하긴 했지만 유정운은 그 추리를 수긍할 수 없었다. 자신이 보기에도 서동민의 대시는 100% 성공할 것 같았기 때문이다. 딱히 서동민이 아주 큰 실수를 하지 않는 한 실패할 리가 없는 것이다.

"야, 어떻게 된 거야?"

서동민이 왜 침울해하고 있는지 알아보기 위해 유정운은 이상규에게 귓속말로 물었다. 그러자 이상규는 기분 나쁘다는 표정으로 대답했다.

"겨우 스케이트 부순 거 가지고 1시간 동안이나 설교 들었다고. 또 미니카 타다가 어떤 꼬마 애하고 충돌해서 그 애 엄마한테 엄청나게 욕먹었고. 정말 미쳐 버리는 줄 알았다니까."

"아니, 네 얘기 말고 동민이 말이야."

"서동민? 글쎄, 표정 보면 알잖아? 나도 왜 실패했는지는 모르겠는데 아무튼 계속 표정이 저랬어."

"……."

이상규를 통해서도 정확한 정보를 얻을 수 없었기 때문에 유정운은 답답한 느낌이 들었다. 그렇지만 풀이 죽어 있는 당사자에게 직접 그 일에 대해서 묻는다는 것은 잔인한 짓이라 차마 할 수도 없었다. 그래서 다음에 어느 정도 서동민의 마음이 진정된 후에 천천히 묻는 게 순서라고 생각했다.

"아하하! 정말이야?"

침울한 표정의 서동민과는 달리 김연영은 평소와 다름없이 웃고 떠들고 있었다. 때때로 서동민 쪽을 쳐다보다가 서동민의 표정이 안 좋은 것을 발견하고 그 이유를 묻긴 했지만, 서동민이 그저 너무 놀아서 피곤하다고만 둘러댔기 때문에 그 말을 믿고 더 이상 신경 쓰지 않았다. 그렇게 결과적으로 4월 4일은 박호준과 유정운에게는 기쁜 날, 이상규와 서동민에게는 슬픔이 가득한 최악의 날이 되어버렸다.

천인 고등학교

미라 꿈틀이

12장

XII 미라 꿈틀이

TV만이 켜져 있는 거실. 그 거실 소파에 유정운이 정좌한 자세로 앉아 있었다. 오늘은 4월 5일 식목일, 즉 빨간 날이었기 때문에 학교에 가지 않은 것이다. 소풍 가고 나서 그 다음날 쉴 수 있는 일정은 학생들에게 있어서 그야말로 환상이었다.

"위대한 마나여, 나 그대의 안식처를 제공하리니 나에게 와서 머무르라."

유정운은 정좌한 자세로 눈을 감은 채 그렇게 중얼거렸다. 마법 수련, 정확히는 마나밴드 만들기를 하고 있는 것이다. 마법 연구부 마마에 들고 난 뒤부터 매일 아침 짧게는 10여 분, 길게는 30분 정도를 눈 감고 중얼중얼거리면서 마나밴드 만들기를 하고 있었다. 유정운은 잘 모르고 있었지만 일반 학생들의 평상시 마법 수련 시간이 5분도 채 되지 않는다는 점을 놓고 보면 유정운의 집중력은 대단하다고 할 수 있었다. 물론 마법 실기시험이 다가오면 학생들의 마법 수련 시간이 길어지기는 하지만.

"……!"

오늘 대략 15분 정도를 정신 나간 사람처럼 중얼중얼거렸던 유정운은 갑자기 중얼거림을 멈추었다. 지금까지와는 다른 느낌이 온몸에 전해졌기 때문이다. 마치 하나의 거대한 기류가 그의 몸을 둘러싼 것과 같은 느낌. 그것은 4밴드를 이룩했던 유정운이 익히 알고 있는 느낌이었다. 바로 마나밴드가 완전하게 만들어질 때 전해지는 느낌이었던 것이다.

"오늘은 15분만 하려고? 어떻게 30분을 못 넘나?"

유정운이 더 이상 마법 수련을 하지 않자 나갈 채비를 하고 있던 유명운이 핀잔을 주었다. 그렇지만 유정운은 형의 핀잔에도 굴하지 않고 마법 수련을 하지 않았다. 오히려 유명운을 쳐다보면서 씨익 하고 사악한 웃음을 지었다. 그리고는 득의양양한 어조로 입을 열었다.

"이제 형하고 밴드수 차이가 1이다."

"……."

이해력이 빠른 유명운은 유정운의 말을 듣자마자 그가 무슨 뜻으로 그런 말을 했는지 알아차렸다. 유정운의 말은 방금 전에 4밴드를 넘어서 5밴드를 달성했다는 뜻이었다. 그리고 그것은 밴드수가 6인 유명운과 밴드수 차이가 하나라는 것을 뜻했다. 17세의 나이로 일반 성인들도 달성하기 어려운 5밴드를 이룩한 동생이 기특하기도 했지만 겉으로는 전혀 내색하지 않고 오히려 별것 아니라는 듯이 맞받아쳤다.

"이제 5밴드면 뭐 해? 난 곧 7밴드가 되는데."

"뭐가? 아직 6밴드밖에 안 되면서."

"요즘 우주금속 연구 때문에 시간이 없어 마법 수련 안 해서 그래. 조금만 하면 7밴드라니까 그러네."

"나도 학교만 안 나가면 당장 6밴드 만들 수 있어."

유명운의 말에 유정운도 지지 않고 되받아쳤다. 평소 같으면 유명운이 계속 반박을 가해서 유정운을 굴복시켰겠지만, 동생의 5밴드 달성을 축하해 주는 의미에서 오늘만큼은 져주기로 했다.

"그래, 열심히 해서 날 제쳐 봐라."

"당연하지. 이제 형 같은 늙은이의 시대는 갔어. 젊은 나한테 자리를 내줘야지."

모처럼 유명운이 반격을 하지 않자 유정운은 열심히 형을 공격했다. 그렇지만 그 정도의 공격에 타격을 입을 유명운이 아니었기에 화제를 돌려 유정운의 공격을 무마시켰다.

"근데 오늘 나무 안 심냐? 식목일인데."

"형은 뭐 나무 심어?"

"나야 나무 심으러 가지."

"어디에다? 뭔 나무?"

유명운의 말이 뜻밖이었기 때문에 유정운은 의아한 표정을 지었다. 공휴일에 유명운은 항상 남궁소진과 같이 데이트하는 데 모든 시간을 할애했기 때문이었다. 그런 유명운이 나무를 심으러 간다니 믿을 수가 없었던 것이다. 유명운은 어리둥절해 있는 유정운의 표정을 보면서 씨익 웃었다.

"소진이 마음에 사랑의 나무를 심으러 간다. 알겠냐?"

"……"

썰렁한 대답에 유정운은 아무 말 없이 유명운만 노려보았다. 그렇지만 유명운은 위풍당당했다.

"넌 나무 심을 사람이라도 있냐? 사랑을 안 하면 스트레스가 쌓인다고."

"좋아하는 일 하면 스트레스 없어져."

"좋아하는 일과 사랑을 동시에 하면 스트레스 발산 속도가 현저히 높아진다."

"언제는 둘을 동시에 하는 건 어렵다고 했으면서."

"그야 일반적인 경우고 아무리 좋아하는 일이라도 지칠 때가 있는데 그걸 사랑으로 커버하는 거지. 내가 대표적인 표본이잖냐."

"잘났수."

지금 유명운과 유정운이 나눈 얘기는 유명운의 끈 이론에 기초한 것들이었다. 물론 다른 사람들도 알고 있는 사실을 이상한 방법으로 돌려서 말한 것이지만 모든 현상을 끈이라는 것으로 설명하자는 것이 유명운의 끈 이론이었다. 하지만 유명운의 끈 이론은 체계가 잡혀 있다기보다는 그냥 여러 가지 현상들을 끈이라는 것에 끼워 맞추는 형식이라 그걸 알고 이해하는 사람은 유정운밖에 없었다.

"근데 물어볼 게 있는데."

"뭔데?"

유정운이 자신에게 질문을 많이 하는 편이지만 유명운은 귀찮아하는 표정이 아닌 어서 물어보라는 표정을 지었다. 동생의 궁금증을 풀어주는 것이 형의 사명이라고 생각하기 때문이었다. 하지만 이번에 유정운이 물어본 것은 지금까지와는 전혀 다른 것이었다.

"소꿉 친구로 오래 사귄 애들이 있었는데 어제 남자가 먼저 사귀자

고 말을 꺼냈어. 하지만 여자애는 거절했고. 아마도 그냥 친구로 지내
자는 말을 한 것 같은데… 어떻게 생각해?"

"음……."

유정운의 질문에 유명운은 잠시 생각하는 듯한 포즈를 취했다. 하
지만 이내 언제나처럼 유정운에게 질문을 되던졌다.

"네 느낌으로는 어떤 것 같은데?"

"글쎄… 여자애가 남자애에게 전혀 관심이 없다기보다는 아무래도
아직 자신의 마음을 눈치 채지 못한 것 같긴 한데……."

"그럼 일깨워 주면 되잖아. 별것도 아닌 걸 가지고."

"어떻게 일깨우냐고. 말로는 누가 못해?"

유명운에게서 예상했었던 답변이 흘러나왔기 때문에 유정운은 그
를 노려보며 다른 대답을 요구했다. 하지만 유명운은 자신의 끈 이론
을 앞세워 대답을 했다.

"소꿉 친구로 지금까지 사귀었으면 나름대로 서로에 대해서 잘 안
다고 생각하겠지. 특히 여자 쪽에서 거절했다고 했으면 여자 쪽이 남
자 쪽을 완전히 알고 있다고 생각하기 때문에 더 이상 새로운 끈을 연
결해서 새로운 관계를 만드는 걸 원하지 않는 거야. 그럴 때는 여자가
끈을 연결하고픈 마음이 들게끔 새로운 자극을 줘야지. 지금과는 전
혀 다른 모습을 보여주거나 해서 말이야. 아니면 나에게 끈을 연결하
면 네가 가진 에너지를 효과적으로 발산시킬 수 있다는 걸 그 여자애
에게 증명하던가."

"……."

유정운은 속으로 한숨을 쉬었다. 유명운의 말은 지극히 추상적이기
때문이었다. 물론 유명운의 끈 이론을 지겹도록 들었던 유정운은 그

의 말이 무엇을 뜻하는지 잘 알고 있었다. 그렇지만 유정운이 원하는 건 그런 원론적인 대답이 아니었던 것이다.

"그러니까 전혀 다른 모습을 보여주는 방법이 뭐냐고. 구체적인 예를 들어."

"얌마, 그런 것도 몰라? 당연히 이거지!"

구체적인 예를 들라는 유정운의 말에 유명운은 마치 대단한 것을 알고 있는 듯한 표정을 지었다. 그리고는 강한 어조로 또박또박 입을 열었다.

"질투 유발!"

"……."

이미 유명운이 그런 말을 할 줄 예상했었던 유정운은 그저 유명운을 무시했다. 질투를 유발시키는 방법 말고 다른 방법을 원했기 때문이다. 하지만 유명운은 자신의 생각을 강조해 댔다.

"이 이상 좋은 방법이 어디 있어? 만약 그 여자애가 자기 남자 친구랑 다른 여자가 즐겁게 노는 걸 보고 아무런 느낌도 안 받는다면 그때는 완전히 포기해야지. 약간의 질투라도 한다면 가능성이 있는 거고."

"자기가 가지기는 싫고 남 주기는 아까운 경우에는?"

"그럴 때는 남자애 마음이지. 더 사이를 진전시키도록 노력하거나 포기하거나."

"……."

너무나 뻔한 얘기라서 유정운은 또다시 속으로 한숨을 쉬었다. 하지만 그것이 어쩌면 가장 확실한 방법일 수도 있다는 생각이 든 것도 사실이었다. 어쨌거나 서동민에 대한 김연영의 마음을 확실히 파악하기 위해서는 질투 유발의 방법이라도 써봐야 하는 것이다.

"그럼 질투를 유발시키려면 어떤 다른 여자랑 같이 있는 게 좋은데?"

일단 유명운의 말을 받아들이기로 한 유정운은 유명운에게 더욱 구체적인 질문을 던졌다. 하지만 유명운은 그 대답을 회피했다.

"그건 알아서 정해야지."

"……."

중요한 부분에서 얼렁뚱땅 상황을 넘겨 버리는 유명운에게 유정운은 더 이상 질문을 하지 않기로 했다. 해봤자 입만 아프기 때문이었다. 유명운도 유정운이 더 이상의 질문을 던지지 않을 것임을 알았기 때문에 주저하지 않고 현관 쪽으로 향하며 유정운에게 지시를 내렸다.

"난 소진이 만나러 갈 테니까 도둑 들어오지 않게 집 잘 지켜라."

"내가 개야?"

"네가 무슨 개냐? 강아지지."

"……."

언제나처럼 유정운이 할 말을 잃어버리도록 만든 뒤 유명운은 유유히 밖으로 나갔다. 의외로 유명운에게는 남에게 지고 싶지 않다는 승부욕이 강하기 때문이었다. 만약 그에게 그런 승부욕이 없었다면 지금의 유명운은 존재하지 않았다고도 할 수 있었다.

"그럼 오늘은 마법 수련 이 정도로만 할까……. 아~흠."

유명운이 집을 나서자 유정운은 길게 하품을 했다. 5밴드를 달성했다는 것 때문에 더 이상 마법 수련을 하기가 귀찮아진 것이다. 목표를 이룬 이후의 마음의 해이해짐을 이겨낼 정도로 유정운은 아직 정신적으로 단련되지 않았기 때문이다.

띠리링—

그때 유정운의 방 안에서 핸드폰 소리가 울렸다. 현재 유정운의 핸드폰 번호를 아는 사람은 유명운과 남궁소진, 박호준과 채소은, 그리고 아르바이트 소개인밖에 없었다. 방금 전에 나간 유명운이 유정운에게 전화할 리는 절대 없고, 남궁소진 역시 유명운을 만날 것이기 때문에 전화를 걸 리가 없었다. 따라서 박호준이나 채소은이 전화를 한 것일 수도 있고 아르바이트거리가 생겼다고 온 전화일 수도 있었다.

'소은 선배한테 온 전화면 좋은데…….'

유정운은 그런 생각을 하는 자신을 알아채지 못한 채 핸드폰을 받았다. 하지만 유정운의 바람과는 달리 핸드폰에서 들려온 목소리는 박호준의 것이었다.

《정운이지? 나 호준인데, 오늘 시간 있냐?》

"시간? 뭐, 널널한데……."

《그럼 지금 동민이가 아르바이트하는 편의점으로 나와라. 연영이에게 차였으니까 뭔가 대책을 세워야지.》

"어, 알았어. 곧 갈게."

《그래, 빨리 와라.》

"어."

유정운의 대답을 마지막으로 박호준과의 연락은 끊어졌다. 박호준은 몇 시까지 오라는 말을 하지 않았지만 빨리 오라고 했으니 빨리 가기로 했다. 어차피 집에 있어봤자 별로 할 일도 없었기 때문이다. 차라리 밖으로 나가서 서동민의 고민이라도 듣고 같이 상담하는 편이 나았다.

"명운 씨!"

아하극장 가까이 있는 편의점 앞에서 기다리던 유명운의 귀에 반가운 목소리가 들려왔다. 그래서 유명운은 얼굴 가득 웃음을 머금으며 입을 열었다.

"어서 와."

"늦어서 미안해요."

유명운에게 다가온 사람은 예쁘게 차려입은 남궁소진이었다. 벌써 4월에 들어섰기 때문에 쌀쌀했던 날씨는 많이 풀려서 남궁소진은 치마를 입고 있었다. 본래 치마를 즐겨 입긴 하지만 날씨가 추우면 잘 안 입는 스타일이었던 것이다.

"겨우 1분 늦은 것 가지고 사과하지 마."

"그래도 명운 씨는 항상 10분 전에 오잖아요."

"그래 봤자 11분밖에 안 기다렸어. 그나저나 오늘 예쁘네."

"고마워요. 명운 씨도 멋져요."

지각 얘기로 대화를 시작했던 두 사람은 다시 옷차림 쪽으로 화제를 돌렸다. 그러는 사이에도 유명운과 남궁소진이 상당히 잘 어울리는 커플이라서 지나가던 사람들이 한 번씩 그들을 쳐다보았다. 특히 남자들은 남궁소진에게 계속 시선을 던지고 있었다. 그렇지만 남궁소진은 그들에게 잘 보이기 위해서 예쁘게 차려입은 게 아니기 때문에 그들의 시선에는 전혀 신경 쓰지 않았다.

"그럼 들어가자."

"네."

유명운과 남궁소진은 아하극장 안으로 들어갔다. 오늘은 영화를 보기 위해 만난 것이기 때문이다. 두 사람이 보고자 하는 영화는 아름다운 사랑 얘기를 그린 '사랑하는 그대에게 전해주고 싶은 것이 있어'라는 멜로 물이었다.

"여기예요."

표를 사서 안으로 들어간 남궁소진과 유명운은 거의 가운데 쪽에 있는 자리에 앉았다. 그리고 미리 사가지고 들어온 팝콘을 먹기 시작했다. 상영 시간은 아직 되지 않았지만 자리는 이미 꽉 찬 상태였다. 그리고 그 자리를 메운 사람들은 대부분 커플들이었다. 물론 그중에는 순전히 영화를 보기 위해 찾아온 영화 마니아들도 있었지만 그들은 어디까지나 극소수였다.

"오늘 정운이 뭐 한대요?"

유명운과 데이트 도중에도 남궁소진은 유정운을 걱정했다. 이렇게 유명운과 데이트를 하게 되면 유정운은 집에 혼자 남게 되기 때문이었다. 하지만 유명운은 여유있게 팝콘을 먹으면서 대답을 했다.

"집에서 18금 게임을 하거나 18금 비디오를 보겠지."

"친구들 아직 없나요?"

"있을 거야. 마약 하는 애 아니면 조직 폭력배."

"……."

유정운에 대한 얘기를 할 때면 유명운의 말투는 항상 부정적이었다. 그것은 예전에 유명운이 그녀에게 말했던 대로 유정운에 대한 걱정을 할 필요가 없다고 생각하기 때문이다. 하지만 남궁소진은 자칫하면 잘못된 길로 빠져들기 쉬운 나이에 너무 풀어주는 것은 위험하다는 생각을 하고 있었다.

"정운이를 믿는 것도 좋지만 아직 어리다구요. 그러다가 정말 나쁜 길로 빠져들면 어쩌려고 그래요? 부모님도 없어서 바로잡아 줄 사람은 명운 씨밖에 없다구요."

"그건 그런데, 애가 나쁜 길로 빠져들었을 때 그걸 제대로 바로잡아 주는 부모는 그렇게 많지 않아. 쉽지 않은 일이거든."

"그건 그렇지만……."

"정운이 녀석은 그냥 놔두면 돼. 특히 요즘에는 뭔가 하고 싶은 일을 찾은 것 같으니까 굳이 신경 쓸 필요 없어."

뭔가 하고 싶은 일을 찾은 것 같다는 유명운의 말에 남궁소진이 고개를 갸웃했다.

"뭔가 하고 싶은 일이요?"

"요즘 들어서 녀석이 마법 수련을 열심히 하거든."

"정운이, 마법 좋아해요?"

"뭐, 좋아하니까 열심히 하는 거겠지. 좋아하지 않는 건 절대 안 하는 게 녀석 성격이니까 말이야."

유명운은 열심히 팝콘을 입에 넣으면서 대답을 했다. 하도 많이 먹어서 벌써 팝콘의 절반이 사라지고 없었다. 마치 팝콘에 미친 사람처럼 마구 먹어대는 유명운의 모습에 남궁소진이 고개를 저었다.

"팝콘이 그렇게 좋아요?"

"응? 아니, 별로 좋아하지는 않는데 영화관에서 먹는 팝콘은 정말 맛있어서."

"제 것은 남겨둬요."

"그냥 하나 더 사 올까?"

유정운에 대한 얘기에서 이번에는 팝콘에 대한 것으로 화제를 바꾼

두 사람은 화기애애한 분위기를 만들었다. 그렇지만 그 화기애애한 분위기는 어이없는 일의 발생으로 중단되어야만 했다.

"……?"

모두들 어리둥절한 표정을 지었다. 갑자기 상영 스크린에서 보여주던 광고들이 뒤죽박죽 되었기 때문이다. 때로는 엄청나게 빠른 속도로 광고가 지나갔다가 때로는 아주 느리게 재생되었다. 심한 경우에는 광고가 이것저것 뒤섞여 무슨 광고인지조차 알 수가 없었다. 그것은 확실한 사고였다.

"왜 저러죠?"

"글쎄… 왠지 불길한 느낌이 드는데……."

유명운은 불길한 느낌에 눈살을 찌푸렸다. 그가 정말 불길한 느낌을 받고 있다는 사실은 팝콘을 집어 먹던 그의 손이 멈추어져 있다는 것으로 알 수 있었다. 그렇게 유명운이 불안해하고 있으니 옆에 앉은 남궁소진은 더 더욱 불안해질 수밖에 없었다.

"왜 그런 표정을 지어요? 그냥 단순한 사고……!"

퍼펑! 펑!

갑자기 위에서 무엇인가 터지는 소리와 함께 무수한 유리 조각이 관람석 위로 떨어져 내렸다. 관람석 위에 있던 조명등이 일제히 터져버린 것이다. 놀란 사람들은 비명을 지르며 허둥지둥 좌석에서 일어나 밖으로 나가고자 했다.

"악!"

조명 터지는 소리에 놀란 남궁소진은 유명운의 가슴에 얼굴을 묻고 무서워했다. 하지만 의외로 유명운의 몸 근처에서 붉은 계열의 빛이 흘러나오는 것을 보고 조심스럽게 고개를 들었다. 조명이 터진 관계로 주위는 어두웠지만 상영 스크린에서 나오는 빛 덕분에 어느 정도 시야를 확보할 수 있었다.

"아……!"

유명운의 머리 위에서 약간의 회오리바람이 일어나 머리 위에 떨어져 내렸던 유리 조각을 모두 회전 운동시키고 있는 것을 보고 남궁소진이 탄성을 발했다. 그 회오리바람은 두말할 것도 없이 유명운이 발생시킨 것이었다. 유명운 역시 6밴드의 마법사이기 때문이다.

"괜찮지?"

"아, 네."

별로 물어볼 필요는 없었지만 유명운은 웃음을 머금으며 남궁소진에게 말을 걸었고 남궁소진도 역시 미소를 떠올리며 대답을 했다. 그녀로서는 유명운이 이렇게 직접 마법을 사용하는 광경을 한 번도 본 적이 없었기 때문에 신기했다.

"그게 마법이라는 거군요. 마법 배운 친구들이 가끔씩 사용하는 걸 보기는 했는데… 아, 그러고 보니 명운 씨는 주문 같은 거 안 외웠잖아요?"

마법 좀 한다는 친구들의 경우에도 항상 주문을 외우는 광경을 봤었기 때문에 남궁소진은 의아함을 금할 수가 없었다. 유리 조각이 머리 위로 떨어져 내리는 그 짧은 순간에 마법을 발동시킬 수 있다는 것이 믿을 수가 없었던 것이다. 하지만 유명운은 그저 간단한 대답만 했다.

"마법이란 건 굳이 주문을 외우지 않아도 사용할 수 있어. 옛날의 웬만한 마법사들은 모두 그랬는걸. 현대 사람들은 정신력이 약해서 그렇게 하기 힘들 뿐이고."

사람들이 어느 정도 빠져나가 빈 자리가 생기자 유명운은 회오리바람으로 묶어두었던 유리 조각을 바닥에 떨어뜨렸다. 그리고 나서 남궁소진과 같이 밖으로 나가려고 자리에서 일어섰다. 하지만 출입구가 좁아서 사람들이 모두 빠져나가지 못했기 때문에 두 사람은 자리에서 일어섰지만 섣불리 이동하지는 못했다.

　지지직—

　그때 상영 스크린에 나오던 영상이 완전히 일그러졌다. 현재의 영화관은 예전처럼 상영기를 돌려서 영화를 보여주는 방식이 아닌 디지털 화면을 그대로 보여주는 방식이기 때문에 TV처럼 영상이 지지직거리는 일이 발생할 수 있는 것이다.

　"저거 봐요!"

　스크린의 영상이 일그러지는 것을 보던 남궁소진이 놀란 목소리로 외쳤다. 이번엔 영상뿐만이 아니라 스크린 자체가 일그러지고 있었기 때문이다. 아메바처럼 꿈틀거리며 점차 돌출되어 나오는 스크린은 남궁소진에게 커다란 공포를 불러일으켰다.

　"저거 뭐예요?!"

　"진정해."

　남궁소진이 무서워하고 있었기 때문에 유명운은 그녀를 꼭 끌어안으며 진정시켰다. 그렇지만 스크린이 꿈틀거림을 계속하고 있어서 남궁소진의 두려움은 전혀 줄어들 줄을 몰랐다. 유명운 역시 처음에는 꿈틀거리는 스크린의 모습에 크게 놀랐지만 가끔씩 접하는 현상들이 떠오르자 마음이 오히려 진정되었다. 그의 머리 속에 떠오른 현상이란 것은 이유없이 정밀 기계가 폭주를 하는 사고였다.

　'어쩌면 저건 우주금속의 짓일지도 모른다!'

유명운의 뇌리엔 그런 생각이 스쳐 지나갔다. 물질을 융합하여 변형할 수 있는 우주금속이 아니고서는 지금 눈앞에서 일어나고 있는 현상과 같은 일은 절대 일어날 수 없다고 생각하기 때문이었다. 따라서 유명운으로서는 그 증거를 찾고 싶을 수밖에 없었다.

"소진이는 먼저 나가 있어. 난 나중에 나갈게."

"무슨 소리예요? 여기 있다가는 무슨 일을……!"

남궁소진의 말이 채 끝나기도 전에 갑자기 영화관에 배치되어 있던 좌석이 마구 움직이기 시작했다. 그건 유명운과 남궁소진이 앉아 있었던 좌석도 마찬가지였기 때문에 좌석 가까이 붙어 있는 것은 상당히 위험했다.

"젠장! 회오리 기둥!"

쾅! 쾅!

유명운은 가까이 다가오는 좌석들을 바람계 마법인 회오리로 하나하나 허공에 날려 버렸다. 허공에 떠올랐다가 떨어지는 좌석들을 보고 아직도 빠져나가지 못한 사람들이 더 더욱 큰 비명 소리를 질렀다. 남궁소진이 붙어 있는 이상 마음대로 움직일 수 없다는 것을 깨달은 유명운은 계획을 바꾸어 일단 영화관을 빠져나가기로 결정했다. 그렇지만 그것도 쉽지 않았다. 아직도 밖으로 나가지 못한 사람들이 있었기 때문이다.

"꺅!"

유명운의 품속에서 약간이나마 안도감을 느끼고 있던 남궁소진이 또다시 비명을 질렀다. 꿈틀거리던 스크린이 마침내 어떤 형상을 만들어냈기 때문이다. 그 형상은 마치 온몸에 꿈틀거리는 붕대를 감은 미라와 같았다. 영화 등에서나 볼 수 있었던 미라가 눈앞에 나타났으니 사람이라면 마땅히 겁에 질려야 했던 것이다.

쾌쾅—!

미라가 형체를 갖추자 스크린 등을 비롯해서 기계들이 일제히 터져 나갔다. 그리고 이번엔 좌석들을 흡수하면서 더 큰 몸체를 구성하려 하고 있었다. 아직까지는 미라 꿈틀이가 유명운과 남궁소진에게 직접적인 공격을 가하지는 않았지만 흘러가는 분위기로 봐서는 언제라도 공격을 퍼부어도 이상하지 않았다.

"얼어버려!"

유명운은 마법을 발동했다. 일단 미라 꿈틀이를 얼려 버리자는 생각이었다. 유명운의 몸 주위에서 초록색의 빛이 쏟아져 나오자마자 미라 꿈틀이의 몸이 차가운 얼음으로 뒤덮이기 시작했다. 동생인 유정운과는 차원이 다른 안정적인 마법 운용으로 인해 미라 꿈틀이는 힘도 한번 제대로 쓰지 못하고 그대로 동태가 되고 말았다.

"상황 종료됐어."

아직도 유명운의 품속에서 바들바들 떨고 있는 남궁소진을 향해 유명운이 부드러운 어조로 입을 열었다. 그래서 용기를 내어 고개를 든 남궁소진이었지만 얼음에 뒤덮여 있는 미라 꿈틀이를 보고 또다시 비명을 지르며 고개를 파묻어 버렸다. 더 이상 미라 꿈틀이가 공격을 하지 않더라도 존재하고 있다는 그 자체가 그녀에게 공포를 불러일으키고 있었기 때문이다.

삐잉 삐잉—

경찰차에서 나오는 디지털 소리와 함께 경찰차가 속속 극장 앞에 도착했다. 그리고 사람들이 가리키는 방향으로 무장을 한 채 영화관 안으로 들어갔다. 그렇지만 어두운 영화관 내부로 인해 상황이 어떻게 되고 있는지는 알기 어려워서 휴대용 발광기를 꺼내었다. 휴대용 발광기는 빛의 세기를 다양하게 조절할 수 있는 물건이라서 영화관 내부를 환히 밝혀줄 수 있는 수준으로 빛의 세기를 가장 세게 했다.

확—!

일시에 밝아진 영화관 내부는 완전히 아수라장이 되어 있었다. 특히 의자들이 이리저리 흩어져 있어서 지저분하기 짝이 없었다. 하지만 망가진 상영 스크린 앞에 서 있는 온전한 형체를 띤 미라 꿈틀이를 보고 경찰관들조차 놀라지 않을 수 없었다.

"뭐야, 저건?!"

"거기 두 사람! 괜찮습니까?!"

미라 꿈틀이 앞에 서 있는 유명운과 남궁소진 쪽으로 경찰관들이 다가왔다. 경찰관들은 얼어붙은 미라 꿈틀이를 보고 놀라면서도 진상 조사를 위해서 미라 꿈틀이 앞에서도 전혀 떨고 있지 않은 유명운에게 질문을 던졌다.

"도대체 이건 뭡니까?"

"글쎄요… 저도 모르겠습니다."

"왜 얼려져 있죠?"

"제가 얼음 마법으로 얼렸거든요."

"마법을 사용하셨습니까?"

"예."

마법을 사용했다는 유명운의 말에 경찰관들이 조금 난처한 표정을 지었다.

"마법으로 영화관을 파손시킨 겁니까?"

"저 괴물이 덤벼들어서 마법을 쓴 거지만…… 안 믿어주시겠죠."

유명운은 이해 따위는 기대하지도 않는다는 듯이 웃어넘겼다. 그렇지만 경찰관들은 이해 따위의 차원을 넘어서서 지극히 현실적인 말을 했다.

"저 괴물이 덤벼들어서 마법을 쓴 것이든 아니든 마법으로 기물을 파손하게 되면 경범죄에 해당하는 거라서 벌금을 물으셔야 합니다. 게다가 기물 파손을 입은 피해자가 형사 고발을 할 경우에는 대부분 징역까지 먹기 때문에……."

"그렇군요."

"아무튼 진상 조사 할 것도 있으니까 같이 경찰서까지 따라와 주십시오."

"뭐… 어쩔 수 없겠죠."

이미 짐작하고 있는 일이었기 때문에 유명운은 잠자코 경찰관들을 따라갔다. 물론 남궁소진으로서는 상황보다는 법부터 따지는 경찰관들의 말에 불만이 많았지만 법은 법이라서 뭐라고 할 수도 없었다. 어찌 되었든 그녀도 미라 꿈틀이 습격 사건을 목격한 목격자라서 유명운과 같이 경찰차를 타는 신세가 되었다.

*   *   *

"……."

서동민이 아르바이트를 하는 편의점 안에 모인 유정운 일당들은 서로 아무 말도 하지 않았다. 뭔가 서동민을 위로라도 해야 하지만 완전히 의기소침해 있는 서동민의 모습에 무슨 말을 꺼내야 좋을지 알 수가 없었던 것이다.

"보통 여자 쪽에서 친구로 지내자고 말을 하는 것은 관심이 아예 없다는 뜻이던데……."

제일 먼저 입을 연 사람은 이상규였다. 얼굴에 두꺼운 철판이 깔렸으니 어떤 말을 해도 상관없었기 때문이다. 어찌 되었거나 이상규가 포문을 열었기 때문에 박호준이 이어서 입을 열었다.

"그래도 아직 연영이가 동민이에게 관심이 아예 없다라고는 장담할 수 없잖아."

"일반적으로 그렇다는 거지, 내 얘기는."

박호준의 반박에 이상규는 바로 꼬리를 감추었다. 하지만 서동민은 의외로 이상규를 살려주는 말을 했다.

"연영이는 처음부터 나한테 관심없었는지도 몰라……."

"꼭 그렇다고 할 수는 없다니까."

계속 좋지 않은 쪽으로 생각하는 서동민에게 박호준은 희망을 주려는 듯이 그렇게 말했다. 하지만 그런 말을 하는 박호준조차 자신이 없었기 때문에 목소리 자체에는 힘이 실려 있지 않았다.

"정운아, 넌 어떻게 생각하냐?"

아직까지 입을 열지 않은 사람은 유정운뿐이었기 때문에 박호준이 유정운에게 질문을 던졌다. 유정운이 뭔가 좋은 방안을 가지고 있는 것은 아니었지만 생각해 둔 것은 있어서 뜸들이지 않고 입을 열었다.

"뭐, 연영이가 동민이한테 관심이 없을 수도 있고 동민이를 좋아하지만 아직 그런 감정을 눈치 채지 못했을 수도 있고 둘 중 하나겠지."

"좋은 방법이라도 있어?"

"좋은 방법이라기보다는 동민이를 좋아하지만 그 감정을 모르고 있는 거라면 약간의 자극을 주어서 일깨워 줄 수도 있겠지."

"자극?"

"질투를 유발시킨다든가 하는 거 있잖아."

유정운이 생각해 둔 것은 거기까지였기 때문에 더 이상의 말은 하지 않았다. 어떻게 질투를 유발시키는가 하는 점에 대해서는 생각해 둔 것이 없었던 것이다. 그렇지만 질투를 유발시키자는 의견이 나와서 박호준과 이상규는 토론 거리를 찾게 되었다.

"어떻게 질투를 유발시키지?"

"간단한 거 아니겠어? 다른 여자애랑 데이트하는 거야!"

박호준의 혼잣말 비슷한 질문에 이어 이상규가 제일 첫 번째로 의견을 내었다. 사실 질투 유발이라고는 그 방법밖에 없다고 볼 수 있었으니 첫 번째이자 마지막 의견이라고도 할 수 있었다.

"난 그런 거 못해……."

다른 여자애와 데이트하라는 의견에 서동민이 고개를 저었다. 좋아하는 사람을 놔두고 다른 사람과 데이트하는 것도 그렇지만 자신과 가짜 데이트를 할 여자애가 있을 리 없다는 생각에서였다.

"하긴, 가짜 데이트할 만한 여자애 찾는 것도 문제지……."

또다시 어려움에 부딪쳤기 때문에 박호준은 깊이 한숨을 내쉬었다. 김연영이 서동민에게 관심을 가지고 있다는 실낱같은 희망을 가지고 토론을 하고 있었지만 더 이상의 진전이 어려웠던 것이다.

스륵—

그때 편의점 문이 열리며 어깨만 살짝 덮는 파란색 머리를 한 귀여운 얼굴의 소녀 하나가 안으로 들어왔다. 그녀는 서동민처럼 이 편의점에서 아르바이트를 하는 송도연이었다. 아무 생각 없이 물건 사러 들어왔던 송도연은 편의점 안쪽 테이블에서 서동민의 모습이 보이자 반가운 표정을 지었다.

"동민 오빠!"

"어? 도연이?"

의외의 사람이 들어오자 서동민은 의아한 표정을 지었다. 송도연의 집이 적어도 이 근처는 아니라는 것을 이미 알고 있었기 때문이다.

"무슨 일이야? 아직 아르바이트할 시간은 안 됐잖아?"

"네, 오늘 친구 집에서 놀기로 했거든요. 도착하기 전에 먹을 거라도 사가려구요. 근데 동민 오빠는 시간도 안 됐는데 왜 여기 있어요?"

"응… 그냥……."

"……?"

서동민의 얼굴이 워낙 풀 죽어 있어서 송도연은 고개를 갸웃했다. 평소와는 너무나 다른 모습이기 때문이었다. 그래서 송도연으로서는 서동민이 걱정되었다.

"여기 앉아도 돼요?"

"아, 응……."

친구 집에 가야 함에도 불구하고 송도연은 서동민 옆에 자리를 잡고 앉았다. 그리고는 유정운 쪽을 쳐다보며 서동민이 의기소침해 있는 이유를 설명하라는 압력을 넣었다. 저번에 유정운 일행이 왔을 때 그녀가 유일하게 대화를 나눴던 사람이 바로 유정운이기 때문이었다. 그래서 유정운은 어쩔 수 없이 입을 열어 상황을 설명해야 했다.

"뭐… 동민이가 좋아하는 여자애한테 사귀자고 했는데 거절당해서."

"그래요?"

의외의 말이었는지 송도연의 어조가 약간 높아졌다. 서동민을 좋아하는 송도연이었기 때문에 서동민의 고백이 당연히 성공했을 거라고 생각했던 것이다.

'도대체 어떤 여자길래 동민 오빠를……?'

송도연의 머리에는 그런 생각이 잔뜩 떠올랐다. 그때 이상규가 좋은 생각이 떠올랐다는 듯이 송도연에게 제안을 하나 했다.

"네가 동민이하고 데이트해라."

"네?"

느닷없는 제안이라서 송도연은 당황했다. 하지만 서동민과의 데이트라는 말이 싫을 리 없었다. 단지 갑자기 그런 제안을 하는 이유를 모르기 때문에 함부로 뭐라 답변을 하기 어려웠을 뿐이었다.

"데이트라뇨?"

"아, 그게 동민이가 다른 여자애랑 데이트했다는 말을 들으면 연영이가 질투를 할지도 모르니까."

"……?"

연영이라는 말에 송도연은 잠시 고개를 갸웃했지만 그 이름이 서동민이 좋아하는 사람의 이름이라는 것을 바로 알아차렸다. 그리고 그 연영이라는 사람의 질투심을 유발하기 위해 자신이 서동민과 데이트하라는 소리라는 것도 알게 되었다.

'동민 오빠와 데이트라……'

비록 남 좋은 일이라고는 하지만 한 번도 서동민과 어딘가 같이 가본 적 없는 송도연으로서는 귀가 솔깃한 얘기였다. 그리고 만약 서동민과 같이 데이트했다는 소리를 듣고도 연영이라는 사람에게서 아무런 반응이 없다면 송도연은 절호의 기회를 얻게 되는 것이었다. 물론 김연영과 서동민이 잘 연결되어 버린다면 송도연은 깊은 상처를 입을 수도 있지만 그때는 그때 가서 보자는 식으로 편히 생각하기로 했다.

"제가 동민 오빠하고 데이트해도 돼요?"

"⋯⋯!"

거절할 줄 알았던 송도연의 입에서 그런 말이 나오자 모두들 크게 놀랐다. 특히 송도연이 서동민을 좋아한다는 사실을 알고 있는 유정운이 제일 크게 놀랐다. 상처받을지도 모르는 짓을 스스로 하고 있기 때문이었다. 그렇지만 송도연이 선택한 사항이라서 유정운은 가만히 있었다.

"진심이야?"

서동민이 송도연을 바라보며 물음을 던졌다. 송도연은 웃음을 머금으며 대답을 했다.

"네. 재미있을 것 같아요."

"⋯⋯."

가짜 데이트가 그다지 재미있는 일이라고는 볼 수 없었기 때문에 서동민은 약간 어이없다는 표정을 지었다. 그렇게 서동민이 약간 떨떠름한 표정을 짓자 송도연은 어떻게든 데이트를 하기 위해서 이리저리 말을 돌렸다.

"꼭 데이트가 아니라도 그냥 먹을 거나 사주세요. 동민 오빠는 아르바이트 같이하면서 한 번도 한턱낸 적이 없잖아요. 아, 그러고 보니 나도 낸 적이 없구나 참. 헤헤."

"그야 그렇지만⋯⋯."

"그러니까 그냥 후배에게 인심쓰는 걸로 해요. 네?"

"음⋯⋯."

가짜 데이트가 어느새 한턱내는 것으로 변질되었기 때문에 서동민은 송도연이 정말로 얻어먹고 싶어한다고 생각해 버렸다. 송도연이 자신과 데이트를 하고 싶어한다고는 전혀 생각하지 못한 것이다. 그러한 서동민의 흔들림을 놓치지 않고 송도연은 쐐기를 박는 말을 했다.

"지금 바로 가요. 나중에 시간 잡아서 하는 것보다 지금 하는 게 낫잖아요."

"음……."

수중에 어느 정도 돈을 가지고 있는 서동민이었지만 지금 당장 가자는 말에 약간 망설였다. 특히 송도연에게는 볼일이 있었기 때문에 더욱 그러했다.

"너, 친구네 집에 간다고 했잖아. 안 갈 거야?"

"못 간다고 전화할 테니까 어서 한턱 사주세요."

사랑과 우정 중에서 주저없이 사랑을 택한 송도연은 속으로 친구들에게 용서를 빌었다. 오늘 아는 친구네 집에서 친구 몇 명이서 함께 모여 놀기로 했지만 그것이 아주 중요한 일이라고는 할 수 없었기 때문에 서동민과 데이트하기로 결정한 것이다.

"어서요~!"

"음……."

애교까지 섞어가며 재촉하는 송도연의 모습에 서동민은 점차 마음이 기울어져 갔다. 그렇지만 아직도 가짜 데이트를 하겠다는 결정은 내리지 못하고 있었다. 그때 이상규가 그런 서동민의 마음에 결정타를 날렸다.

"서동민! 쟤가 싫으면 나하고 데이트하자! 내가 큰맘 먹고 상대해 줄게!"

"…그냥 도연이하고 갔다 올란다."

이상규의 말로 인해 서동민은 송도연과 가짜 데이트를 하기로 완전히 결정했다. 따라서 서동민에게 한 끼 식사를 얻어먹으려고 했던 이상규는 실의에 빠져야 했고 그와는 반대로 송도연은 얼굴 가득히 기쁨의 미소를 띨 수가 있었다.

"그럼 갈게."

"어, 근데 우리 반 애들이 많이 사는 곳으로 가는 게 좋을 거야. 그래야 눈에 잘 띌 테니까."

"…알았어."

일부러 남의 눈에 띄는 곳으로 가야 한다는 박호준의 말에 서동민은 약간 부담감을 느꼈지만 그렇게 하기로 했다. 기왕에 하는 것이니 제대로 하자는 생각에서였다. 비록 김연영이 다른 여자애와 히히덕거리는 자신의 모습을 보거나, 혹은 다른 친구들에게서 얘기를 듣고 어떤 반응을 보일지 알 수 없었으나 뭔가의 변화가 필요하다는 것을 느끼고 있었기 때문에 송도연과의 가짜 데이트를 하기로 한 것이다. 그만큼 서동민의 마음이 절박하다고도 할 수 있었다.

저녁 10시가 조금 넘은 시각. 집 주인이자 가장이라고 할 수 있는 유명운이 자신의 집 안으로 들어왔다. 하지만 집 안에는 이미 침입자가 한 명 존재하고 있었다. 그는 이 집 주인의 동생이자 이 집 가장의 동생이라고 할 수 있는 유정운이었다. 유정운은 서동민이 송도연과 데이트하러 간 뒤 박호준, 이상규와 함께 이리저리 정처없이 싸돌아다니다가 유명운이 도착하기 한 시간 전에 돌아온 것이다.

"자, 받아라."

거실 소파에 앉아서 TV를 보고 있는 유정운에게 유명운이 꽤 빵빵한 무공해 비닐 봉지를 건네주었다. 그 봉지 속에는 과자와 음료수 등 먹을 것이 잔뜩 들어 있었다. 하지만 유정운은 봉지 속의 먹을 것을 보더니 이내 투덜거렸다.

"왜 이렇게 적게 사왔어?"

"얌마, 그 정도면 됐지 뭘 바래? 모처럼 사다줬더니만."

"놔두고 먹기에는 너무 적잖아. 내일 정도면 다 없어지겠네."

"……."

사실 유명운은 동생 유정운이 충분한 저녁 식사를 하지 않았을 것이라 생각했기 때문에 대충 저녁 식사 거리로 먹을 것을 사온 것이었다. 항상 집에 혼자 남게 되면 밥을 잘 안 먹는 게 유정운의 생활 습관이기 때문이었다. 그런데 의외로 과자를 바라보는 유정운의 표정은 담담했다. 그것은 유정운의 배가 어느 정도 부른 상태임을 뜻하는 것이었다.

"밖에서 뭐 먹었냐?"

"어."

유정운은 지극히 간단한 대답만을 했다. 일일이 유명운에게 누구와 무엇을 먹었는지 알려줄 생각은 추호도 없었기 때문이다. 그리고 유명운 역시 그런 얘기를 들을 생각은 전혀 없었다. 대신 다른 것으로 화제를 돌렸다.

"근데 오늘 아하극장에서 사고났다고 뉴스에 안 나왔냐?"

"몰라. 방금 왔거든."

"그러냐? 내가 그 극장에서 괴물하고 싸웠는데 아쉽군."

"……?"

유명운이 갑자기 괴물 운운하자 유정운은 그에게로 시선을 돌렸다. 그것은 자세히 설명해 보라는 무언의 행동이었다. 그것을 알고 있는 유명운은 느긋하게 얘기를 시작했다.

"소진이 하고 영화 보고 있는데 갑자기 스크린이 막 변하더라고. 조명 전부 터져 나가고 의자 날아다니고 아주 장관이었지. 게다가 미라처럼 생긴 꿈틀이 녀석이 뭔가 일을 저지르려는 듯이 폼 잡고 나타났고. 뭐, 내 마법으로 녀석을 잠재워서 인명 피해는 전혀 없었지만."

"······!"

유명운의 말 중에서 유정운의 귀를 잡아끈 것은 '꿈틀이' 라는 단어였다. 그 말을 들으니 갑자기 천인 고등학교 화장실에 나타난 아메바 꿈틀이와 게임 센터에 출몰했던 손 모양의 꿈틀이가 머리 속에 떠올랐기 때문이었다.

"어? 내 말을 믿는 거야?"

유명운 스스로 생각하기에도 자신의 말은 황당한데도 유정운이 아주 진지한 표정을 짓고 있자 도리어 유명운이 의아해졌다. 보통 괴물하고 싸웠다는 말을 사람들에게 하면 정신 이상자 취급을 받기 때문이었다. 특히 그 얘기를 하는 상대가 유정운이라면 더 더욱 그래야 정상이었던 것이다.

"꿈틀이 녀석, 주변 물체를 다 잠식해 버렸지?"

진지한 표정을 짓고 있던 유정운이 불쑥 한마디의 질문을 내뱉었다. 마치 꿈틀이에 대해서 안다는 듯한 말투였기 때문에 유명운은 놀라지 않을 수 없었다.

"그렇긴 했는데 너, 알고 있었어?"

"뭐, 나도 그 녀석 때문에 골머리 썩혔으니까."

유정운은 다시 생각하기도 싫다는 듯 고개를 설레설레 저었다. 아메바 꿈틀이 때문에 화장실을 날려먹고, 손 모양의 꿈틀이 때문에 프로게이머들의 게임을 제대로 보지 못했던 것을 기억해 내고 싶지 않은 것이다. 하지만 유명운은 그것에 대해서 꼭 듣고 싶었다.

"어디서 만났는데?"

"학교하고 게임 센터."

"그래? 그럼 그때도 꿈틀거리는 녀석이 나타났었냐?"

"어."

"어떻게 했는데?"

"내가 마법으로 처리했어."

유정운의 대답은 지극히 간단했다. 하지만 유명운은 그 정도의 대답만 듣고서도 그때의 상황을 어느 정도 파악할 수 있었다. 사실 중요한 건 그 당시에도 꿈틀이가 나타났는가, 누가 어떻게 꿈틀이를 처리했는가 하는 사항뿐이기 때문이었다.

"흠……."

유정운에게 자신이 꿈틀이를 상대했던 것을 장황하게 설명하려고 했었던 유명운은 이미 유정운에게 그런 경험이 있다는 것을 알고 맥이 탁 빠져 버렸다. 그래서 유정운 옆에 털썩 주저앉고 시선을 TV쪽으로 돌렸다. 하지만 여전히 그들의 화제는 꿈틀이였다.

"넌 꿈틀이 정체가 뭐라고 생각하나?"

"…우주금속이라고 말하고 싶은 거지?"

"자식, 눈치 챘구나."

"형은 옛날부터 그렇게 말했잖아."

"하여튼 내 눈으로 직접 보니까 그런 생각이 더욱 강해지더라고.

그 정도의 속도로 주변 물체를 융합해 나가는 물질은 이 세상에 우주 금속밖에 없으니까."

"우주금속은 외계 물질이야. 이 세상이라는 말은 지구에만 한정된다고."

"외계 물질이든 아니든 지구 내에 있으니까 이 세상에 포함되지."

"……."

일차적인 토론을 통해서 유명운과 유정운은 꿈틀이의 정체가 우주 금속이라는 것에 의견을 같이했다. 그리고는 곧장 2차 토론에 들어갔다.

"형은 그 꿈틀이가 우주금속이라는 것을 밝혀내면 어떻게 할 거야?"

"글쎄…… 우선 원인을 찾아내서 우주금속이 더 이상 사고를 일으키지 못하도록 대안을 강구해야겠지. 하지만 만약 우주금속에 뭔가 비밀이 숨겨져 있다면 그걸 밝혀내야겠지."

"무슨 비밀?"

"우주금속이 외계 생명체일 수도 있잖아."

"왜 그렇게 생각하는데?"

"그냥. 아직은 그런 생각만 들 뿐이고 증거는 없어."

"증거없이 함부로 그런 말을 하면 명예 훼손이야."

"우주금속에 명예 훼손죄가 적용될 것 같냐? 만약 명예 훼손죄가 적용된다면 우주금속은 생명체라는 소리라고."

"……."

2차 토론이 끝났다. 1차 토론과 2차 토론 모두 유명운의 말에 유정운이 할 말을 잃은 채 끝나고 말았다. 아직 유정운의 실력으로는 유명운을 말로써 누른다는 게 쉽지 않은 것이다. 물론 유정운이 쓸데없는 말을 해서 유명운에게 말 꼬투리를 잡힌다는 게 문제이긴 했다.

"뭐… 이번에 극장을 습격한 꿈틀이 녀석의 샘플을 연구하게 됐으니까 뭔가 단서를 잡을 수 있겠지."

유명운은 그 말을 끝으로 꿈틀이에 대한 이야기를 종결시켰다. 대신 TV에서 하는 프로그램을 시청했다. 유정운도 계속 꿈틀이에 대한 얘기만 하는 것은 원하지 않았기 때문에 시선을 TV 쪽으로 돌렸다. 그렇게 두 유씨 형제는 2차에 걸친 토론을 종결하고 남은 시간을 TV 프로그램을 보는 데 쏟았다.

천인 고등학교

결심 13 장

XIII 결심

저벅저벅—

한국의 모든 시계가 아침 8시를 가리키고 있는 시각, 유정운은 느릿느릿한 발걸음으로 학교 정문을 통과했다. 아침에 일찍 와서 박호준과 하늘의 분노 연습을 하자고 했기 때문에 비교적 일찍 나온 것이다. 물론 지금의 박호준은 프로게이머의 감각을 완전히 되찾은 상태라서 유정운이 상대하기에는 굉장히 버거웠지만 어쨌든 학교 내에서 마땅한 연습 상대를 찾기가 어렵기 때문에 자신이 계속 상대를 해줄 수밖에 없었다.

"……!"

느릿느릿 걸어가는 유정운의 눈앞에 한 여학생의 뒷모습이 보였다. 키는 유정운보다 약간 작지만 긴 검은 생머리에 왠지 뒷모습부터 도도한 인상을 풍겨내는 여학생. 그 모습은 유정운의 눈에 굉장히 익은 것이었다.

'배희 선배인가? 인사할까?'

아는 사람, 특히 그 사람이 임배희라는 것을 알게 되자 유정운은 아는 척을 할 것인가 말 것인가를 놓고 속으로 약간 갈등했다. 평소라면 아는 사람을 보게 되도 굳이 다가가서 인사하지 않는 것이 유정운이었다. 하지만 이번에는 평소와 달리 약간의 갈등 후에 곧장 임배희에게 다가갔다.

"안녕하세요."

얼굴을 확인할 수 있는 위치까지 다가가서 그 여학생이 임배희임을 완벽히 확인하자마자 유정운의 입에서 인사말이 흘러나왔다. 임배희는 학교 본관으로 가는 길에 유정운을 보게 되자 꽤 놀란 표정을 지었다.

"정운이구나. 굉장히 일찍 나오네?"

"아뇨, 친구가 일찍 나오라고 해서요. 선배는요?"

"오늘 일찍 일어나서 그냥 일찍 나왔어. 집에 있어봐야 별로 할 일도 없고."

"더 잘 수도 있잖아요?"

"그럼 일어나기 어려워지잖아. 한번 깨면 그냥 일어나는 게 나아."

일단 이야기가 시작되자 유정운과 임배희의 걸음걸이는 자연히 느려졌다. 사실 유정운은 교실에서 기다리고 있을지도 모르는 박호준 때문에 조금 서둘러야 했다. 그렇지만 유정운이 아니더라도 배틀넷이라는 사이버 전투 공간에서 박호준 스스로 연습 상대를 찾아서 연습을 할 수 있기 때문에 그다지 서두르고픈 생각은 없었다.

"식목일 잘 보내셨어요?"

임배희와 걷는 속도를 맞추며 유정운이 질문을 건넸다. 그러자 임배희는 별일없었다는 듯한 표정을 지으며 대답했다.

"그냥 집에서 지냈어. 너는?"

"아는 친구들하고 여기저기 돌아다니기만 했어요."

"재미있었어?"

"뭐, 그럭저럭……."

그렇게 얘기를 나누는 동안 유정운의 머리 속에는 문득 임배희가 남성 혐오증을 가지게 된 이유를 알고 싶다는 생각이 뭉게뭉게 피어 올랐다. 원래 유정운의 성격상 남의 아픈 과거를 들추어내는 건 별로 좋아하지 않지만 어느 정도 아는 사이라서 한번 시험 삼아 물어보기로 했다. 사실 딱히 할 말이 없었기 때문에 그 얘기라도 꺼내서 어떻게든 대화를 이끌어가자는 생각이었다.

"근데 배희 선배는 왜 남자를 싫어하게 됐어요?"

"응? 아……."

유정운의 질문이 뜻밖이었는지 임배희가 약간 당황하는 모습을 보였다. 그래서 유정운은 그에 대한 답변을 듣지 못할 것이라고 생각했다. 하지만 그런 유정운의 생각과는 달리 임배희는 평소의 표정으로 돌아오며 차근차근 답변을 하기 시작했다.

"내가 막 중학교 들어갈 무렵이었을 때 엄마, 아빠가 이혼했어. 둘 다 새살림 시작한다고 날 안 맡았지. 그래서 큰아버지 집에서 지내게 됐는데, 큰아버지네는 나보다 두세 살 나이 많은 오빠들밖에 없고 숙모는 돌아가신 지 꽤 오래됐어. 근데 그 오빠들이 그때 막 이성에 눈을 뜰 때여서 날 이상한 눈으로 보더라구. 뭐, 이상한 말이나 행동은 직접적으로 나한테 하지 않았지만, 그 왜 있잖아? 느낌이라는 거. 그 오빠들이 날 보며 무슨 생각을 하는지 대충 감이 왔어. 그래서 지내기가 너무 불편했고. 나중에 다시 할머니 집으로 옮겨가서 지금은 할머니와 둘이 살고 있지만 아무튼 그때의 그 기분 나쁜 시선 때문에 내 성격이 예민해진 것 같아."

"……."

남에게 밝히고 싶지 않은 과거를 별것 아닌 양 말하고 있는 임배희의 모습에 유정운은 약간 놀랐다. 하지만 유정운 자신도 채소은에게 과거 얘기를 털어놨었다는 것을 떠올리고 그럴 수 있다라는 생각을 가졌다. 어쨌든 신뢰할 수 있는 사람에게 뭔가를 털어놓는다는 것은 답답한 마음을 어느 정도 감소시킬 수 있는 하나의 방편이 되기 때문이었다.

"재미없는 얘기였지?"

자신이 쓸데없는 말을 떠들었다고 생각한 임배희가 실소를 머금으며 말했다. 비록 자조적인 웃음이라지만 항상 싸늘한 표정만을 하고 있던 임배희의 얼굴에 다른 표정이 떠오르자 분위기가 많이 바뀌었다. 그래서 유정운은 그것을 기회로 삼고 대화를 계속해 나갔다.

"남자들만 있는 집에 여자 혼자 들어갔으니까 그럴 가능성이 크겠죠. 저는 엄마, 아빠가 모두 죽고 나서 형하고만 같이 살게 됐는데 같은 남자끼리라서 생활하는 데 별로 어려움은 없었어요."

말을 끝내고 나서 유정운은 아차 했다. '엄마, 아빠가 돌아가시고 나서'가 아닌 '엄마, 아빠가 죽고 나서'라는 말을 사용했기 때문이다. 평소에 죽은 부모에 대한 그리움이 거의 없다 보니 존댓말을 사용하지 않은 것이다. 그렇지만 임배희는 그런 말의 표현보다는 유정운의 부모가 죽었다는 내용 자체에 초점을 맞추었다.

"정운이 부모님 모두 돌아가셨어?"

"예. 한 3년 전에요."

"그렇구나……."

유정운의 평소 약간 어두운 분위기가 그런 점 때문에 생긴 것 같은 느낌이 들어 임배희는 고개를 살짝 끄덕였다. 물론 유정운도 임배희의 싸늘한 표정이 예전 일 때문에 생겼음을 알았기 때문에 그녀를 이해할 수 있었다. 그렇게 일단 부모 얘기를 통해 서로를 어느 정도 파악하게 되었지만 계속 그 얘기를 하면 분위기가 완전히 어두워져 버리기 때문에 임배희가 먼저 화제를 다른 것으로 돌렸다.

"근데 정운이에게 형이 있다고 했잖아? 선생님이라고 했던가?"

"아, 예……."

"어느 학교야?"

"그게……."

임배희의 질문에 유정운은 순간적으로 당황했다. 저번에 채소은과 임배희, 정태환 그렇게 3명의 선배들과 같이 환영식 겸 같이했던 자리에서 형 유명운을 소개할 때 그냥 학교 선생님이라고 했었기 때문이다.

"선생님이긴 한데 대학교에서 학생을 가르치거든요."

유정운은 마치 임배희의 아이큐를 테스트하려는 듯이 약간 돌려서 대답을 했다. 하지만 임배희는 유정운이 말한 바를 정확히 알아차렸다.

"대학교에서? 그럼 교수야?"

"예."

"어느 대학교인데?"

"고려대요."

"와······!"

유정운의 형인 유명운이 일류 대학 교수라는 말을 듣자 유정운을 보는 임배희의 눈이 달라졌다. 마치 그 눈은 유정운 역시 공부를 아주 잘할 것이라는 망상을 가지고 있는 듯했다. 그래서 유정운은 즉각 자신의 실체를 알려주기 위해 입을 열었다.

"형은 공부를 잘했는데 전 잘 못해요. 서울에 있는 대학교나 제대로 갈 수 있을지도 모르구요."

"그래?"

유정운이 스스로 공부 못한다는 말을 하고 있었지만 임배희는 전혀 믿는다는 표정이 아니었다. 마법에 관해서는 오히려 자신보다 더 많이 알고 있는 유정운이었으니 공부를 못한다고는 생각할 수 없었던 것이다.

"그래도 마법은 잘하잖아? 마법 특기생으로 대학 들어가면 어때?"

임배희의 제안에 유정운은 고개를 절레절레 흔들었다.

"형이 그러는데 기초 학문에 대한 기본적인 지식 없이 대학 들어가면 나중에 고생한대요. 그나마 인문 계열 쪽은 괜찮지만 자연 계열 쪽은 정말 고생한다고 하더라구요. 마법이라는 게 마법 계열로 따로 분류되고 있긴 하지만 기본적으로 과학을 알아야 하니까 자연 계열에 가깝잖아요. 마법만 자세히 안다고 특기생으로 일류대에 들어갔다가는 피 본다고 차라리 들어오지를 말래요."

"음······."

들어보면 맞는 말이라 할 수 있었기 때문에 임배희는 뭐라고 할 말이 없었다. 사실 특기생으로 들어가서 피를 보든 말든 일류대 학생이라는 간판이 붙지만 간판만 있다고 좋은 직장 얻는 시대는 완전히 지나갔기 때문에 꼭 좋다고도 할 수 없는 것이다.

"배희 선배는 고등학교 졸업하면 뭐 할 거예요? 대학교 갈 건가요?"

이번엔 유정운이 임배희에게 질문을 던졌다. 우후죽순처럼 생겨났었던 대학교가 재정 악화로 많이 줄어든 지금에는 고등학교 졸업 후에 바로 사회에 뛰어드는 사람과 대학에 들어가는 사람의 비율이 대략 5대 5 정도였다. 유정운은 아직 졸업 후에 어떻게 할지 결정하지 않았지만 이제 내년이면 졸업하게 되는 임배희는 진지하게 고려해 봐야 할 일이었다.

"글쎄… 우선 마법을 좀 더 공부하고 싶으니까 대학에 들어갈 생각인데……."

임배희의 대답은 대학교에 가겠다는 것이었다. 반에서 부반장을 하고 있고 평상시의 태도를 봐서도 임배희의 성적이 대학교 들어가기에 충분하다는 것을 유정운은 묻지 않아도 알 수 있었다. 그래도 어느 대학교까지 안정권인지는 모르기 때문에 한번 물어보았다.

"어느 대학교에 들어갈 생각이에요?"

"음…… 기왕 들어갈 대학교라면 일류 대학 쪽이 좋겠지. 근데 성적이 아슬아슬해서 들어갈 수 있을지 모르겠어."

임배희는 구체적으로 어느 대학교인지는 밝히지 않았다. 그렇지만 대뜸 일류 대학이라는 말을 입에 담을 정도면 그녀의 실력이 어느 정도인지 충분히 짐작이 가고도 남았다. 특히 임배희가 허풍 같은 건 아예 떨지 않는 사람이라는 것을 알고 있는 유정운이었기에 그런 짐작은 거의 확실하다고 할 수 있었다.

"아……!"

얘기를 나누는 동안 두 사람은 어느덧 본관의 서문 쪽에 도착했다. 계단과 에스컬레이터, 그리고 엘리베이터. 위층으로 올라갈 수 있는 수단 3가지가 유정운과 임배희를 기다리고 있었다. 아직 아침 8시라는 이른 시각이라서 세 가지 수단 모두 사용 가능한 상태였다.

"에스컬레이터 타고 갈까?"

세 가지 수단 중에서 임배희가 선택한 것은 에스컬레이터였다. 그래서 유정운은 아무런 토를 달지 않고 그녀 말대로 에스컬레이터를 이용했다. 유정운의 목적지는 3층이고 임배희의 목적지는 7층이라서 3층까지 유정운과 임배희는 같이 가게 되었다.

"…소은이가 너한테 관심 많다는 거 알아?"

"……?"

에스컬레이터를 타는 중에 임배희가 툭 던지듯 질문을 해서 유정운은 그녀의 질문을 바로 이해하지 못했다. 그렇지만 질문을 되새기는 도중에 그 뜻을 파악하게 되었다.

"그건… 제가 마법에 흥미를 가지고 있으니까 그렇겠죠."

"넌 소은이에게 관심없어?"

유정운이 말을 돌리자마자 임배희의 정곡을 찌른 질문이 날아왔다. 그래서 유정운으로서는 뭐라고 대답해야 할지 난감할 수밖에 없었다.

"뭐… 그냥……."

열심히 얼버무리는 유정운을 보면서 임배희는 쿡쿡 하고 웃었다. 아까 전에는 부모 얘기를 하면서 자조적인 미소를 지었지만 이번 표정은 정말 웃는 것이었다. 쿡쿡 하며 웃는 임배희의 모습은 여느 여학생과 다름없었다.

"대답하기 곤란하다는 건 뭔가 찔리는 게 있다는 거지?"

"……."

이번에 유정운은 아예 묵비권을 행사했다. 그렇지만 애초에 임배희는 유정운의 대답보다는 행동에 초점을 맞추고 있었기 때문에 유정운이 묵비권을 행사하든 말든 신경 쓰지 않았다.

"아무튼 소은이하고 잘 지내."

"……."

임배희가 한 말 그 자체에는 큰 뜻이 담겨 있지 않지만 지금의 상황에서 그 말이 무엇을 뜻하는지 유정운은 충분히 알고 있었다. 그래서 유정운으로서는 아무 말도 하지 못했다. 무응답이 이 상황에서는 긍정을 뜻한다는 것도 알고 있긴 했지만 할 수 없는 일이었다.

"아!"

그때 갑자기 위쪽에서 여자의 탄성 소리가 들려왔다. 유정운과 임배희가 에스컬레이터를 타고 3층에 도착한 시점이었기 때문에 그 여성은 에스컬레이터를 타고 아래층으로 내려오고 있었다라고 할 수 있었다. 근데 그 여성은 은발의 긴 머리카락을 찰랑이며 신비로운 분위기를 풍기는 3학년 여학생이었다.

"소은아! 웬일이야?"

위층에서 내려오는 채소은을 보며 임배희가 놀라 물었다. 7층에 있어야 할 채소은이 3층까지 내려오고 있었기 때문이다.

"응, 방송부 애들이 기계 좀 봐달라고 해서."

유정운, 임배희와 만나게 된 채소은은 밝은 미소를 지으며 답했다. 일단 채소은이 미소를 짓자 신비로움을 내뿜던 그녀의 분위기가 순식간에 밝게 바뀌어졌다. 웃을 때와 웃지 않을 때 풍기는 분위기가 완전히 다르지만 두 가지 모두 보기 좋기 때문에 유정운이나 임배희나 그것에 큰 신경을 쓰지 않았다. 단지 임배희는 채소은의 대답을 믿지 않을 뿐이었다.

"이제 넌 방송부하고는 상관없는데 왜 너한테 부탁해?"

"그야, 뭐 내가 선배니까."

"근데 왜 아침부터 기계를 봐? 다른 때 해도 되잖아?"

"점심에는 밥 먹어야 하니까 안 되고 방과 후에는 마마(ma魔)에서 마법 연구해야 하니까 아침밖에 시간이 없어."

"……."

질문마다 꼬박꼬박 대답하는 채소은에게 빈틈은 보이지 않았다. 하지만 임배희는 유정운의 반과 방송실이 같은 층에 있고 거기다가 마주 보고 있다는 것에 주목하고 있었다. 채소은이 겸사겸사 유정운을 보기 위해 방송실까지 내려왔다고 생각하는 것이다. 그렇지만 채소은의 대답이 워낙 꼼꼼해서 증거를 찾기에는 무리가 있었다.

"하여간 호랑이라니까."

"뭐?"

임배희의 혼잣말을 제대로 알아듣지 못한 채소은이 고개를 갸웃했다. 호랑이도 제 말하면 온다는 속담 때문에 임배희는 그런 말을 한 것이지만 채소은에게 답변을 할 때에는 전혀 다른 것으로 둘러대었다.

"너나 나나 호랑이띠잖아. 정운이는 우리하고 두 살 차이니까… 용띠인가?"

"에…… 예."

자신의 띠 얘기를 하는데 유정운은 약간의 뜸을 들여서 대답을 했다. 그것은 자신의 띠가 뭔지 잊어먹고 있었기 때문이다. 평소에 거의 신경 쓰지 않다 보니 그런 일이 발생한 것이다.

'그러고 보니 난 용띠였군.'

마치 새로운 사실을 알았다는 듯 유정운은 속으로 실소를 머금었다. 얼핏 들으면 용띠라서 좋을 것 같지만 어차피 용띠인 사람은 엄청나게 많기 때문에 용띠라고 자랑스럽게 여길 만한 것은 전혀 없었다. 단지 평소에 자신이 용을 좋아하는데 자신의 띠가 용띠라면 좋아해할 수도 있을 뿐이었다.

"그럼 난 올라갈게."

유정운과 채소은이 둘만의 오붓한 시간을 보내도록 하기 위해서 임배희는 그렇게 말하며 에스컬레이터에 몸을 싣고 위층으로 올라가 버렸다. 그렇게 해서 유정운과 채소은은 둘이서 나란히 방송실 쪽으로 걸어가게 되었다.

"식목일 잘 지냈어?"

"예. 선배는요?"

"나도 잘 지냈어. 할 일이 없어서 심심했지만 말야."

지극히 형식적인 얘기로 시작한 두 사람의 대화는 점차 본격적이 되었다.

"뭐 하고 지냈어?"

"친구들하고 같이 여기저기 놀러 다녔어요."

"재미있었어?"

"다리만 아팠어요."

"그래?"

다리만 아팠다는 유정운의 말에 채소은이 쿡쿡 하고 웃었다. 그리고는 유정운이 묻지 않았지만 어제 자신이 했던 일에 대해서 알려주었다.

"난 어제 동생하고 영화 봤어. '사랑하는 그대에게 전해주고 싶은 것이 있어' 였는데 평범한 내용이긴 했지만 볼 만하더라구."

"……!"

채소은의 말이 끝나자 유정운은 두 가지 측면에서 놀랐다. 채소은에게 동생이 있다는 것과 봤다는 영화가 유명운과 남궁소진이 보려고 했었던 영화 제목과 같은 듯한 생각이 들었기 때문이다. 그렇지만 영화 쪽보다는 채소은의 동생 쪽이 유정운으로서는 더 궁금했다.

"동생이 있었어요?"

"응. 여동생이야. 지금 중학교 3학년이니까 내년이면 여기 들어올 거야. 그럼 정운이에게 후배가 생기는 거구나. 그때쯤에는 난 졸업해 있겠네……."

졸업이라는 말을 입에 담자 채소은의 표정이 약간 어두워졌다. 하지만 즉시 얼굴 표정을 바꾸어 밝은 미소를 지어 보였다.

"내가 없다고 내 동생한테 손대면 안 돼. 알았지?"

"손 안 대요."

유정운은 당연한 듯한 어조로 대답했다. 사실 채소은의 동생이 어떻게 생겼는지 정말 궁금했다. 그렇지만 유정운의 관심사는 채소은의 여동생보다는 채소은의 졸업이었다. 채소은이 졸업해 버리면 더 이상 그녀를 만날 수 없게 되기 때문이었다.

「소은이하고 잘 지내.」

임배희가 했던 말이 유정운의 머리 속에 떠올랐다. 그 말은 채소은이 졸업하기 전에 뭔가 계기를 만들지 않으면 아무것도 되지 않는다라고도 할 수 있었다. 적어도 유정운은 그렇게 생각했다. 그래서 용기를 내어 입을 열었다.

"소은 선배, 혹시 이번 주 일요일에 바빠요?"

"응? 아니, 별로 바쁜 일은 없는데……. 왜?"

"에… 바쁜 일 없으면…… 영화나 보러 갈래요?"

"영화?"

의외의 말을 들어서인지 채소은의 눈이 약간 커졌다. 그럴수록 유정운은 긴장될 수밖에 없었다. 채소은의 입에서 '내가 왜 너하고 영화를 봐?' 라는 식의 말이 튀어나올지도 모른다는 생각이 들었기 때문이었다.

"어떤 영화 볼 건데?"

"……!"

다행히도 채소은은 유정운과 같이 영화를 본다는 것에 거부감을 나타내지 않았다. 하지만 어떤 영화를 보느냐에 따라서 같이 갈 수도 있고 안 갈 수도 있는 가능성은 여전히 남아 있었다.

"에…… '불변의 방정식(Invariable Equation)' 은 어때요?"

"그거 SF지? 마침 보고 싶었던 건데 볼까?"

채소은의 얼굴에 미소가 떠올랐다. 그렇지만 휴일이나 주말이 되면 채소은은 여동생과 함께 항상 극장을 찾거나 프로게이머들의 경기를 보러 가는 게 일상이었기 때문에 불변의 방정식이라는 영화는 이미 한 번 본 상태였다. 하지만 그녀는 이런 생각을 하고 있었다.

'첫 번째 볼 때에는 꽤 재미있게 봤지만 두 번째 보면 재미없을지

도 몰라. 아니, 처음 봤을 때 놓쳤던 부분을 알 수도 있으니까 한 번 더 보는 것도 나쁘지는 않겠지.'

마음속에서 그런 변명을 하면서 겉으로는 전혀 그 영화를 보지 않은 척하고 있는 채소은을, 유정운이 알 리 없었다.

"그럼 제가 영화 시간 알아보고 약속 시간하고 장소 알려드릴게요."

"응. 오전이든 오후든 난 상관없으니까 네가 편한 시간에 잡아."

마침내 유정운과 채소은의 영화 관람 약속이 성립되었다. 유정운으로서는 처음으로 여자와 영화를 보러 가는 것이기 때문에 마음이 쿵쾅거렸다. 하지만 겉으로 보이는 유정운의 얼굴에는 별반 표정의 변화가 없었다. 그것은 아까나 지금이나 계속 똑같이 미소 짓고 있는 채소은도 마찬가지였다. 그냥 친한 친구끼리 영화 보러 가는 것인 듯한 분위기였던 것이다.

"그럼 난 방송실 들어갈게. 나중에 보자."

"예."

방송실 앞에서 유정운과 채소은은 간단한 인사를 나누고 각자 방송실과 교실 안으로 들어갔다. 어차피 방과 후에 또 보게 되겠지만 채소은과 떨어지게 된 유정운은 약간의 아쉬움을 느꼈다. 계속 채소은과 같이 있고 싶다는 생각이 들고 있었기 때문이다.

"……!"

그때 유정운의 교복 바지 주머니 속에 들어 있던 핸드폰에서 진동이 일어났다. 그래서 유정운은 핸드폰을 손에 들고 전화를 받았다. 이른 아침부터 자신에게 전화할 사람은 거의 없기 때문에 유정운으로서는 누가 전화를 했는지 궁금했다.

"여보세요?"

《정운이냐? 나다.》

"……!"

핸드폰을 통해서 들려온 목소리는 생각지도 못한 사람의 것이었다. 바로 유정운의 아르바이트를 알선해 주는 아저씨였던 것이다. 근처 병원에서 고통 나눔 마술을 사용할 때마다 유정운과 같은 아르바이트생에게 연락을 해서 장소와 시간을 알려주는 일을 맡고 있는 사람이었다.

"안녕하세요, 아저씨."

《아침부터 전화해서 미안한데, 일거리 들어왔다. 이번 주 일요일 아침 10시부터 하루 종일 고통 나눔 하는 건데, 대기업 사장의 친척이 맹장 수술을 하는 거야. 하루 내로 수술 완료하고 퇴원하려는 게 목적이라 많은 돈을 지불해서 고통 나눔에다가 유명한 마법사들 다 부른다고 하더라. 무사히 끝내면 적어도 200만원은 받을 수 있어.》

"……!"

일반적으로 고통 나눔 아르바이트로 받는 돈이 100만원에 못 미친다는 것을 감안하면 이번에 들어온 건 굉장히 큰 것이었다. 평소의 유정운이라면 앞뒤 생각할 것도 없이 바로 가겠다고 할 수준인 것이다. 그렇지만 이번 주 일요일에는 이미 채소은과 영화 보러 가겠다는 약속이 잡혀 있는 상태였다.

"…그냥 이번엔 안 할래요."

《……!》

유정운의 대답을 듣자마자 남자 쪽에서 굉장히 놀란 듯한 숨소리를 내쉬었다.

《안 한다고? 건수 생기면 무조건 왔던 네가? 게다가 일요일이잖
아?》

"그날 약속이 있거든요."

《허어…… 그러냐? 200만원짜리 건수인데…….》

남자는 아쉽다는 목소리를 내었다. 우선 고통 나눔을 확실히 성공
시켜야 그 남자도 알선비라는 돈을 받을 수 있기 때문에 최대한 아르
바이트생을 많이 모으는 게 안전했다. 게다가 평소 유정운이 고통 나
눔 도중에 빠져나간 적이 단 한 번도 없기 때문에 가장 믿을 만한 아
르바이트생이라고 할 수 있어서 어떻게든지 유정운을 확보하려는 것
이다.

"죄송합니다. 이번엔 정말 안 할 겁니다."

자신의 뜻을 확고히 하려는 듯 유정운은 정중한 어조로 재차 거절
했다. 한번 결정하면 그 결정을 바꾸지 않는 유정운의 성격을 어느 정
도 알고 있었기 때문에, 남자는 더 이상 유정운에게 강요하지 않았다.

《알았다. 그럼 나중에 일거리 생기면 또 전화하마.》

"예, 고맙습니다."

그 대화를 끝으로 남자와의 통화는 끊어졌다. 사실 200만원이라는
큰 일거리를 놓쳤으니 아쉬운 마음이 들지 않을래야 들지 않을 수 없
었다. 그렇지만 그 아르바이트 때문에 채소은과의 약속을 취소시키는
짓은 결코 하고 싶지 않았다. 비록 큰 건수가 아니라도 아르바이트는
언제든지 기회가 있지만, 채소은과의 데이트는 이번이 아니면 다시는
기회가 없을지도 모르기 때문이었다.

"진짜?!"

교실 뒤 사물함 앞에서 모여 있던 몇 명의 여학생 중 한 명이 놀란 듯이 큰 목소리를 내었다. 하지만 1교시 시작하기 전이라서 교실 안이 시끌벅적했기 때문에 그 여학생의 목소리가 다른 학생들의 시선을 잡아끌 수는 없었다.

"정말 동민이가 다른 여자애랑 데이트하고 있었단 말이야?"

큰 소리를 냈던 여학생이 이번엔 작은 목소리로 주변 여학생에게 되물었다. 마침 화장실 갔다가 느릿느릿 그 부근을 지나가던 유정운은 그 대화를 듣고 일부러 더욱 천천히 이동하며 그들의 얘기를 엿들었다.

"말도 안 돼! 연영이를 두고 양다리를!"

서동민 얘기를 하는 여학생의 무리 중에는 김연영이 끼어 있었다. 김연영 역시 그들의 얘기를 통해 서동민이 식목일에 어떤 여자와 데이트를 했다는 사실을 알게 된 것이다. 김연영 몰래 서동민이 다른 여자와 데이트를 했다는 사실은 김연영 친구들의 분노를 사기에 충분했다.

"하여간 남자는 전부!"

"동민이가 그럴 줄은 몰랐어!"

"믿을 수가 없다니까!"

친구들이 한마디씩 하는 동안 김연영은 의외로 담담한 표정이었다. 아니, 적어도 유정운이 보기에는 담담함을 초월해서 전혀 신경 쓰지 않는다는 표정이었다. 마침 남의 얘기를 듣는다는 듯한 표정이었던 것이다. 그런 김연영의 반응에 오히려 친구들이 더 놀랐다.

"연영아, 너 아무렇지도 않아?"

"뭘?"

물음을 던지자 곧바로 되돌아오는 김연영의 대답. 그녀의 대답 속에는 그 어떤 불평이나 분노가 들어 있지 않았다. 너무나 일상적인 어조였다.

"동민이가 다른 여자애랑 놀았다구!"

"그래서?"

"그래서라니……!"

김연영의 친구들은 어처구니가 없을 수밖에 없었다. 게다가 그것이 가식적인 반응도 아닌, 너무나 자연스러운 반응이었기 때문에 친구들은 정말 김연영이 서동민을 좋아하고 있는지조차 의심하게 되었다.

"연영아, 너……!"

"잠깐, 동민아!"

한 친구가 김연영에게 뭔가를 말하려고 했을 때 김연영은 테이블 위에 엎드려 자다가 방금 일어난 서동민에게 다가갔다. 그리고는 잠이 덜 깨서 멍한 표정을 짓고 있는 서동민의 목에 팔을 걸며 입을 열었다.

"어제 여자애랑 놀았다며?"

"……?"

자다 일어난 서동민으로서는 김연영의 말을 이해할 수 없었다. 그렇지만 금방 그녀가 말한 의도를 알아차리고 크게 놀란 표정을 지었다. 사실 일부러 김연영에게 들키기 위해서 남들 눈에 잘 띄는 곳으로 송도연과 같이 놀러 갔었지만 막상 김연영에게서 그런 말을 듣자 심장이 덜컥하는 느낌을 받았던 것이다.

"어디 다니는 애야? 우리 학교? 아님 다른 학교? 중학생? 설마 초등학생을 꼬셔서?"

"……!"

웃는 표정으로 말을 늘어놓는 김연영의 모습에 서동민은 심장이 완전히 멎어버리는 듯한 느낌을 받을 수밖에 없었다. 마치 친한 친구에게 애인이 생겨서 궁금함에 이것저것 물어보는 듯한 분위기를 김연영이 연출하고 있었기 때문이다. 자신의 애인에게 다른 애인이 생겼다고 생각하는 분위기가 전혀 아니었다.

"뭐야? 나한테도 숨길 거야?"

"……."

"데이트했다면서 왜 표정이 그래? 웃어야지!"

"……."

김연영의 말이 이어질수록 서동민의 표정은 점차 어두워져만 갔다. 그리고 그런 두 사람의 모습을 지켜보는 박호준과 유정운, 그리고 이상규의 얼굴도 어두워질 수밖에 없었다. 지금의 결과는 그들이 전혀 생각지도 못한 것이었기 때문이다.

"포기해야겠다……."

어느새 유정운의 근처로 다가온 이상규가 고개를 절레절레 저으며 말했다. 비록 유정운은 입 밖으로 아무런 말도 하지 않았지만 속으로는 이상규와 같은 생각을 하고 있었다. 이 정도까지 상황이 전개되었다면 깨끗이 포기하는 게 덜 상처받는 길이라는 생각이 들었던 것이다.

"하여간 여자들 마음은 알 수가 없다니까……."

김연영이라는 여자 한 명의 행동만을 보고서 세상 모든 여자들을 그렇게 판단한 이상규는 더욱 고개를 내저으며 자기 자리로 돌아갔다. 곧 1교시 수업이 시작되기 때문이다. 유정운 역시 박호준의 옆 자리에 앉아 1교시 수업 준비를 했다. 1교시 수업이 국어라서 유정운의 마음이 무겁지 않을 리가 없지만 서동민과 박호준의 침체된 분위기가 그의 마음을 더욱 무겁게 만들었다. 자신이 채소은과 데이트하는 약속을 했기 때문에 서동민이 김연영에게 차여 버렸다는 생각도 머리 속에 떠올랐다. 그렇지만 증거가 없는 관계로 그런 생각은 한쪽 마음에 접어둔 채 국어 교과서 파일을 열고 수업 준비에 시간을 투자했다.

*   *   *

"어이, 유 교수."

교수 휴게실에서 잠시 휴식을 취하고 있는 유명운에게로 나이 지긋한 인심 좋아 보이는 한 명의 아저씨가 다가왔다. 그는 유명운과 마찬가지로 물리학자인 김신조(金信造) 교수였다. 그리고 또한 독실한 기독교 신자이기도 했다.

"지금 시간있는가?"

"아, 예…… 조금……."

"그럼 나하고 잠깐 얘기 좀 하세."

"예……."

김신조 교수가 다가오자 유명운은 약간 난처한 표정을 지었다. 언제나 기독교 믿으라고 권유를 하기 때문이었다. 물론 김신조 교수는 다른 교수들에게도 열심히 기독교를 전파하고 있지만 특히 유명운에게 많은 권유를 하고 있었다. 김신조 교수의 신임을 가장 많이 받고 있는 사람이 바로 유명운이기 때문이었다.

"난 언제나 자연의 오묘한 섭리에 놀란다네."

먼저 김신조 교수는 그런 말로 포교를 할 준비를 했다.

"우리 과학자들이 찾아내고 있는 자연의 법칙들, 자연은 정말 그 법칙에 거의 어긋나지 않고 움직이지. 물론 우리들이 아직 찾아내지 못한 법칙들이 더 많아서 자연을 제대로 알고 있지 않지만 말이야."

"그렇죠."

일단 맞장구쳐 주는 유명운.

"정말 그런 오묘한 법칙들은 신이 아니고서는 만들어낼 수가 없어. 기독교에서 말하는 창조론에 매료되는 과학자들이 있는 건 그런 이유지."

"뭐……."

"자네는 어떻게 생각하나? 신이 만물을 만들었다는 창조론을?"

"음……."

김신조 교수의 질문에 유명운은 잠시 갈등에 빠졌다. 자신이 평소에 생각했던 바를 말할 것인가 지극히 평범한 대답을 할 것인가를 결정하기 어려웠던 것이다. 그렇지만 평범한 대답으로서는 김신조 교수의 권유를 뿌리치기 힘들다는 것을 알고 있어서 자신의 생각한 바를 말하기로 했다.

"창조론을 인정하면 더 이상 과학은 연구할 가치가 없다라고 말하는 과학자들이 있는데, 전 일단 그렇게 생각 안 합니다. 만약 정말로 신이 만물을 만들었다면 우리는 신의 의지를 모르기 때문에 적어도 저는 신이 어떤 방식으로 어떻게 만물을 창조해 냈는지 알아보려고 계속 연구를 할 겁니다. 신이 스스로 '난 이렇게 만물을 창조했다' 라고는 가르쳐 주지 않으니까요."

"그럼 자네는 창조론을 믿는 건가?"

되묻는 김신조 교수의 목소리는 떨리고 있었다. 유명운이 창조론을 믿는 것 같았기 때문이었다. 하지만 김신조 교수의 반문에 유명운은 고개를 저었다.

"전 신이 만물을 창조했든 아니든 그런 것에는 관심이 없습니다. 단지 자연을 완벽히 기술할 수 있는 법칙을 찾아내고 싶다는 게 제 목표니까요. 그리고 전 자연의 섭리가 오묘하고 절묘하다고 해서 꼭 누군가 자연을 만들어냈다고 생각하지는 않습니다. 전 그냥 자연이 그런 오묘하고 절묘한 법칙을 아주 우연하게 만들어냈다고 생각하니까요."

"무슨 말인가?"

"정교하고 복잡한 것일수록 누군가 만들어낸 것이다……. 그건 인간 중심적인 사고입니다. 말하자면 이런 거죠. 컴퓨터는 정말 정교하고 복잡하죠. 그래서 인간이 아니고서는 컴퓨터를 만들어낼 수가 없습니다. 따라서 인간은 이렇게 생각하는 거죠. 정교하고 복잡한 물건은 인간이 아니고서는 만들어낼 수 없다. 그런데 자연은 인간이 만들어내는 물건보다 훨씬 정교하고 복잡한 체계로 이루어져 있다. 따라서 인간보다 훨씬 뛰어난 누군가가 자연을 창조해 냈을 것이다…… 그런 식으로 생각하는 겁니다."

"……."

유명운이 말하고자 하는 바를 알아차렸기 때문에 김신조 교수는 잠시 입을 다물었다. 그사이에도 유명운은 자신의 생각을 펼쳐 나갔다.

"과학을 공부할수록 자연의 오묘한 섭리에 감탄하여 신이 자연을 만들어냈다는 인간 중심적인 생각을 할 수 있습니다. 하지만 전 자연이 그냥 자연스럽게 자신의 생활 법칙을 만들어냈다고 생각합니다.

말하자면 자연스럽게 컴퓨터가 만들어진다고나 할까요?"

"난 도저히 그렇게 생각하기 어렵네."

"굳이 그렇게 생각하실 필요 없습니다. 그저 전 그렇게 생각하고 있다는 것뿐이니까요. 실제로 신이 만물을 창조했는지 아닌지는 아무도 모르지 않습니까. 그런 논쟁을 하기보다는 그 시간에 자연을 기술할 수 있는 과학 법칙을 찾아내는 데 주력하는 게 낫죠. 아무튼 저는 신이라는 존재를 믿을 생각이 없으니까 괜히 권유하는 것에 에너지 낭비하지 마세요. 그보다는 연구하는 데에다 에너지를 쓰셔야죠."

유명운은 상대의 기분을 다치지 않게 하려고 부드러운 미소와 어조로 말을 했다. 마지막 말은 자칫하면 욕이 될 수도 있기 때문이었다. 하지만 김신조 교수는 그 말보다는 기독교 믿을 생각이 없다는 말에 아쉬움을 표했다.

"한번 믿어보게나. 사람은 원죄를 가지고 있어서 하나님을 믿지 않고는 구원받을 수가 없네."

"사람에게 원죄가 있다는 건 저도 인정합니다. 과학적으로 인간은 수억 마리의 정자 중에서 단 하나가 난자와 만나서 이루어지기 때문에 결국 사람은 수억 마리의 정자 생명체들을 죽인 살인범이거든요. 사람이 태어나서 한평생 저지르는 죄와 수억의 생명을 없애 버린 죄하고는 비교가 안 되죠."

"그렇게 생각하면서 어째서 믿지 않으려는 건가?"

"생각과 믿음은 엄연히 다른 것이거든요. 아무튼 지금 저는 뭔가를 절실하게 믿고 싶은 마음이 없습니다. 나이가 들면 기독교를 믿고 싶은 마음이 들 수도 있겠죠. 만약 그렇다면 그때 믿어도 되지 않을까요? 그저 단순히 주변에서 권하기 때문에 믿는 것보다 절실하게 원해서 믿는 것이 더 낫지 않습니까?"

"그렇지만 난 자네가 하루라도 빨리 하나님의 축복을 받기 바라네."

"절 생각해 주셔서 감사합니다. 아무튼 시간이 됐으니 그럼 전 이만 연구하러 가보겠습니다."

유명운은 그 말을 끝으로 김신조 교수에게 인사를 하고 휴게실을 나섰다. 사실 조교들이 열심히 실험하고 있어서 이렇게 일찍 연구실로 갈 필요는 없었지만 계속 김신조 교수와 같이 앉아 있으면 쉴 새 없는 포교 공격을 당하기 때문에 서둘러 나온 것이었다.

'훗……'

유명운은 김신조 교수가 계속 포교 활동하는 것에 대해 속으로 웃었다. 그것은 김신조 교수를 비웃는 게 아니라 자신이 좋아하고 믿는 사람일수록 그 사람이 자신과 같은 취미나 신념을 가지도록 하고 싶어한다는 사실 때문이었다.

'어떤 사람과 취미나 신념이 일치할수록 끈이 공명을 일으키기 쉬워지고 따라서 많은 에너지를 효율적으로 방출할 수 있게 되지. 그래서 사람들은 동호회를 만들어서 쌓이는 에너지를 방출하고자 하는 거고. 김 교수님이 자꾸 나에게 기독교 믿으라고 권유하는 것도 내가 기독교를 믿게 되면 김 교수님은 자신의 끈 파동과 내 끈의 파동을 일치시켜서 자신에게 쌓인 에너지를 더 많이 방출할 수 있게 되니까 그런 거지. 뭐, 김 교수님이 '유명운에게 끈을 연결하면 취미나 신념의 불일치로 공명을 일으키지 못하고 오히려 연결했던 그 끈을 통해서 원하지 않은 에너지가 더 쌓이게 된다' 라고 생각했다면 기독교 믿으라고 권유도 안 했을 테니까 좋게 생각할 수밖에.'

김신조 교수의 행동을 그렇게 자신의 끈 이론으로 풀이한 유명운은 겉으로도 실실 웃었다. 누군가에게 신임을 받는다는 것은 기분 좋은 일이기 때문이었다. 그렇지만 김신조 교수의 권유대로 기독교를 믿었다가는 에너지, 정확히 말하면 스트레스가 쌓이게 된다고 생각하는 유명운이었기에 김신조 교수와 사이좋게 기독교를 믿을 생각은 결코 없었다.

'소진이나 만나야겠다!'

유명운은 연구실로 가는 것보다 남궁소진을 만나는 것으로 마음의 결정을 내렸다. 남궁소진을 만나면 자신에게 쌓인 에너지를 효과적으로 방출할 수 있고 남궁소진 역시 유명운을 만나는 것에서 같은 진동수로 끈을 진동시키기 때문에 둘 다 에너지 방출을 더욱 많이 할 수 있는 것이다. 그것이 바로 유명운이 생각하는 끈 이론이었다.

*　　　　*　　　　*

교장실.

천인 고등학교의 교장인 박상군(朴尙軍)이 앉아 있는 곳. 나이가 이제 50을 바라보고 있는 박상군 교장은 느긋한 표정으로 의자에 몸을 맡기고 있었다. 약간 날카로운 인상에 몸도 마른 편이라서 굉장히 깐깐하고 엄격할 것 같은 이미지를 풍기는 박상군 교장의 모습. 그렇지만 그의 눈은 그 어떤 젊은 사람들보다 초롱초롱 빛나고 있었다.

띠리리링―

박상군 교장만이 있는 교장실 내에서 전화벨 소리가 울려 퍼졌다. 어차피 전화는 음성 인식 장치가 달려 있었기 때문에 박상군 교장은 입만을 열어서 전화를 받았다.

"천인 고등학교 교장 박상군입니다."

《접니다.》

"……!"

전화기에서 목소리가 들리자마자 박상군 교장이 흠칫 몸을 떨었다. 하지만 이내 평상시와 마찬가지의 표정으로 돌아왔다. 대신 전화기에 달려 있는 무선 이어폰을 귀에다 끼고 다른 사람들이 전화 내용을 듣지 못하도록 했다.

"물건은?"

《일주일 내로 도착할 겁니다.》

"각별히 조심해서 가져오게. 들키면 끝장이야."

《물론이죠. 이미 관련자들은 모두 매수해 놓은 상태입니다.》

"자네만 믿겠네."

박상군 교장과 전화를 건 남자와의 대화는 결코 범상치 않았다. 누가 듣더라도 그가 무엇인가 비밀리에 불법을 저지르려는 것임을 알 수 있었다.

《아직도 계획을 실행시킬 생각입니까?》

"물론이네."

《실패하면 지금까지 박 장군(將軍)님이 쌓아온 사회적 지위를 잃게 됩니다.》

"생각해 줘서 고맙네. 하지만 내가 지금까지의 지위를 쌓아온 건 지금을 위해서였어. 그러니 이번 계획이 실패하면 사회적 지위 따위는 필요없어지네."

《알겠습니다. 그럼 실행 시기는 언제쯤으로?》

"마법실기 시험이 끝난 직후에 행하도록 하지."

《예, 그럼 일주일 후에 물건을 가지고 가겠습니다. 그동안 몸 건강히 계십시오.》

그 말을 끝으로 전화를 건 남자의 목소리는 더 이상 들리지 않았다. 그래서 박상군 교장은 귀에서 이어폰을 빼고는 다시 원래대로 의자에 몸을 깊숙이 파묻었다.

'이제 내 꿈이 실현된다……'

박상군 교장의 얼굴에 미소가 피어 올랐다. 그 계획을 위해 만반의 준비를 갖춘 상태였기 때문에 성공하는 것에 자신이 있었다. 물론 그 과정에서 다수의 희생이 생길 수도 있지만 내일을 위해서 그 정도의 희생은 감수할 작정이었다. 자신이 생각하기에 좀 더 나은 내일을 위해서.

천인 고등학교

제로섬 원리 14장

XIV 제로섬 원리

"아하하~"

날씨 화창한 일요일에 김연영은 머리를 다양한 색으로 염색한 상태로 친구들과 같이 거리를 거닐었다. 원래 보통 때라면 서동민과 같이 놀러 갔겠지만 서동민이 약속있다고 먼저 사라졌기 때문에 할 수 없이 친구들과 놀게 된 것이다. 그리고 서동민의 고백을 보기 좋게 차버렸다는 사실도 있어서 억지로 서동민과 노는 것도 마음에 걸리긴 했다.

"정말 멋지지 않아?"

김연영과 다른 두 명의 친구들은 연예인들에 대한 얘기를 쉴 새 없이 해대었다. 교복을 입지 않고 사복을 입은 데다가 그녀들의 키도 비교적 컸기 때문에 겉으로 보기에는 고등학생인지 대학생인지 분간이 가지 않았다. 하지만 열심히 재잘거리는 모습 때문에 어린 티가 여지

없이 드러나고 있었다.

"아……!"

그때 친구 하나가 무엇인가를 보고 놀란 음성을 내었다. 그래서 모두 그녀가 쳐다보고 있는 곳을 쳐다보았다. 그녀들의 눈에 들어온 것은 서동민과 송도연이 패스트푸드점의 투명한 유리 창가에 앉아 음식을 먹고 있는 장면이었다.

"쟤, 동민이지?"

"앞에 앉은 애, 저번에 동민이랑 같이 있었던 애 아니야?"

김연영의 친구들은 송도연을 보고 한마디씩 했다. 그리고는 김연영의 얼굴을 쳐다보았다. 저번에 서동민이 다른 여자와 같이 있었다는 말을 듣고도 김연영이 아무렇지도 않았다는 것을 알고 있긴 했지만 혹시라도 직접 그 장면을 보면 생각이 달라질지도 모른다는 생각이 들었기 때문이었다.

"……."

친구들이 옆에서 쳐다보고 있다는 것도 모른 채 김연영은 유리 창가에 앉아 있는 서동민의 얼굴을 쳐다보았다. 서동민은 송도연과 음식을 먹으면서 웃고 있었다. 진심에서 우러나오는 밝은 모습은 아니었지만 어쨌든 송도연과 얘기를 나누면서 즐겁게 웃고 있다는 것은 사실이었다. 이야기를 주도하는 것은 송도연이었고 서동민은 가끔씩 맞장구쳐 주는 식이었으나 지금 김연영의 눈에는 서동민의 모습만이 들어오고 있었다.

'즐거운… 거야……?'

김연영은 마음속으로 서동민에게 그런 질문을 던졌다. 그리고 서동민은 마치 그 질문에 대답이라도 하듯이 또 한 번 송도연을 향해 미소를 지었다.

'정말······?'

두 번째 김연영의 마음속 질문이 이어졌고 서동민은 고개를 몇 번 끄덕였다. 물론 서동민은 단순히 송도연의 말에 고개를 끄덕여서 맞장구를 쳐준 것뿐이었지만 김연영에게 있어서 그것은 자신의 질문에 대한 서동민의 대답이라고 받아들여지게 되었다.

'왜······ 그렇게 즐거운 거야······?'

세 번째로 김연영은 마음속 질문을 던졌지만 이번에는 행동으로 보여줄 수 없는 질문이었기 때문에 서동민에게서 대답을 듣는다는 건 불가능했다. 그렇지만 김연영은 대답을 듣기보다 서동민의 웃는 얼굴을 바라보며 여태까지 자신이 서동민을 어떻게 생각해 왔는지에 대해서 깨닫게 되었다.

'그랬구나······.'

김연영의 머리 속에서 지금까지 서동민과 같이 보냈던 시간이 스쳐 지나갔다. 그리고 가장 중요한 사실을 알아차릴 수 있었다. 김연영 자신이 서동민의 웃는 얼굴을 독점하고 있었다는 사실을. 본래 잘 웃지 않는 서동민이라서 다른 여자애들과 이야기를 나누면서도 웃는 일이 드물었다. 그가 정말 즐거워서 웃는 때는 김연영과 이야기를 나눌 때 뿐이었다. 그렇기 때문에 김연영으로서는 서동민이 다른 여자애들과 웃고 떠드는 광경을 본 적이 없었던 것이다.

"연영아!"

김연영이 그 자리에 굳은 채 움직이지 않자 친구들이 그녀를 불렀다. 하지만 김연영은 친구들의 부름에도 응답하지 않은 채 서동민의 얼굴만을 뚫어져라 쳐다보았다. 투명한 유리창을 통해 보이는 서동민은 여전히 미소 짓고 있었다. 그 모습은 김연영의 마음 한구석에 커다란 구멍을 만들어갔다.

*　　　　　*　　　　　*

"……."

유정운은 평소와 달리 약간 초조해하고 있었다. 극장 앞에서 만나기로 한 시각이 점차 다가오고 있었기 때문이다. 왠지 약속 시간에 채소은이 나오지 않고 대신 오늘 못 가게 됐다는 전화를 할 것만 같아서 불안하기 그지없었던 것이다.

'미치겠군……!'

아직 약속 시간도 되지 않았지만 유정운은 불안감 때문에 진정을 하지 못했다. 형 유명운이나 친구들하고 약속을 해서 기다리다가 바람맞은 적이 몇 번 있긴 했지만 그때에는 그렇게 불안하거나 기분 나쁘지 않았다. 그런데 채소은과의 약속은 자꾸 불안해져서 어찌할 도리가 없었던 것이다.

툭!

그때 누군가가 유정운의 어깨를 살짝 쳤다. 그래서 유정운은 고개를 돌려 그 사람의 정체를 확인했다. 다행히 그 사람은 유정운이 그토록 기다렸던 채소은이었다.

"많이 기다렸어?"

"아니요. 방금 왔거든요."

악운의 징크스라도 일어날까 봐 약속 시간보다 무려 1시간이나 일찍 온 유정운이었지만 채소은을 눈앞에서 보게 된 것만으로도 그 기다림의 시간은 충분한 보상을 받고도 남았다. 특히 바지를 입긴 했지만 예쁘게 차려입은 채소은의 모습은 유정운의 마음을 기분 좋게 해주었다. 꼭 유정운 자신에게 잘 보이기 위해서 채소은이 예쁘게 차려입은 것이라고는 단언할 수 없었지만 아무튼 기분 좋은 건 기분 좋은 것이었다.

"아, 너 머리……!"

유정운의 얼굴을 쳐다보던 채소은이 약간 놀란 어조로 입을 열었다. 유정운의 머리 스타일이 지금까지와는 약간 달라졌기 때문이다. 평소에는 언제나 앞머리가 두 눈을 가려서 답답한 이미지였는데 지금은 머리에 무스를 발라 두 눈이 다 드러나도록 한 것이다. 앞머리는 여전히 길었지만 두 눈이 드러난 것과 드러나지 않은 그 이미지의 차이는 실로 엄청났다.

"이상해요?"

생전 처음으로 머리에 무스를 바르고 멋을 내본 유정운이라서 채소은이 자신을 어떻게 볼지 걱정되었다. 그래서 유정운의 묻는 어조는 약간 떨릴 수밖에 없었다. 채소은의 입에서 어떤 말이 튀어나오느냐에 따라 앞으로 유정운이 그런 머리 스타일로 갈 것인지, 아니면 그냥 평소대로 지낼 것인지가 결정되기 때문이었다.

"아니, 잘 어울려! 와……!"

의외로 채소은은 잘 어울린다는 말과 함께 감탄사마저 터뜨렸다. 단지 유정운의 두 눈이 잘 보인다는 차이였을 뿐인데 채소은이 보기에 유정운은 어디를 가더라도 그다지 꿀릴 것 없는 외모를 가지고 있었다. 지금까지 두 눈을 가리고 있어서 전혀 알아보지 못할 정도였던 것이다.

"왜 눈을 가리고 있었어? 지금 모습이 훨씬 괜찮은데!"

"머리에 뭘 바르는 걸 좋아하지 않아서……."

유정운의 대답은 간결했다. 앞머리가 너무 길면 보통 눈이 가려지므로 여자들처럼 머리를 묶거나 머리 모양을 제대로 유지하기 위해서 머리에 무스 같은 것을 발라야 했다. 하지만 머리를 묶는다던가 머리에 뭔가를 바르는 것을 좋아하지 않는 유정운이었으니 앞머리가 두 눈을 가리든 말든 신경 쓰지 않은 것이다.

"그럼 나 때문에 머리에 무스 바른 거야?"

채소은이 예리하게 질문을 해왔다. 사실 유정운이 머리에 무스를 바른 건 순전히 채소은 때문이었기 때문에 부정의 대답은 할 수가 없었다. 하지만 그렇다고 긍정의 대답을 곧장 하는 것도 약간 마음에 걸려서 결국 얼버무리게 되었다.

"뭐……."

"훗."

유정운의 어설픈 얼버무림은 채소은에게 질문에 대한 대답이 긍정이라는 것을 알려주는 꼴이었다. 그래서 채소은은 손으로 입을 가리며 약간의 웃음을 터뜨렸다. 그 웃음의 의미는 유정운을 비웃는 게 결코 아니었고 그 반대라고 할 수 있었다.

"어서 들어가자!"

이미 유정운이 표를 사놓은 상태라서 채소은은 유정운을 끌고 극장 안으로 들어갔다. 극장 안에는 많은 사람들이 있었다. 하지만 연인으로 보이는 사람들은 생각보다 그렇게 많이 보이지 않았다. 영화 자체가 SF이고 사랑 얘기는 거의 없어서 연인끼리 사이좋게 볼 수 있는 건 아니기 때문이었다.

와삭와삭—

유정운과 채소은은 팝콘 하나를 서로 나눠 먹으면서 영화 관람을 시작했다. 유정운이 오른쪽 자리이고 채소은이 유정운의 왼쪽 자리였다. 그리고 유정운이 팝콘을 들었고 주로 채소은이 팝콘을 집어 먹었다.

"……."

유정운은 불변의 방정식이라는 영화를 본 적이 없지만 채소은은 이미 동생과 같이 봤던 영화이기 때문에 채소은으로서는 영화에 몰입하는 게 쉽지 않았다. 내용을 모두 알고 있으니 긴장감도 떨어지고 영화에 집중할 수가 없는 것이다. 오히려 그녀가 집중하고 있는 것은 다름 아닌 유정운이었다.

와삭—

채소은은 팝콘을 입에 넣으면서 힐끔힐끔 유정운을 쳐다보았다. 유정운은 시선을 상영 스크린 쪽으로 두고 있었지만 유정운 역시 처음 보는 영화임에도 영화의 줄거리가 머리 속에 제대로 들어오지 않고 있었다. 옆에 채소은이 앉아 있다는 것 때문에 영화의 영상들이 유정운의 시신경을 전혀 자극하지 못하고 있는 것이다.

'이런……!'

유정운은 속으로 한숨을 내쉬었다. 아예 영화에 심취하든가 영화 관람을 포기하고 채소은과 친분 쌓기(?)를 하든가 해야 하는데 이도 저도 아닌 어정쩡한 상태로 어느 것 하나 제대로 하고 있지 못하기 때문이었다.

'소은 선배는 날 어떻게 생각할까…….'

그것이 유정운으로서는 가장 알고 싶은 사항이었다. 채소은이 자신에게 어느 정도 관심이 있다는 것은 임배희의 말을 통해서나 자신의 느낌을 통해서나 확실했다. 하지만 그 관심이 단순히 후배라서 동생 같은 마음에 생겨난 것인지, 아니면 자신을 남자로 보고 있어서 생겨난 것인지 알 수 없기 때문에 함부로 다가가기가 어려웠다.

"이제 내가 들게."

그때 채소은이 유정운에게 말을 걸어왔다. 그것은 지금까지 유정운이 들고 있었던 팝콘을 자신이 들겠다는 뜻이었다. 채소은이 보기에는 유정운이 계속 영화만 보고 팝콘을 먹지 않아서 영화 끝날 때까지 팝콘을 들고 있으면 힘들 것 같았기 때문이다. 하지만 유정운은 별로 힘들지 않은 상태였다.

"괜찮아요."

"그럼 영화에 집중할 수 없잖아."

유정운에게서 팝콘을 빼앗기 위해 채소은은 두 손으로 유정운의 손을 감싸 쥐었다. 사실 팝콘 봉지의 위를 잡고 빼앗아도 되는데 웬일인지 채소은은 봉지의 아래쪽을 잡으려고 해서 유정운의 손을 감싸 쥐게 된 것이었다. 그것은 비교적 짧은 시간이긴 했지만 유정운은 그 시간 동안 채소은의 부드러운 손과 따뜻한 체온을 충분히 느낄 수 있었다.

'좋아!'

그것이 힘이 되었는지 유정운은 큰 결심을 했다.

"영화 보다가 피곤하면 제 어깨에 기대요."

그 말이 유정운의 큰 결심이었다. 남들이 보기에는 전혀 큰 결심이라고 볼 수 없을지도 모르지만 유정운에게 있어서 그런 말을 했다는 것 자체가 커다란 결심 없이는 불가능한 것이었다. 특히 그 말이 가지는 의미가 단순하지 않다는 것이 중요했다.

꿀꺽—

유정운은 침을 한 번 삼켰다. 최대한 아무렇지도 않은 표정으로 말하긴 했지만 긴장되는 건 어쩔 수 없었기 때문이다. 채소은의 반응이 어떻게 나올지가 유정운에게 있어서 가장 중요한 문제였다.

툭—

"……!"

뭔가 대답이라도 할 줄 알았던 채소은이 갑자기 머리를 유정운의 어깨에 기대어 버리자 유정운은 약간 당황스러웠다. 그녀가 이토록 빠른 행동을 할 줄은 예상하지 못한 것이다. 적어도 유정운의 말을 좋은 뜻으로 받아들였다면 영화를 한 몇 분 정도 보다가 머리를 기댈 것이라고 생각했기 때문이었다.

"편하다……."

유정운의 어깨에 머리를 기댄 채소은의 입에서 조용한 어조의 말이 흘러나왔다. 채소은이 머리를 기대었기 때문에 채소은의 머리카락에서 나는 향기가 유정운의 후각을 부드럽게 자극했다. 그 향기가 또다시 유정운에게 용기를 불어넣어 주었다.

슥—

유정운의 왼손이 채소은의 오른손을 감싸 쥐었다. 순간적으로 채소은이 약간 흠칫하는 반응을 보였지만 그 후로는 얌전히 유정운의 어깨에 기대고 있었다. 아니, 오히려 유정운의 손을 더욱 세게 쥐었다. 그것은 유정운의 행동에 대한 채소은의 긍정적인 대답이었다.

두근두근—

서로 떨어져 있을 때는 그렇지 않았는데 어깨에 머리를 기대고 손을 잡게 되니까 심장이 제멋대로 날뛰기 시작했다. 특히 이런 상황이 처음이라는 것 때문에 심장의 폭주는 더욱 심했다. 그렇지만 둘 다 그런 심장의 폭주를 진정시키려는 노력은 하지 않았다. 그저 그 자세 그대로 서로의 체취와 체온을 느끼며 영화를 관람할 뿐이었다.

                    *   *   *

"후우……."

자신의 방 안으로 들어간 서동민은 침대에 드러누우며 깊은 한숨을 내쉬었다. 김연영에게 차이고 난 뒤 거의 모든 일에 의욕을 잃고 아르바이트도 때려치우고 말았다. 그런데도 송도연은 서동민과 계속 연락을 취하며 여기저기 놀러 가자고 꼬셨다. 그녀가 자신에게 마음이 있어서 그런다는 것을 서동민 역시 어렴풋이 느끼고 있었으나 하릴없이 집에만 있으면 더욱 괴로워지기 때문에 송도연과 데이트를 하고 있는 것이었다. 그렇지만 송도연과 같이 이야기하고 웃고 떠들어도 마음속의 상처는 결코 지워지지 않고 있었다. 그것이 서동민을 더욱 괴롭게 했다.

따리링—

침대에 아무렇게나 내던져서 나뒹굴고 있던 핸드폰에서 전화벨 소리가 울렸다. 서동민은 송도연이 건 전화라고 생각하고 그냥 힘없는 손으로 핸드폰을 집어 들었다. 그런데 핸드폰의 수화기를 통해 들려오는 목소리는 서동민으로서는 전혀 생각지도 못한 사람의 것이었다.

《나 연영인데…….》

"……!"

며칠 전까지만 하더라도 핸드폰을 통해 서로 영상 메시지를 자주 보냈었지만 김연영에게 차인 이후로는 거의 핸드폰을 통한 연락은 끊고 지내는 상황이었다. 그런데 김연영으로부터 전화가 먼저 걸려오니 서동민은 놀라지 않을 수 없는 것이다.

"무슨 일이야?"

떨리는 목소리를 가다듬으며 서동민은 침착한 어조로 물음을 던졌다. 영상 메시지도 아니고 직접 그녀가 전화를 걸었다는 것은 뭔가 중요한 걸 말하려는 것임을 알고 있었기 때문이다.

《나… 바보였어…….》

김연영의 첫 마디는 그것이었다. 하지만 서동민이 이해하기에는 너무나 함축적인 말이었다. 그래서 서동민은 가만히 듣기로 하고 김연영의 다음 말을 기다렸다.

《처음에 네가 나한테 고백했을 때…… 난 그냥 친구 사이가 더 좋다고 생각했기 때문에 거절했었어……. 애인 사이가 되면 뭔가 지금까지 지내왔던 생활들이 이상하게 변질되어 버릴 것 같았거든…….》

"……."

《근데… 그건 내가 잘못 생각한 거였어……. 내 옆에는 항상 네가 있었고… 난 항상 동민이 널 독점하고 있었으니까…… 우리를 애인 사이라고 생각하는 다른 아이들이 그 사이로 끼어들지 않은 거였어…….》

"……!"

김연영의 말이 길게 이어질수록 서동민의 마음은 점차 흥분되고 있었다. 처음에는 김연영이 예전처럼 친구 사이로 잘 지내자라는 말만을 할 줄 알았는데 그것이 아님을 깨달았기 때문이다. 그렇게 생각하는 동안에도 김연영의 말은 계속되었다.

《오늘 네가 다른 여자애하고 같이 웃고 있는 거… 그걸 보고 깨달 았어……. 누구도 우리 사이에 끼어들지 않았었기 때문에 동민이는 항상 내 옆에 있다고… 아니, 내 것이라고 생각했던 거였어……. 네가 내 옆에서 떠나 다른 사람과 같이 있을 수 있다는 것을 그때서야 깨닫 게 됐어…….》

"연영아……."

김연영의 목소리가 거의 울 듯했기 때문에 서동민은 자기도 모르게 그녀의 이름을 불렀다. 하지만 이미 감정에 북받치고 있는 김연영의 귀에 서동민의 작은 목소리는 들리지 않고 있었다.

《이제 와서 이런 말 해도 소용없겠지만… 미안해…… 정말 미안 해……!》

마침내 김연영은 참고 참았던 울음을 터뜨렸다. 그녀 곁에 있지 않 은 서동민으로서는 그저 전화 너머로 김연영의 울음소리를 듣고 있을 수밖에 없었다.

《미안해……!》

뚜우뚜우—

그 말을 끝으로 김연영으로부터의 전화는 끊어졌다. 그렇지만 서동 민의 귓가에는 아직도 김연영의 울음소리가 맴돌고 있었다. 그리고 귓가에 맴도는 울음소리 속에서 김연영이 자신에게 지금까지와는 다 른 감정을 느꼈다는 것을 깨닫게 되었다. 그래서 서동민은 김연영에 게 이런 문자 메시지를 보냈다.

〈연영아, 지금 근처에 있는 가게로 나와줘. 할 얘기가 있어. 서동민.〉

문자 메시지를 보낸 후에 서동민은 답장도 기다리지 않고 바로 근처 가게로 향했다. 왠지 모르지만 김연영이 꼭 나올 것이라는 확신이 들었기 때문이다. 그렇게 먼저 가게 앞에 도착한 서동민은 김연영의 집 쪽으로 고개를 향한 채 김연영이 나오기를 기다렸다.

…….

한 10분쯤 지났을까, 마침내 서동민의 시야에 김연영의 모습이 들어왔다. 방금 전까지 울었는지 그녀의 눈은 많이 부어 있는 상태였다. 그렇기 때문에 10분이나 뒤늦게 나온 것일지도 몰랐다.

"……."

"……."

서로를 마주한 두 사람은 아무런 말도 하지 않았다. 그리고 한동안 서로의 얼굴을 바라보지도 못했다. 하지만 이대로만 있으면 아무런 해결도 나지 않기 때문에 김연영을 불러낸 서동민이 먼저 고개를 들어 말을 꺼냈다.

"난 아직도 널 좋아해."

"……!"

그 말에 김연영이 고개를 들고 서동민의 얼굴을 쳐다보았다. 그녀의 얼굴은 믿을 수 없다는 표정을 짓고 있었다. 그 얼굴의 표정을 증명이라도 하듯이 김연영은 놀람에 찬 어조로 입을 열었다.

"하지만 오늘 만난 여자애는?"

"걔가 날 좋아하긴 하지만 난 널 좋아해."

이미 마음의 결정을 내린 상태였기 때문에 서동민의 말에는 한 치의 주저함도 없었다.

"너한테 차인 후로 도연이하고 만나서 시간을 보냈지만 진심으로 즐겁지는 않았어. 그냥 아르바이트 후배라고 생각할 뿐인데 나 때문에 그 애가 상처받을지도 모른다는 생각이 들어서 어떻게 해야 할지도 몰랐고."

"……."

"넌 날 어떻게 생각해?"

"……!"

김연영으로서는 며칠 전에도 같은 질문을 받았었지만 이번에는 그때와는 약간 의미가 다르다고 할 수 있었다. 아니, 그때보다 자신의 대답이 매우 중요하다는 것을 그녀는 알고 있었다. 자신의 대답으로써 서동민과 친구 사이로 지낼 것인지 애인 사이로 지낼 것인지가 판가름나기 때문이었다.

"나, 난……."

서동민이 송도연과 데이트를 하는 것을 본 뒤로 계속 머리 속에서 되새겨 왔던 말이었는데도 막상 당사자가 자신의 앞에 서 있자 입이 제대로 떨어지지 않았다. 그렇지만 대답을 제대로 하지 않으면 자신이 원하는 바를 이룰 수 없음을 너무나 잘 알고 있는 김연영이었기에 용기를 내어 입을 열었다.

"나, 나도 네가 좋아!"

감정에 북받친 김연영의 입에서는 그 말만이 흘러나왔다. 더 많은 말을 하고 싶었으나 그 이상의 말은 잇지 못했다. 하지만 서동민에게는 그 이상의 대답은 불필요한 것이었다.

"연영아!"

서동민은 김연영의 이름을 부르며 그녀를 강하게 끌어안았다. 약간 어두컴컴한 저녁 시간이었지만 가게에서 흘러나오는 불빛 때문에 둘의 모습은 다른 사람들의 눈에 충분히 뜨일 수 있었다. 그렇지만 서동민이나 김연영이나 남의 시선에는 아랑곳없이 서로를 부둥켜안고 눈물을 흘렸다. 그것은 둘에게 있어서 기쁨의 눈물이었다.

*　　　　*　　　　*

영화 '불변의 방정식' 이 끝나고 유정운과 채소은은 극장을 나와 이곳저곳을 돌아다녔다. 그러다가 저녁 시간이 되어 두 사람은 가까운 패스트푸드점 안으로 들어가 햄버거 등등의 음식을 먹기 시작했다.

"사실 나 불변의 방정식 저번에 봤었어."

"……!"

음식 먹는 도중 입을 연 채소은의 말에 유정운은 크게 놀란 표정을 지었다. 놀란 표정을 짓는 유정운의 모습은 처음 보는 것이었기 때문에 채소은은 그의 얼굴을 감상하면서 보충 설명을 했다.

"주말에 내 동생하고 자주 극장에 가거든. 그때 봤어."

"……."

채소은의 부연 설명을 듣자 유정운의 표정이 약간 어두워졌다. 자신이 영화를 잘못 선택하는 바람에 채소은에게 봤던 영화를 또 보게 해버렸다는 자책감이 들었기 때문이다. 하지만 채소은은 그런 의도로 그 말을 한 게 아니었다.

"왜 그런 표정을 지어? 영화는 한 번 봤던 거라 별로 재미있지는 않았지만 정운이하고 같이 얘기하는 게 더 재미있었는걸. 평소에는 다른 부원들 때문에 제대로 얘기하지 못했잖아. 이렇게 영화 보고 많은 얘기 나누는 거 정말 좋아."

"아⋯⋯."

웃으면서 말하는 채소은의 표정을 보고서야 비로소 유정운은 안도하는 표정을 지을 수 있었다. 그리고 한편으로는 채소은의 관심사가 영화가 아닌 바로 자신이라는 것에 기쁜 마음이 들었다. 만약 채소은이 순전히 영화에만 관심이 있어서 유정운을 만난 거였다면 오히려 유정운은 좌절감마저 느꼈을지도 몰랐다.

"정운이는 어때? 재미있어?"

채소은이 유정운에게 질문을 던져 왔다. 물론 재미있다는 것이 영화를 말하는 것인지 채소은과 같이 있는 것을 말하는 것인지는 정확하지 않았다. 하지만 불변의 방정식을 보고 난 뒤에 영화에 대한 감상을 채소은과 약간 했었기 때문에 그녀가 또다시 영화가 재미있냐는 식으로 질문을 할 리는 없었다.

"재미있어요. 지금까지 밖에 나와서 이렇게 즐거웠던 적은 없었거든요."

"그래?"

유정운의 말이 사실이든 아니든 채소은은 그 말을 듣고서 빙글빙글 웃었다. 채소은 자신은 모르고 있었지만 유정운의 말을 들으면 들을수록 즐거워지는 상태가 되고 있었다. 그것은 유정운도 마찬가지였다.

"정운이는 여태까지 여자 친구 사귄 적 있어?"

이번엔 채소은이 매우 중요한 질문을 던졌다. 사실 유정운에게 여자 친구가 없을 것이라고 생각하고는 있지만 사람 일은 모르는 것이기 때문에 직접 답변을 듣고 싶은 것이었다.

"없어요. 선배는 있어요?"

유정운은 딱 잘라 말했다. 그리고 평상시라면 대답만 하고 나서 가만히 있었겠지만 오늘은 채소은에게 질문을 되던졌다. 그녀에게 남자 친구가 있는가 없는가는 유정운에게 있어 아주 중요한 사항이었다. 상대방에게 애인 있다고 대시 못하는 사람은 바보라지만 아무래도 없는 쪽이 훨씬 마음 편하기 때문이었다.

"나…… 있을 것 같애, 없을 것 같애?"

대답을 하지 않을 작정인지 채소은이 오히려 유정운에게 질문을 던졌다. 물론 채소은은 그냥 한번 물어보는 것이었고 유정운도 그것을 알고 있었다. 그렇지만 유정운에게 대답할 거리는 오직 하나밖에 없었다.

"있을 것 같은데요."

사실 없을 것 같다는 생각이 들었지만 유정운은 예의상 그렇게 말해 주었다. 있을 것 같다고 해야 그만큼 채소은에게 매력이 있다는 소리가 되기 때문이었다. 없다고 했다가 '내가 그렇게 매력없어 보여?'라는 소리라도 들었다가는 기껏 만들어놨던 좋은 분위기가 와장창 깨져 나갈지도 모르는 것이다.

"훗."

채소은은 우선 쿡 하고 웃었다. 그리고 나서 입을 열었다.

"사실 모두 그렇게 생각하더라구. 배희도 그랬구. 첨에 배희한테 나 남자 친구 없다고 했더니 뒤로 엎어질 듯이 놀라더라. 암튼 남자 친구는 사귀어본 적 없어. 사실 그런 생각이 들 만한 여유가 없었거든."

"……?"

무슨 여유가 없었길래 남자 친구 사귈 마음이 없었는지 유정운으로서는 매우 궁금했다. 그가 알기로는 채소은의 가정 형편이 어려운 것도 아니었기 때문에 여유가 없을 만한 생활은 아니었던 것이다.

"혹시 공부 때문에 그랬어요?"

유정운이 생각할 수 있는 이유라고는 그것뿐이었다. 형인 유명운처럼 공부에 쫓겨 여가 생활을 제대로 누리지 못했다는 생각이 들었던 것이다. 하지만 채소은은 전혀 의외의 대답을 했다.

"아니, 공부에 목숨 걸지는 않았으니까 그것 때문에 여유가 없었다는 건 아니야. 그보다는 내 동생 때문이었어. 어렸을 때 하도 병약해서 내가 일일이 챙겨줘야 했거든. 부모님은 일 때문에 모두 바쁘시니까 내가 동생을 돌봐줘야 했지. 아, 그러고 보니 아직 내 동생 이름 안 알려줬지?"

"예⋯⋯."

"내 동생 이름은 영은(怜誾)이야. 저번에 말했겠지만 중3이고 내년에 천인고교 들어와."

"음⋯⋯."

유정운은 갑자기 채소은의 동생인 채영은의 얼굴이 보고 싶어졌다. 특히 어렸을 때부터 병약했다는 말이 더욱 끌렸다. 채소은도 웃지 않고 행동을 조심조심한다면 충분히 연약해 보이는 타입이었지만 하도 활기 차게 다녀서 그녀에게서는 그런 느낌을 받기 힘들었다. 그래서 채영은이라는 소녀의 얼굴을 구상할 수가 없는 것이다.

"지금도 동생은 몸 약해요?"

"음⋯ 생각해 보니까 요즘은 건강해진 것 같긴 하다. 근데 하도 옛날에 병약했던 생각이 떠올라서 계속 내가 챙겨주지 않으면 불안해."

"너무 챙겨주려고만 하면 동생이 싫다고 하지 않아요?"

"글쎄? 한 번도 그런 말은 안 했는데?"

"벌써 중학생이니까 너무 이것저것 해주려는 건 안 좋아요. 스스로 잘할 수 있게끔 도와줘야죠."

마치 선생이라도 된 듯이 유정운은 채소은을 나무랐다. 그것은 유정운이 유명운에게 느꼈던 감정이었기 때문에 채소은에게도 알려주고자 하는 것이다. 혼자서 뭔가를 해보고 싶어하는 나이에 어리다는 이유로 자꾸만 간섭을 받게 되면 삐뚤어질 가능성이 높기 때문이었다.

"음… 그런가?"

계속 챙겨주는 입장에 있었던 채소은이기에 동생의 마음을 쉽게 이해할 수는 없었다. 하지만 유정운의 말이 옳다는 생각이 들기는 했다. 그런데도 채소은은 멋쩍게 웃으며 상황을 얼버무렸다.

"근데 영은이가 워낙 귀엽다 보니까 안 챙겨줄래야 안 챙겨줄 수가 없어. 정운이도 영은이를 보면 챙겨주고 싶다는 생각이 들걸?"

'귀엽다고?'

동생 채영은이 귀엽다는 소리에 유정운은 속으로 의문을 품었다. 지금 채소은의 모습에서는 귀여움을 거의 찾을 수가 없어서 귀엽다는 동생 이미지를 떠올리기가 불가능했기 때문이었다.

"동생도 마법 좋아해요?"

"응, 좋아해. 영은이는 지금 밴드수가 3이야."

"와, 대단하네요."

"그치? 내가 많이 가르쳐 줬거든."

유정운이 동생인 채영은을 칭찬하자 채소은이 기분 좋은 미소를 지었다. 사실 중학교 3학년이라는 나이에 3밴드에 도달하는 것은 결코 쉽지 않기 때문에 대단하다고 해도 부족함이 없었다. 물론 유정운 자신은 지금 5밴드라는 가공할 만한 밴드수를 기록하고 있지만 그것을 누군가에게 자랑하고 싶지는 않았다. 제대로 제어하지도 못하는 5밴드의 마나전자는 있으나마나 하다고 생각하기 때문이었다.

"그러고 보니까 다음주에 마법실기 시험이구나!"

마법 얘기를 하다 보니 채소은의 머리 속에 시험에 대한 것이 떠올랐다. 항상 실기 시험에서 만점을 받았었던 채소은이기 때문에 실기 시험이 눈앞에 닥쳐왔든 코앞에 닥쳐왔든 크게 신경 쓰지 않고 있었던 것이다. 하지만 유정운은 아니었다.

"예, 내일부터 시험 봐요."

"내일? 그럼 너무 늦게 들어가면 연습할 시간 없잖아?"

"괜찮아요. 예전부터 실기 시험은 거의 밑바닥이라서 신경 안 쓰거든요."

"밑바닥?"

의외의 말이었기 때문에 채소은은 고개를 갸웃했다. 밴드수가 4나 되는 유정운이 마법실기 시험에서 밑바닥이라고는 믿을 수가 없었기 때문이다. 하지만 유정운은 지극히 일상적인 어조로 부연 설명을 했다.

"마법 제어를 제대로 못하니까 마법을 잘 못 써서 그래요. 어떤 때는 괜히 배가 아파서 시험 못 보기도 했고, 마나전자를 제대로 들뜨게 하면 가까이 있는 다른 아이들에게 마나전자가 터널링해서 넘어가 버린다든지, 학교 가다가 사고나서 시험을 못 본다든지…… 아무튼 그래서 항상 점수는 형편없었어요."

중학교 때 겪었던 처절한 기억이 떠올라 유정운은 자기도 모르게 미미하게 몸을 떨었다. 시험 볼 때마다 악운의 징크스가 발동해서 유정운의 시험 성적을 밑바닥에 곤두박질치게 했던 것이다. 특히 열심히 준비한 시험일수록 그 경향은 더욱 심했다. 시험 공부 열심히 한 날이면 항상 몸 어딘가가 고장나서 시험 당일의 컨디션이 완전히 엉망으로 되기 때문이었다.

'뭐, 몸 관리 제대로 못한 내 탓도 있지만.'

유정운은 그런 식으로 자신을 탓했다. 몸 관리 역시 실력이라고 할 수 있기 때문에 단순히 운이 나쁘다고 변명할 수는 없는 것이었다. 그렇지만 교통 차량의 고장과 사고 때문에 시험을 못 치러서 최악의 점수를 받은 것은 정말 운이 없다고밖에 할 수 없었다. 자신의 탓도 아니고 단순히 불가항력의 상황 때문에 시험을 치르지 못하거나 늦게 도착해서 불이익을 받는 것은 기분이 가장 더러운 일이었다.

"그래?"

유정운의 악운의 징크스를 알지 못하는 채소은으로서는 그저 고개를 갸웃할 수밖에 없었다. 불가항력의 상황을 거의 겪어보지 못했으니 유정운의 고통을 이해하기란 쉽지 않았던 것이다. 특히 악운의 징크스에 대해 말하는 유정운의 표정이 너무나 담담했기 때문에 유정운이 그것 때문에 얼마나 피해를 입었는가를 알아낸다는 것은 힘들었다.

"그래도 1학년 첫 시험은 1밴드의 마법만 보여주면 되잖아? 제한 시간이 있긴 하지만 별로 어렵지는 않을걸?"

"뭐, 운이 나쁘지만 않는다면……."

유정운은 그 정도밖에 대답할 수 없었다. 마법실기 시험인 내일, 무슨 일이 벌어질지 예상할 수가 없었기 때문이다. 아무튼 뭔가 중요한 날에 행운이 작용한 적은 거의 없었기 때문에 유정운으로서는 내일이 걱정되지 않을 수 없었다.

'그러고 보니 오늘 이렇게 소은 선배하고 영화 보고 얘기하고… 이거 악운의 징크스가 전혀 발동하지 않았잖아?'

유정운은 속으로 놀라고 있었다. 채소은과 무사히 만나고 무사히 영화를 보고 별 탈 없이 대화를 나눌 수 있다는 사실이 기적과도 같았던 것이다. 물론 이 다음에라도 언제든지 악운의 징크스가 고개를 쳐들 수도 있겠지만 적어도 지금 순간만큼은 행운이 가득하다고 볼 수 있었다.

'내일 시험 잘 보든 말든 지금이 중요하지.'

어차피 성적에 연연하지 않는 유정운이었기에 그런 생각을 할 수 있었다. 형인 유명운은 유정운이 'All 가'의 성적표를 가지고 와도 혼을 내지 않기 때문에 유정운이 시험 성적에 연연하지 않는 것은 당연했다. 유명운 역시 유정운의 악운이 비정상적임을 알고 있었기 때문에 유정운의 성적 가지고 이러쿵저러쿵하고 있지 않은 것이었다.

"소은 선배는 졸업하면 뭐 할 거예요? 대학 들어갈 거예요?"

화제를 돌리기 위해 유정운은 채소은에게 질문을 던졌다. 그러자 채소은은 유정운이 예상했던 답변을 했다.

"응, 대학 갈 거야. 명문대의 마법 계열 쪽으로 갈 생각인데, 잘될지 모르겠어."

명문대라는 말을 입에 쉽게 담는 채소은의 모습에 유정운은 그녀의 성적을 능히 짐작할 수 있었다. 임배희도 같은 말을 했으니 채소은과 임배희가 나란히 손잡고 같은 대학에 들어갈 가능성이 있다는 생각도 들었다.

"정운이는 진로 정했어?"

이번엔 채소은이 유정운에게 질문을 던져 왔다. 그래서 유정운은 임배희가 물었을 때와 같은 대답을 했다.

"아직 정하지 않았어요. 아무래도 3학년이 되고 나서 결정할 것 같아요."

"미리미리 진로 정해놓는 게 좋은데. 하긴, 나도 아직 어떤 직업을 갖겠다라는 생각도 안 했으니까."

피장파장이라는 생각에 채소은은 그쯤에서 진로 얘기를 중단했다. 유정운과는 진로 상담과 같은 진지한 대화가 아닌, 그저 즐겁게 시간을 보내기 위한 대화를 하고 싶었기 때문이다.

"근데 정운이는 왜 머리 염색 안 해?"

"머리요? 에… 그냥…….."

대답하기 매우 곤란한 질문이라서 유정운은 말을 얼버무렸다. 형이 개발한 염색법이니만큼 믿고 할 수도 있었지만 가장 큰 문제는 돈을 아끼기 위해서였다. 그리고 어떤 색으로 머리를 염색할지 결정하는 것도 쉽지 않았다. 그래서 이런저런 이유로 그냥 태어날 때 지니고 있었던 까무잡잡한 머리색으로 쏘다니고 있는 것이었다.

"소은 선배는 왜 은색으로 머리를 염색했어요?"

"나? 음… 그냥 잘 안 하는 색깔이라서 해본 거야. 잘 어울려?"

거의 5년 동안 은색으로 머리를 염색하고 있는 채소은이었기에 주변에서 머리색이 잘 어울린다는 소리를 많이 들어왔었다. 그런데도 유정운에게 확인을 받고자 그런 질문을 던졌다. 하지만 유정운은 그러한 것은 생각지도 않은 채 순수하게 채소은의 머리색에 대한 평가를 내렸다.

"에… 처음에 소은 선배 봤을 때는 은색 머리 때문에 굉장히 조용하고 신비롭게 보였는데 지금 보면 활발한 이미지에 맞는 것 같기도 하고…….”

"으응? 그럼 내 머리색이 안 어울린다는 거야?”

"아뇨, 어느 쪽이든 전 다 좋은데요.”

"정말이야?"

"예. 예뻐요.”

마지막 유정운의 말은 유정운이 그냥 자기도 모르게 불쑥 내뱉은 것이었다. 평소에 그렇게 생각하고 있었으니 그런 말이 자연스럽게 나오는 것은 당연했다. 하지만 유정운에게서 '예쁘다' 그 비슷한 말조차 들어본 적이 없는 채소은으로서는 얼굴이 확 달아오를 수밖에 없었다.

"고, 고마워…….”

"……?"

얼굴이 빨갛게 달아오른 채소은의 얼굴을 보며 유정운은 고개를 갸웃했다. 자신이 무심결에 무슨 말을 했는지 잊어먹었기 때문에 가능한 일이었다. 아무튼 그렇게 멍청한 유정운과 똑똑한 채소은은 시간 가는 줄도 모르고 이런저런 얘기를 주고받았다.

*　　　　*　　　　*

웅성웅성—

2074년 4월 9일 월요일. 오늘 2교시 체육과 마지막 6교시 마법실기 시간에 실기 시험이 있기 때문에 반 학생들은 모두 이거하랴 저거하랴 분주한 상태였다. 하지만 두 가지 시험을 모두 포기한 유정운은 아주 느긋한 마음으로 시간을 보내고 있었다. 어제 모처럼 머리 모양을 약간 바꿔봤지만 오늘은 귀찮아서 그냥 평상시처럼 앞머리가 두 눈을 가리든지 말든지 신경 쓰지 않았다.

"야, 쟤네들 분위기 묘하지 않냐?"

그때 유정운과 마찬가지로 모든 것을 포기한 이상규가 유정운의 어깨를 툭툭 치며 말했다. 그가 가리키고 있는 사람은 서동민과 김연영이었다. 오늘 김연영은 서동민의 머리색과 같은 파란색으로 염색한 상태였는데, 서동민과 같이 자리에 앉고 잠시라도 떨어지지 않으려고 하는 모습을 보여주고 있었다.

"그러고 보니……."

이상규의 말에 유정운도 의아함을 느꼈다. 서동민과 김연영이 같이 앉는 거야 늘상 있는 일이라서 별로 놀랄 만한 일도 아니었지만, 서동민의 고백을 거절한 상태에서도 저렇게 떨어지지 않으려는 태도를 보인다는 게 매우 이상했던 것이다.

"화해했나?"

말도 안 되는 소리를 하며 유정운은 고개를 갸웃했다. 서동민과 김연영이 싸운 사이도 아니기 때문에 화해한다라는 상황이 성립할 수 없으니 말도 안 되는 소리였다. 하지만 그렇다고 김연영이 마음을 바꿔서 서동민의 고백을 받아들였다고는 생각할 수가 없어서 그런 식의 생각밖에는 들지 않았다.

"동민이를 납치해서 고문을 해야겠다!"

이상규는 그렇게 말을 하더니 즉시 서동민에게로 걸어갔다. 그리고는 김연영과 즐겁게 대화를 나누고 있는 서동민을 잡아끌고 유정운 쪽으로 데리고 왔다. 유정운은 항상 박호준과 같이 앉기 때문에 박호준도 서동민의 얘기를 들을 수 있는 범위에 포함되었다.

'……!'

이상규가 서동민을 끌고 오는 동안 유정운은 조금 놀랐다. 김연영의 시선이 계속해서 서동민에게 머무르고 있었기 때문이다. 서동민이 이상규에게 끌려간 뒤 김연영의 주위로 그녀의 친구들이 몰려들 때까지 김연영의 시선은 줄곧 서동민에게로 향하고 있었음을 유정운은 분명히 보았다.

"야, 어떻게 된 거야?"

서동민을 데려오고 나서 이상규가 그에게 어서 대답하라는 듯한 표정으로 물음을 던졌다. 하지만 끌려온 서동민은 이상규가 어떤 것을 질문하고 있는지를 이해하지 못했다.

"뭘?"

"연영이하고 어떻게 된 거냐고. 설마 어제 그냥 덮쳐서 네 걸로 만들었냐?"

"……."

이상규의 헛소리에 서동민은 가볍게 그의 복부를 주먹으로 강타했다. 따라서 이상규는 배를 움켜잡으며 주저앉았고 대신 박호준이 질문 차례를 넘겨받았다.

"전보다 연영이하고 친해진 것 같은데, 무슨 일 있었어?"

"아, 그게……."

말하기 쑥스럽다는 듯이 서동민은 멋쩍은 표정을 지었다. 하지만 숨길 일도 아니었기 때문에 사실대로 말했다.

"어제 내가 도연이하고 같이 있는 걸 보고 연영이가 충격받은 것 같더라구. 아무튼 연영이가 먼저 미안하다고 전화하길래… 집 앞으로 불러내서 난 널 좋아한다라고 하니까 연영이도 그렇다라고 했거든. 그래서 뭐…….."

'애인 사이가 됐다는 거지' 라는 말은 하지 않았지만 박호준과 유정운은 그 말을 어느 정도 짐작할 수 있었다. 단지 서동민이 다른 여자애와 데이트했다는 소문을 듣고도 아무렇지도 않았던 김연영이 갑자기 마음을 바꿔먹었다는 것이 쉽게 이해가 되지 않았을 뿐이었다.

"연영이 정신 연령 낮은 거 아니야? 어떻게 직접 데이트하는 장면을 보고 나서야 충격을 먹냐?"

배를 잡고 웅크리던 이상규가 갑자기 벌떡 일어나서 자신의 의견을 피력했다. 하지만 그 결과 이상규는 서동민의 주먹에 복부를 맞고 또다시 바닥에 주저앉아야만 했다.

'김연영은 말로 듣는 것보다 직접 보는 것에 큰 자극을 받는 모양이군.'

이상규가 바닥에 주저앉아 괴로워하는 광경을 무심코 쳐다보던 유정운의 머리 속에 문득 그런 생각이 들었다. 그러자 끈 이론에 관련된 생각들이 정신없이 떠오르기 시작했다.

'오랫동안 친구 사이로만 지냈다는 건 둘의 끈이 어느 정도 공명을 일으켜서 보통 때보다는 많은 에너지를 발산했다는 뜻이겠지. 그런데 서동민이 그 정도의 에너지 발산보다 더 큰 에너지 발산을 위해서 김연영에게 친구 이상의 관계를 요구했지만 김연영은 서동민에게 끈을 더 연결하여 에너지를 발산하고자 하는 욕망이 없어서 거절했다. 괜히 힘들여 끈을 연결했는데 그 끈을 통해 에너지가 더 쌓일 수도 있으니까. 그런데 서동민이 다른 여자애와 만나서 에너지를 발산하려는 기미를 보이자 잘못하면 서동민과 연결되어 있었던 끈이 모두 끊어져 자신의 에너지 발산 통로가 사라지게 될지도 모른다라고 생각하여 서둘러 서동민에게 친구 이상의 관계를 맺자고 말한 것이다……. 형이라면 그렇게 설명했겠지.'

유정운의 머리 속에는 그런 말을 하며 자신한테 자랑하는 유명운의 모습이 떠올랐다. 인간 관계에서 일어나는 모든 상황을 끈으로 설명하고자 하는 유명운이었기 때문에 그렇게 말할 것이라는 생각이 든 것이다.

'일반적으로 사람들은 소문만 듣고도 반응을 보이기도 하지만 그 사람을 구성하는 끈이 어떠하냐에 따라 직접 보아야만 반응을 보이는 사람들도 있기 때문에 김연영과 같은 경우도 충분히 일어날 수 있다… 라고 말했을려나?'

유정운이 유명운의 끈 이론을 가지고 이리저리 머리를 굴리고 있는 동안 박호준은 서동민에게 축하를 해주었다.

"아무튼 축하한다. 잘해봐."

"어. 고마워."

마음에 걸렸던 일이 해결되어서 박호준이나 서동민이나 서로 기뻐했다. 그렇지만 그 순간 주저앉았던 이상규가 또다시 벌떡 일어나 둘의 기쁨을 훼방놓았다.

"너랑 가짜 데이트했던 애는 어떻게 하냐? 걔, 너 좋아하지 않았냐?"

"……!"

헛소리를 할까 봐 미리 주먹을 불끈 쥐고 있던 서동민은 이상규의 말을 듣자마자 크게 놀란 표정을 지었다. 김연영과 잘 연결된 일이 기뻐서 송도연에 대해서는 완전히 잊어먹고 있었던 것이다.

"어, 어떡하지? 도연이한테는 아직 아무 얘기도 못했는데……!"

"음……."

박호준의 얼굴도 기쁜 표정에서 근심 어린 표정으로 바뀌었다. 물론 송도연에게 사실대로 말을 해야 한다는 것은 알고 있었지만 그게 결코 쉬운 일이 아니기 때문이었다. 사실대로 말하면 어린 나이에 상처를 받게 될 가능성이 매우 높은 것이다.

"음……."

모두들 아무런 말도 하지 못했다. 그렇지만 속으로는 모두 서동민이 알아서 해결해야 한다고 생각하고 있었다. 어디까지나 친구들이 도와만 주어서는 안 되기도 하지만, 그보다는 매듭을 묶은 사람이 매듭을 풀어야 한다고 생각하기 때문이었다.

"네가 직접 만나서 잘 말하는 수밖에 없을 거야."

모두들 입을 열지 않는 가운데 유정운이 비교적 단정적인 어조로 말을 꺼냈다. 그렇게 유정운이 생각했던 바를 얘기했기 때문에 박호준과 이상규도 유정운의 말에 맞장구를 쳤다.

"네가 잘 말해 봐."

"남에게 맡겼다가는 더 꼬일 수도 있어."

박호준과 이상규가 그렇게 말했기 때문에 서동민도 마음의 결정을 빨리 내리게 되었다.

"어, 그렇게 해볼게."

속으로는 걱정이 태산 같지만 자신의 일이라서 서동민은 애써 웃는 표정을 지었다. 그리고는 친구들에게 걱정 말라는 말을 남기고 자신의 자리로 돌아갔다. 그런 서동민의 뒷모습을 바라보며 유정운은 또다시 유명운과의 대화를 떠올리게 되었다.

「이 세상 모든 건 제로섬(zero-sum)이야.」

「제로섬이 뭔데?」

「합해서 0이라는 거야. 경제학에서 쓰는 말인데, 동일 시장에서 시장 점유율을 놓고 싸우는 행위를 말하는 거지. 쉽게 말해서 우리 나라 기업이 우리 나라 내에서 우리 나라 기업을 누르고 물건을 많이 팔아도 자기 기업에만 이익이 돌아갈 뿐, 국가적으로 봤을 때는 전혀 이득이 없다는 거야.」

「그렇겠네.」

「마찬가지로 우리들의 일상적인 행동도 모두 제로섬이라는 거야. 대표적으로 입시나 취업이 있잖아. 내가 합격하면 다른 사람이 떨어지고, 내가 취업하면 다른 사람이 취업을 못하고. 결국 전체적으로 보면 합이 모두 0이라는 거지.」

「그거야 당연하잖아.」

「사랑이나 행복도 그렇다면?」

「사랑이나 행복?」

「내가 누군가를 사랑하게 되면 다른 누군가는 반드시 사랑을 잃게 된다. 그리고 내가 행복해지면 누군가 반드시 불행해진다. 이해되냐?」

「구체적으로 말하든가 증거를 대든가.」

「증거야 뻔하잖아? 내가 소진이와 사랑을 하면 다른 남자가 소진이와 사랑을 할 수 없으니 합계 0이지. 또 내가 무언가를 통해 행복을 느낀다면 다른 사람은 그 무언가를 얻을 수 없어서 불행할 테고. 그런 뻔한 것도 모르냐?」

「가족끼리 오순도순 모여서 행복감을 느낄 때는? 그런 가족 간의 행복 때문에 누군가가 불행을 느껴야 한다는 거잖아, 형 얘기는. 근데 가족끼리 모여서 행복한 걸로 누군가 불행해지기는 해?」

「물론이지! 꼭 그 가족들의 행복한 모습을 보고 불행을 느끼는 게 아니라 그들이 행복하기 때문에 필연적으로 어떤 가족은 불행을 겪어야 한다는 거야. 그게 바로 제로섬 원리이고 내 위대한 끈 이론이거든.」

「…증거가 없잖아.」

「연구해 보면 있을걸? 전 세계 사람들에게 '당신은 지금 행복하십니까?' 라고 물어보는 거야. 내 이론대로라면 행복을 느끼는 사람이 절반, 불행을 느끼는 사람이 절반이어야 해. 뭐, 행복하지도 불행하지도 않다고 말하는 사람은 신경 안 써도 되지만. 근데 문제는 그 많은 사람들을 단기간에 조사한다는 건 불가능하지.」

「그게 증거가 없는 거잖아.」

「어허, 증거가 없어도 이미 진리라고 통용되는 것들도 많다.」

「맘대로 하셔. 근데 그 제로섬 원리라는 거하고 끈 이론하고는 무슨 상관이야?」

「저번에 말해 줬잖아? 끈에는 양끝이 있기 때문에 플러스, 마이너스밖에 없다고. 끈의 극을 모두 합하면 0이라는 것하고 제로섬 원리하고 똑같다고 할 수 있지.」

「그건 형이 끈의 한쪽 끝이 플러스면 다른 반대쪽 끝은 마이너스라고 정의를 했으니까 그런 거잖아.」

「아무튼! 끈의 양끝을 서로 연결시키면 어떤 모양이 될 것 같냐?」

「양끝을 연결? 에… 그럼 동그란 원이 되지 않나?」

「바로 그거야! 그러니까 제로 아니냐? 그렇기 때문에 내 끈 이론하고 제로섬 원리는 일맥상통하다는 거야.」

「…….」

「뭐야, 그 표정은? 말도 안 되는 헛소리라는 거냐?」

「…근데 내가 행복하면 다른 사람은 불행하다라는 말은 남의 행복을 위해서는 내가 행복해져서는 안 된다는 소리 아니야?」

「바로 그거거든. 이해가 빠르구나.」

「그럼 남을 행복하게 하고 싶다면 자신을 불행하게 만들면 돼?」

「그거야 그런데, 문제는 자신을 불행하게 만든다고 행복하게 만들고자 하는 사람이 행복하게 된다는 보장이 없다는 거야. 자신의 불행으로 불행을 겪어야만 할 녀석이 대신 행복해질 수도 있거든.」

「그렇다고 나 자신을 행복하게 만들면 다른 사람은 반드시 불행하게 되잖아?」

「물론 그렇긴 한데, 내가 행복해지면 불행을 맛봐야 하는 녀석이 불행을 겪을 수도 있으니까 그냥 자기 자신을 행복하게 만들도록 노력해. 괜히 남의 행복을 위한답시고 자신을 불행의 구렁텅이 속으로 빠뜨리지 말고.」

「흐음… 근데 이상하잖아? 우리 나라 사람 중에 행복을 느낀다는 사람이 과연 절반이나 될까? 내 생각엔 거의 90% 이상이 불행하다고 생각할 것 같은데?」

「그거야 선진국이니까 원하는 게 많아져서 그런 거야. 우리 나라 인구의 90%가 불행함을 느낀다면 다른 후진국의 90%의 사람들이 행복하다고 느낄 거다. 인간은 머리가 딸리면 딸릴수록 행복함을 느끼기가 쉽거든. 그만큼 욕망이 적어지니까.」

「흐음… 그럼 인간의 머리가 딸릴수록 욕망이 적어진다는 말을 끈 이론으로 설명해 봐.」

「어쭈, 나한테 지금 명령하는 거냐? 아, 뭐 좋아. 별로 어려운 것도 아니니까.」

「빨랑 해. 나 게임해야 돼.」

「으음… 인간은 머리가 딸릴수록 끈을 연결하기 귀찮아하는 경향이 있어. 그렇기 때문에 뭔가 사소한 것에도 끈을 진동시켜서 에너지를 방출하려고 하지. 예를 들자면 배가 부르면 행복하다, 뭐 이런 거야. 그런데 머리가 좋아지면 좋아질수록 포만감보다 끈의 공명을 더 일으키는 것이 존재한다는 걸 알게 되는 거지. 그래서 옛날에는 배가 부르면 행복했지만 지금은 사랑을 안 하면 불행하다라는 감정을 느끼게 되고 사랑이라는 끈을 연결하기 위해 부단히 노력하는 거야. 따라서 선진국으로 가면 갈수록 인간은 더욱 불만을 느끼게 되고 후진국으로 가면 갈수록 행복을 느끼게 되지. 이해되냐?」

「머리 나쁘면 끈 연결하기 귀찮아한다는 건 무슨 수로 증명하려고?」

「그냥 그렇다고 알아둬!」

「그런 식으로 하면 끈이 아니더라도 다 되겠다. 차라리 공이나 막대기로 하지 그래?」

「어허, 인간은 끈을 무의식적으로 느끼고 있다니까 그러네. 인연할 때도 끈이라는 개념을 사용하고 '그 일은 내 밥줄이다' 할 때도 끈이라는 개념을 사용하잖아. 그렇기 때문에 난 끈이라는 개념을 사용해서 모든 현상을 설명하려고 하는 거다.」

「다른 나라 사람들도 끈이라는 말을 써?」

「글쎄… 내가 다른 나라 언어는 잘 몰라서. 그런데 일본에서는 운명적인 연인끼리는 무슨 붉은 실로 연결되어 있다나 어쩐다나? 아무튼 거기도 끈이라는 개념을 많이 쓰는 것 같더라.」

「'같더라' 라는 말로 얼렁뚱땅 넘어가려고 하지 마.」

「모르는 부분은 얼렁뚱땅 넘어가는 게 상책이야.」

「……」

땡동 땡동—

유명운과의 대화를 떠올리다 보니 어느새 수업 시작 종소리가 울렸다. 서동민은 이미 자리에 돌아가서 김연영과 즐겁게 대화를 나누고 있었다. 서동민이 김연영을 선택했기 때문에 송도연이 상처받는 것은 당연하다는 생각과 함께, 유정운은 1교시 수업 준비를 했다. 1교시는 컴퓨터 수업이라서 유정운은 반 아이들과 함께 2층에 있는 컴퓨터실로 향하였다.

악운의 연속 15 장

XV 악운의 연속

1교시 컴퓨터 수업이 끝나고 유정운네 반 아이들은 모두 운동장으로 나갔다. 2교시 수업은 체육이기 때문이었다. 그리고 오늘 농구 실기 시험이 있어서 학생들의 표정은 잔뜩 굳어 있었다.

'대충 보지 뭐……'

유정운은 그런 생각을 하며 최대한 긴장을 하지 않으려고 했다. 그렇지만 대충 보고 점수 대충 받는 게 중요한 게 아니라 남들 모두 잘할 때 자신만 못하면 굉장히 쪽팔리기 때문에 그로 인해 긴장감이 생기지 않을 수 없었다.

'좀 더 연습할 걸 그랬나……'

때늦은 후회를 하며 유정운은 이동하는 학생들을 따라 농구장으로 향했다. 천인 고등학교에는 농구장이 4군데나 되기 때문에 농구 시험이 있다고 농구장에서 못 놀게 되는 반은 없었다. 단지 체육 시험 기간에는 대부분 체육 시험 때문에 놀 시간이 없어서 농구장에서 놀고 있는 반은 단 하나도 보이지 않았다.

"1번부터 시작!"

약간 우락부락하게 생긴 체육 선생은 연습도 없이 바로 시험 시작을 알렸고 학생들은 즉석에서 실기 시험을 치러야만 했다. 체육 선생이 약간이라도 약한 모습을 보인다면 학생들이 바로 연습 좀 한 다음에 시험 보자고 입을 모으겠지만, 그런 모습이 전혀 안 보였다. 오히려 그런 말을 했다가 맞을지도 모르기 때문에 그냥 입을 다문 채 시험을 치렀다.

"5번 김연영!"

"네!"

체육 선생이 이름을 부르자 김연영은 큰 목소리로 대답한 뒤 농구공을 잡았다. 실기 시험은 바로 자유투 15번 던지기였다. 15번 중에 10번 이상 들어가면 만점이고 9번부터는 2점씩 깎이게 되어 있었다. 그것은 하나도 못 넣어도 80점이 기본이라는 소리였지만, 체육 선생의 재량에 의해 1개 넣으면 82점이고 하나도 못 넣으면 70점을 받게 되어 있었다.

퉁퉁—

김연영은 농구 골대와 4미터 되는 거리에 서서 폼으로 농구공을 몇 번 튕겼다. 원래 6미터 떨어져서 공을 던져야 하지만 여자이기 때문에 2미터 짧은 거리에서 쏘게 되는 것이다. 예전에는 체육 실기 시험에서 남자와 여자와의 차등을 두어야 할 것인가 말아야 할 것인가에 대해 잠깐 논쟁이 있었지만 지금은 차등을 두어야 한다고 의견이 모아진 상태였다. 운동이라는 것에서 남자와 여자는 선천적인 차이가 존재한다고 인정한 것이다. 그것의 대표적인 증거로는 운동 선수들의 기록이었다. 아무리 뛰어난 여자 운동 선수라도 남자 운동 선수의 기록을 넘어서지 못하기 때문이었다.

"오……!"

김연영이 자유투를 시작하자 남학생들이든 여학생들이든 모두 놀란 표정을 지었다. 그녀가 15번의 기회를 모두 사용하기도 전에 10골 넣기에 성공했기 때문이었다.

"5번 만점! 다음!"

"헤헤."

만점이라는 체육 선생의 목소리를 들으며 김연영은 정말 기뻐했다. 사실 자유투하는 게 결코 쉬운 건 아니라서 남자들이라도 만점받기가 쉽지 않았다. 그렇기 때문에 그녀가 기뻐하는 것도 무리는 아니었다.

"7번!"

"예!"

자신의 번호가 불리자 박호준은 씩씩한 걸음걸이로 농구 골대 앞에 섰다. 그리고 자신감있는 자세로 자유투를 했다. 그 결과, 박호준은 15번의 기회를 모두 소모하여 간신히 10개의 슛을 성공시키게 되었다.

"하늘의 분노 연습은 안 하고 농구 연습만 했냐?"

박호준이 만점을 받자 이상규가 부럽다는 듯이 농담을 던졌다. 그러는 사이에도 실기 시험은 진행되었고 마침내 모두의 기대를 받으며 서동민의 차례가 됐다.

"넌 체육 반장이니까 1개 플러스다."

체육 선생은 서동민을 보자 그렇게 말했다. 그것은 서동민이 슛을 하나도 성공시키지 못해도 기본 점수로 82점을 받는다는 뜻이었다. 그런 유리한 입장에서 서동민은 시험에 임했다.

"이야~!"

일단 서동민이 슛을 던지자 모두들 탄성을 내질렀다. 폼도 선수들처럼 멋있는 데다가 슛의 정확도도 상당했기 때문이었다. 그래서인지 12번의 기회로 10개의 슛을 성공시켜 1개 플러스의 이점도 보지 못하고 만점을 받게 되었다.

"1개 플러스 나한테 주면 안 되나?"

서동민이 제자리로 돌아오자 이상규가 더 더욱 부럽다는 표정으로 입을 열었다. 서동민이 만점을 받아버려서 1개 플러스의 이득을 누구도 보지 못하게 되기 때문에 그걸 자신의 점수로라도 만들 심산인 것이다. 그렇지만 마음만 그럴 뿐 감히 체육 선생에게 가서 그런 요구를 할 수는 없었다. 그저 아깝다는 듯이 입맛만 쩍쩍 다실 뿐이었다.

'……'

유정운은 바싹 긴장하며 자신의 차례가 돌아오길 기다렸다. 이윽고 반장을 맡고 있는 17번 유정운의 차례가 되었고, 그는 아쉽게도 9개를 성공하여 98점을 받았다. 1학년 28반 내에서 가장 공부를 잘 한다고 알려진 그였기 때문에 체육 실기에서 2점 깎인 게 아까운지 17번 유정운은 연신 안타까운 표정을 지었다.

퉁퉁——

그때 유정운이 서 있는 위치 쪽으로 웬 배구공 하나가 날아왔다. 농구장 바로 옆에서 2학년들이 배구 실기 시험, 정확히는 언더 & 오버핸드 토스 30회를 보고 있었는데 그중 한 학생이 공을 잘못 쳐서 유정운이 있는 쪽으로 공을 날려 보낸 것이었다.

휙—

유정운이 날아온 공을 손으로 잡아 다시 배구 시험 치는 쪽으로 던졌을 때 체육 선생이 화난 목소리로 '18번' 을 외쳤다. 한 번 번호를 불렀을 때 유정운이 배구공 처리하느라 대답을 못했는데 그것 때문에 화가 난 것이다.

"예, 예!"

체육 선생에게 혼나기 전에 유정운은 급히 대답을 하고 황급히 농구공을 집어 자유투하는 위치로 갔다. 시험 시작도 안 했는데 체육 선생에게 혼날 뻔했기에 유정운으로서는 시작부터 불안함을 느꼈다. 그렇지만 최대한 마음을 가라앉히고 농구공을 농구 골대를 향해 던졌다.

퉁—

첫 번째 슛은 농구 골대의 측면을 맞고 튕겨져 버렸다. 그리고 두 번째 슛 역시 아슬아슬하게 농구 골대에 맞으며 빗나갔다. 하지만 이어 던진 세 번째 슛은 안전하게 농구 골대 안으로 들어가게 되었다.

'좋아! 감 잡았어!'

유정운은 속으로 쾌재를 부르며 이어서 4번째 슛을 던질 자세를 취했다. 운동이란 것은 감각을 몸에 익히게 되면 훨씬 쉽게 할 수 있는 것이기 때문에 어떻게 던져야 제대로 던질 수 있는가 감을 잡은 유정운으로서는 기뻐하지 않을래야 않을 수 없었다.

휘잉—

그때 무엇인가 유정운의 머리 위쪽으로부터 날아오는 소리가 들렸다. 그 소리는 굉장히 빠른 속도로 유정운을 향해 들려왔고 이윽고 뭔가 퉁 하는 소리가 터져 나왔다. 그리고 그와 동시에 유정운은 농구공을 잡았던 오른손 검지로부터 극심한 고통을 느꼈다.

"큭!"

검지가 무엇인가에 찧인 듯한 통증이 느껴졌기 때문에 유정운은 농구공을 들고 있지 못하고 떨어뜨려야 했다. 그리고 무엇이 자신의 손가락을 강타했는지 확인하고자 했다. 그런 유정운의 눈에 배구공 하나가 근처에 떨어지는 광경이 포착되었다. 그것은 옆에서 배구 시험을 보고 있던 한 학생이 실수로 배구공을 높게 쳐버려서 배구공이 유정운 쪽으로 날아왔다는 뜻이었다.

"죄송합니다!"

배구공을 날린 듯한 한 남학생이 멋쩍은 표정으로 체육 선생과 유정운 쪽을 쳐다보며 용서를 구했다. 그러자 체육 선생 왈,

"빨리 공 가지고 가!"

"예!"

체육 선생은 오직 그 말만 하고 유정운을 쳐다보았다. 당장 실기 시험을 시작하라는 뜻이었다. 수업 시간이 50분이고 학생 수가 30명인데다가 한 시간 만에 시험을 끝낼 생각이었기 때문에 쓸데없는 일로 시간을 잡아먹고 싶지 않았던 것이다.

'말아먹을……!'

화가 나 있는 체육 선생을 보며 유정운은 속으로 분통을 터뜨렸다. 아까의 충격으로 검지손가락에 감각이 없는 상태라서 시험 보기가 매우 어려웠음에도 불구하고 체육 선생의 '빨리 던져!' 라는 눈초리에 어쩔 수 없이 이대로 시험을 봐야 하기 때문이었다. 게다가 체육 선생이 유정운의 번호를 불렀을 때 유정운이 늦게 대답한 것도 있기 때문에 감히 다쳐서 나중에 시험 보겠다라는 말을 할 수도 없었다.

휙—

울며 겨자 먹기로 던진 공은 당연히 농구 골대를 완전히 벗어나 버렸다. 게다가 농구공을 던질 때 주도적인 역할을 담당하는 검지손가락이 거의 마비 상태이기 때문에 잘 던질래야 던질 수도 없었다. 그래서 유정운은 그 후로 슛을 단 하나도 성공시키지 못하고 82점에 만족해야만 했다.

'더 잘 받을 수도 있었는데……!'

유정운의 마음속에는 그 말만이 맴돌았다. 그렇지만 예상했던 일이기도 했기 때문에 그냥 잊어버리기로 했다. 예전부터 별별 일로 방해를 받았으니 그런 것에는 이미 면역이 된 상태였던 것이다.

"야, 아깝다!"

예상 못한 훼방 때문에 점수를 잘 받지 못한 유정운에게 박호준과 이상규가 위로를 해주었다. 하지만 유정운의 다음 번호가 이상규라서 이상규는 체육 선생이 번호 부를 때 대답을 늦게 했고 결국 체육 선생에게 몇 마디의 욕을 듣고야 말았다.

"시작!"

체육 선생의 말이 떨어지고 이상규는 힘차게 농구공을 던졌다. 그렇지만 그가 던진 공은 농구 골대 근처에도 가보지 못하고 지상에 추락했다.

"들어가랏!!"

이상규는 악을 쓰며 열심히 공을 던졌다. 그렇지만 단 하나의 공도 들어가지 않는 비운을 겪어야만 했다. 여학생들 중에서는 한 골도 넣지 못한 사람도 있었지만 남학생 중에서는 한 골도 넣지 못한 사람이 없었기 때문에 학생들, 특히 남학생들은 열심히 이상규를 놀려주었다. 유정운 역시 이상규를 놀려주고 싶은 마음이 비 오는 날의 먹구름처럼 많았지만 자신도 1골밖에 넣지 못한 데다가 검지손가락에서 여전히 고통이 느껴졌기 때문에 그렇게 하지는 못했다.

"하나도 못 넣을 수도 있지 왜 웃어? 난 원래 운동 못해."

비웃는 학생들을 향해 이상규가 자기 나름대로의 변명을 했다. 그렇지만 곧바로 박호준의 반박이 날아왔다.

"운동을 못하면 공부를 잘하던가, 아니면 뭔가 다른 잘하는 게 있어야 하는데 넌 잘하는 게 하나도 없잖아?"

"……"

"눈 감고 20번 던져도 하나는 들어가겠다."

그 말은 박호준이 아닌 서동민이 한 것이었다. 박호준에 이어 서동민까지 놀리는 말을 하자 이상규는 유정운에게 도움을 요청했다.

"넌 날 이해하지?"

"난 하나 넣었어."

"그래 봤자 어차피 하나 차이잖아?"

"하나도 못 넣으면 70점이고 하나라도 넣으면 82점인데 엄청난 차이 아니야?"

"크윽……. 유정운, 너마저……!"

유정운에게조차 위로를 받지 못하자 이상규는 그런 헛소리를 하면서 삐쳤다는 표정을 짓더니 유정운 일당에게서 멀리 떨어진 곳으로 가서 혼자 쭈그리고 앉아 열심히 궁시렁궁시렁거렸다. 그렇지만 유정운 일당은 그 누구도 이상규에게 신경 쓰지 않았다.

……

2교시 체육 실기 시험이 끝나고 학생들은 모두 교실로 돌아갔다. 그리고 6교시에 있을 마법실기 시험을 걱정하기 시작했다. 중학교 때부터 마법을 배워서 1밴드 정도는 가볍게 구사할 수 있는 학생들은 아무런 걱정도 하지 않고 있었지만, 고등학교 들어와서 마법을 배운 학생들은 걱정이 되지 않을 수가 없었다. 그리고 그렇게 걱정하는 학생들 속에는 유정운이 포함되어 있었다.

≪1학년 28반 학생들은 전부 뒷운동장으로 나오기 바랍니다.≫

화상칠판 옆에 있는 스피커에서 마법실기 선생의 목소리가 흘러나왔다. 마법실기 선생은 올해로 32살이 되는 노총각인데, 이름은 임사환(林射煥)이고 약간 엄격한 사람이었다. 그래서 마법실기 수업 때에도 수업만 진행하고 다른 얘기는 절대 하지 않는 사람으로 유명했다.

저벅저벅―

유정운은 거의 반쯤은 포기한 홀가분한 마음으로 박호준과 함께 본관 뒤쪽에 있는 뒷운동장으로 향했다. 체육 실기 시험에서 악운의 징크스가 발동했으니 마법실기 시험도 당연히 안 될 것이라는 예상이 들었던 것이다. 그렇지만 악운의 징크스가 발생하지 않을 가능성도 있어서 노력은 해볼 생각이었다.

"모두 나왔나? 반장, 인원 파악해."

"예."

날카롭고 꽤 깐깐할 듯한 인상을 지닌 노총각 임사환 선생은 반장인 17번 유정운에게 인원수 파악을 명령했다. 어조가 군대식 어투와 많이 닮아 있어서 명령이라고밖에 할 수 없었다. 반장인 17번 유정운은 임사환 선생의 명령대로 학생들의 인원수를 파악한 뒤 모두 모였다고 보고를 올렸다. 보고 형식도 '1학년 28반 총인원 30명, 결석 0명, 현재 인원 30명, 이상입니다'라는 식이어서 학생들이 듣기에는 거부감이 많았지만 지금은 학생들도 익숙해져서 별로 신경 쓰지 않고 있었다.

"모두 알다시피 오늘은 마법실기 시험 날이다."

임사환 선생은 뒷운동장에 모인 학생들을 날카로운 눈으로 쳐다보며 입을 열었다.

"1밴드의 마법을 아무거나 사용할 수 있으면 만점이고 사용 못한 사람은 나중에 구술 시험으로 점수를 매긴다. 1번부터 나와서 아무 마법이나 사용하고 다른 사람은 마법에 방해되지 않도록 떨어진 곳에 앉아 대기한다. 단, 시험 다 봤다고 여길 벗어나는 녀석은 벌을 줄 테니까 다른 사람들의 마법 사용을 관전한다. 알았나?"

"네……."

약간 힘없는 대답이라 임사환 선생은 눈썹을 꿈틀거렸지만 뭐라고 하지는 않고 준비된 의자에 앉아 시험을 감독할 태세를 갖추었다. 그래서 학생들은 보도블록으로 잘 포장된 뒷운동장의 아무 곳에나 앉아 대기했다. 유정운 역시 박호준과 함께 보도블록 위에 앉았다. 보도블록 위는 학생들이 자주 지나다녀서 약간의 흙과 모래가 널려 있긴 했지만 교복 자체가 흙이 묻어도 털면 거의 깨끗해지는 재질이라서 그냥 앉아도 전혀 상관이 없었다. 그렇지만 서동민은 김연영이 앉을 자리에 자신의 교복 웃옷을 벗어놓고 그 위에 김연영이 앉도록 했다. 따라서 반 학생들은 그 둘을 따가운 시선으로 쳐다볼 수밖에 없었다.

"커플 됐다고 저런 눈꼴사나운 짓을 하다니!"

서동민과 김연영을 보면서 이상규가 발발 뛰었다. 그렇지만 곧 임사환 선생에게 걸려 선생 바로 옆에서 엎드려뻗쳐를 당하게 되었다.

"왜 나만……!"

엎드려뻗쳐를 하게 된 이상규가 열심히 궁시렁거리는 동안 마법실기 시험은 시작되었다. 앞 번호의 학생들은 임사환 선생이 건네주는 마법 지팡이를 받은 후 주문을 외웠고, 어떤 학생은 어렵게 1밴드의 마법을 성공시키기도 했고 어떤 학생은 실패하기도 했다. 성공한 학생들은 얼음을 만들거나 불덩어리를 일으키거나 하는 간단한 마법을 구사했는데, 붉은빛이 흘러나오느냐 안 나오느냐가 1밴드의 마법을 사용했는가 못했는가의 기준이었다.

"5번 김연영."

"네!"

여느 때보다 밝은 목소리로 대답한 김연영은 임사환 선생에게서 마법 지팡이를 받아 들고 마나전자를 들뜨게 하는 주문을 외웠다. 앞 번호의 학생들이 예닐곱 번 주문을 외웠던 것에 비해 김연영은 단 세 번 만에 마나전자 들뜸을 유도했고 곧바로 얼음 마법을 사용해 내었다.

"우와—!"

마법 지팡이에서 찬란하게 쏟아지는 붉은빛을 보고 학생들이 감탄의 소리를 터뜨렸다. 붉은빛이 많이 방출되면 방출될수록 그만큼 강한 마법을 사용했다는 뜻이었기 때문에 놀라지 않을 수 없는 것이다. 물론 김연영은 얼음 마법으로 주먹만한 얼음 덩어리만 만들었기 때문에 마법으로 인해 피해를 입은 사람은 아무도 없었다.

"5번 김연영, 밴드수가 몇이지?"

김연영의 능숙한 마법 구사를 보고 임사환 선생이 약간 굳은 표정으로 그녀에게 질문을 던졌다. 김연영은 별 생각 없이 자신의 밴드수를 말했다.

"2밴드예요."

"그래? 좋아, 마법 잘 썼다. 다음."

일단 임사환 선생은 김연영의 마법 사용을 칭찬해 주었다. 그렇지만 유정운은 김연영이 2밴드라고 말했을 때 안도해하는 임사환 선생의 얼굴 표정을 놓치지 않았다.

'학생이 자기보다 밴드수가 높으면 기분 나쁘다는 건가?'

그런 생각이 유정운의 머리 속에 떠올랐다. 그리고는 곧 이어 매우 곤란한 상황이 자신에게 찾아올지도 모른다는 걱정이 들었다.

'만약 내가 1밴드의 마법을 너무 잘 사용해서 임사환 선생이 밴드 수 몇이냐고 물어보면 어떻게 대답하지? 5밴드라고 대답해야 되나 아니면 그냥 2밴드라고 속일까?'

그것이 유정운의 고민이었다. 현재 유정운의 밴드수는 분명히 「5」라는 경이적인 숫자였지만 5밴드의 마법을 제대로 사용하지 못하기 때문에 5밴드라고 하기 어려운 것이다. 특히 자신의 밴드수를 5라고 말했을 때 반 아이들이 어떤 반응을 보일지 뻔하기 때문에 그것도 매우 귀찮은 일이었다.

'1밴드를 제대로 사용할지는 모르겠지만 어쨌든 밴드수 물어보면 그냥 2라고 대답하자.'

유정운은 마음속으로 그렇게 결정을 내렸다. 그러는 동안 6번 학생의 실기 시험이 끝나고 7번인 박호준의 차례가 되었다. 체육 시험에서는 가까스로 만점을 받은 그였지만 마법실기 시험에서는 1밴드 마법 사용에 실패하고 말았다. 마법을 고등학교 들어와서 배운 데다가, 하늘의 분노 게임 리그 때문에 마법 연습 할 시간이 아주 부족했기 때문에 당연한 결과라고밖에 할 수 없었다. 그렇지만 박호준은 자신이 좋아하는 전애리 선생을 볼 면목이 없다고 생각했는지 매우 침울한 표정을 했다.

"구술 시험에서 잘 보면 되잖아."

유정운은 침울해하는 박호준을 위로해 주었다. 유정운 자신 역시 박호준과 마찬가지로 1밴드 마법 사용에 실패해서 구술 시험을 보게 될지도 모르기 때문에 남 일같이 느껴지지 않은 것이다.

"9번 서동민."

"예."

이름을 불린 서동민은 마법 지팡이를 들고 열심히 주문을 외웠다. 처음엔 잘 안 되는 듯이 보였지만 어느새 마나전자를 들뜨게 했고, 또 주문을 몇 번 외우더니 주먹만한 불덩어리를 만들어냈다. 김연영보다는 붉은빛이 많이 방출되지 않았지만 그래도 매우 양호한 수준이었다.

'……?'

반 학생들의 마법실기 시험을 구경하던 유정운은 뭔가 이상한 느낌에 위를 쳐다보았다. 그의 시선은 잠시 하늘 쪽을 맴돌다가 이윽고 본관 7층 유리창 쪽에 멎었다. 7층 유리창에서 한 명의 여학생이 손을 흔들고 있는 장면을 발견했기 때문이다.

'소은 선배……?'

투명하고 깨끗한 유리창이라서 유리창 가까이에 서 있는 채소은의 모습을 또렷이 볼 수 있었다. 수업 시간인데도 불구하고 자리에 앉아 있지 않고 서 있는 채소은을 보며 유정운은 반가운 마음과 함께 걱정스러운 마음도 들었다.

'어라? 이번엔 배희 선배까지……!'

유정운이 계속 7층 유리창을 쳐다보자 채소은뿐만이 아니라 임배희까지 유리창 가까이에 와서 인사하는 듯이 손을 약간 흔들었다. 그것은 지금 채소은네 반이 수업 중이 아니라는 소리였다.

"……!"

'분명 3학년도 수업이 있을 텐데' 하는 생각을 하던 유정운은 핸드폰이 진동하기 시작했음을 느끼고 얼른 핸드폰을 꺼내었다. 전화는 아니었고 채소은이 유정운에게 문자 메시지를 보낸 것이었다. 그 내용은 이러했다.

〈오늘 국어 선생님이 안 오셔서 자습하고 있어. 지금 마법실기 시험 보는 거지?〉

'자습이었구나.'

의문이 풀리자 유정운은 한시름 놓을 수 있었다. 자신 때문에 괜히 채소은이 학교 선생들에게 혼이라도 나면 안 되기 때문이었다.

〈마법실기 시험 보고 있어요.〉

유정운은 채소은의 핸드폰으로 그렇게 문자 메시지를 보냈고, 아주 잠깐의 시간이 흐른 후에 채소은에게서 문자 메시지가 날아왔다. 그것을 시작으로 채소은과 유정운은 문자 메시지로 대화를 했다.

〈아직 시험 안 봤지?〉

〈예. 이제 4명 보고 나면 제 차례예요.〉

〈연습 많이 했어?〉

〈아니요, 별로 못했어요.〉

〈그래도 열심히 해. 마마 부원으로서의 명예가 있잖아.〉

〈예.〉

마마 부원으로서의 명예라는 말이 굉장히 부담스러웠지만 유정운은 그 부담을 훌훌 털어버렸다. 어차피 그 명예를 지킬 수 없다는 생각을 미리부터 하고 있었기 때문이다. 그러는 사이에도 마법실기 시험은 차질없이 진행되었고, 이윽고 유정운의 차례가 되었다. 참고로 반장을 맡고 있는 17번 유정운은 가볍게 1밴드의 마법 사용에 성공한 상태였다.

"18번 유정운."

"예."

이름을 불러서 앞으로 나간 유정운은 임사환 선생이 건네주는 마법 지팡이를 들고 그의 앞에 섰다. 뒤에서는 박호준과 서동민 등이 열심히 응원하고 있었지만 유정운의 뒤통수에 눈이 달려 있을 리 없으므로 그들의 응원을 볼 수는 없었다.

"시작."

임사환 선생의 말소리가 떨어지자 유정운은 마음을 가다듬고 마나전자 들뜸유도 주문을 외웠다. 처음엔 유정운의 예상대로 주문을 몇 번 외워도 마나전자가 들뜨려는 기미를 보이지 않았지만, 일곱 번까지 주문을 반복해서 외웠을 때에는 마침내 유정운의 의도대로 1밴드에 해당하는 마나전자가 들뜨게 되어 마법 사용 가능 상태가 되었다.

"위대한 마나여, 그대 차가운 손으로 얼음의 꽃을 피우라."

유정운이 사용하고자 하는 마법은 다른 학생들과 별다를 게 없는 얼음 마법이었다. 특이하게 빛살계 마법이나 토지계 마법 등을 쓸 수도 있지만 튀어 보이고 싶지 않았기 때문에 지극히 평범한 마법을 사용하려고 하는 것이다.

"위대한 마나여, 그대 차가운 손으로……!"

유정운이 다시 한 번 얼음 마법 주문을 외웠을 때 유정운의 주문은 더 이상 이어질 수 없게 되었다. 유정운이 들뜨게 해서 불안정해져 있던 마나전자들이 일순간에 어디론가 사라져 버렸기 때문이다. 정확히는 임사환 선생 옆에서 엎드려뻗쳐를 하고 있던 이상규의 전도띠(Conduction band)로 대부분 터널링을 한 상태였다. 일반적으로 일어날 확률이 매우 적은 마나전자 터널링 현상이, 막 마법을 사용하려는 유정운에게 일어나 버린 것이다.

'말아먹을······!'

마나전자가 1밴드의 마법을 사용하기에 충분한 양이 안 되었기 때문에 유정운은 속으로 분통을 삼키며 다시 처음부터 마나전자 들뜸유도 주문을 외워야만 했다. 마나전자 터널링을 당해서 자신에게 1밴드의 대부분에 해당하는 마나전자가 넘어왔지만 엎드려뻗쳐 하느라고 헉헉대고 있는 이상규는 그 사실을 전혀 눈치 채지 못하고 있었다. 따라서 유정운이 방금 전에 마나전자를 들뜨게 했다는 증거는 완전히 사라져 버렸다고 할 수 있었다.

"위대한 마나여, 그대 나의 부름에 답하여 내가 이끄는 대로 따라오라."

"······?"

마나전자 들뜸유도 주문을 끝내고 얼음 마법을 사용하려고 했던 유정운이 마법을 보여주지 않고 또다시 들뜸유도 주문을 외우고 있자 임사환 선생은 의아한 표정을 지었다. 방금 전에 그는 유정운의 들떠 있던 마나전자가 일순간에 사라졌다는 사실을 알아챘지만 그것이 마나전자 터널링을 했다는 것까지는 눈치 채지 못하고 있었다. 그래서 그냥 유정운 스스로가 집중을 제대로 하지 못해서 들뜨게 했던 마나전자를 전부 잃어버렸다고 생각해 버렸다.

'형편없는 녀석이군.'

임사환 선생은 유정운을 그렇게 평가했다. 사실 일단 마나전자를 들뜨게 해놓으면 웬만해서는 마나전자를 잃지 않는 게 보통이었다. 마나전자 들뜸유도 주문을 성공한 뒤에 거의 1분가량 가만히 있으면 들떠 있던 마나전자가 알아서 안정한 원자가띠(Valence band)로 돌아가지만, 그동안 마법을 사용하지 않고 가만히 있을 마법사는 없기 때문에 일단 마나전자를 들뜨게 하고 나서 마법 사용에 실패할 가능성은 매우 적은 것이다. 물론 원하지 않은 마법이 실현될 가능성도 크다고 할 수 있지만, 아무튼 유정운처럼 그 짧은 순간에 마나전자를 전부 잃어버리는 일은 불가능에 가까웠다.

"됐어, 들어가."

"……?"

이제 막 마나전자를 다시 들뜨게 하려고 했던 유정운은 임사환 선생의 말에 고개를 갸웃했다. 아직 마법 사용에 성공한 것도 아닌데 들어가라는 말을 들었으니 의아해진 것이었다. 그렇지만 임사환 선생은 아주 딱딱한 표정으로 유정운을 힐책했다.

"어차피 넌 안 되니까 들어가. 괜히 다른 사람의 시험 시간 잡아먹지 말고."

"……!"

임사환 선생이 어떤 의도로 그런 말을 했는가 깨달은 유정운은 어이없는 표정을 지었다. 중학교 때에도 지금과 같은 일을 당한 기억이 있었기 때문에 이해가 빨리 되었다. 그렇지만 똑같은 상황을 두 번이나 당한다는 것은 결코 기분 좋은 게 아니었다.

'말아먹을……!'

유정운은 변명하지 않고 그대로 자리로 돌아갔다. 두 번째 시도에서는 잘할 수 있었는데 그 기회를 박탈당해 버리자 기분이 매우 더러워졌다. 기회를 박탈당한 유정운을 향해 박호준과 서동민 등이 안타깝다는 표정을 지어 보였지만 누구도 임사환 선생에게 말을 꺼내지 않았다. 말을 해봤자 들어주지 않을 인간이라는 것을 모두들 잘 알고 있었기 때문이다.

"원래 저 선생은 저러니까 네가 이해해."

박호준은 눈빛이 날카로워진 유정운에게 위로의 말을 해주었다. 유정운은 그저 아무 말 없이 고개만 끄덕이며 그렇게 하겠다라는 몸짓을 해 보였지만 속으로는 아주 기분 나쁜 상태였다. 기분 같아서는 임사환 선생의 얼굴에 불을 붙여서 인간 성냥개비를 만들어 버리고 싶었지만 마음속에서만 그럴 뿐 아무런 행동도 하지 않았다.

〈실기 시험 잘 봤어?〉

"……."

건드리면 터질 듯한 분위기를 연출하고 있는 유정운에게 채소은이 문자 메시지를 보냈다. 지금은 누구와도 얘기하고 싶은 기분이 아니었지만 상대가 채소은이었기 때문에 유정운은 분노로 이글거리는 마음을 억누르고 문자 메시지로 채소은과 대화를 나누었다.

〈망했어요.〉

〈무슨 기분 나쁜 일이라도 있어? 표정이 안 좋아 보이는데?〉

〈아무것도 아니에요.〉

〈구술 시험이 있으니까 거기서 잘하면 되잖아.〉

〈예.〉

7층에 있는 채소은이 뒷운동장에 앉아 있는 유정운의 표정을 확인한다는 것은 매우 어려운 일이었지만 유정운이 고개를 팍 숙이고 있어서 뭔가 안 좋은 일이 있었다는 사실을 어렴풋이 짐작한 것이었다. 그런 채소은의 걱정을 유정운도 알고 있었지만 기분상 고개를 들고 싶지 않기 때문에 그냥 그 자세 그대로 있었다. 고개를 들면 임사환 선생을 보게 되는데 그게 열받는 일인 것이다.

"우와—!"

그때 갑자기 반 학생들의 입에서 감탄사가 터져 나왔다. 그리고 유정운의 옆에 있던 박호준도 탄성을 내질렀다. 상황이 그렇게까지 됐기 때문에 무슨 일이 있었나 궁금해지는 건 인간으로서 당연했고, 유정운은 내키지 않는 마음으로 고개를 들어 현재 일어난 상황을 눈으로 확인해 보았다.

'난 또 뭐라고.'

하지만 별거 아닌 것이었기 때문에 유정운은 다시 고개를 팍 숙여 버렸다. 방금 일어난 일이라는 것은 이상규가 1밴드의 마법을 화려하게 사용했다는 사실이었다. 물론 이상규 스스로도 잘만 하면 1밴드의 마법을 사용할 수도 있었겠지만, 아까 유정운에게서 터널링된 마나전자가 남아 있어서 그 마나전자를 이용해 버리자 지금까지의 학생들 중에서 1밴드의 마법을 가장 화려하게 선보이게 된 것이다.

"밴드수가 몇이지?"

이상규가 화려한 불꽃계 마법을 보여주었기 때문에 임사환 선생은 이상규에게 밴드수를 물었다. 스스로도 자신이 마법을 사용하게 될 줄 몰랐던 이상규는 약간 당황스러운 표정을 지었지만 이내 능글능글 웃으면서 임사환 선생의 질문에 대답했다.

"1밴드요."

"……."

이상규의 대답을 듣자 임사환 선생의 표정이 잔뜩 굳어졌다. 1밴드라는 소리는 아직 초보자라는 뜻인데 초보자가 방금 전같이 완벽한 마법을 구사할 수는 없기 때문이었다. 따라서 임사환 선생은 이상규가 자신의 밴드수를 속이고 있다고밖에 생각하지 않았다.

"진짜인가?"

"예."

"······."

"······?"

굳어진 임사환 선생의 얼굴을 보고 이상규는 뭔가 심상치 않음을 느꼈다. 그렇지만 사실을 사실대로 말한 이상규로서는 왜 임사환 선생이 굳은 표정을 짓는 것인지 알 도리가 없었다. 그래서인지 임사환 선생도 잠시 이상규의 얼굴을 노려보다가 그가 사실을 말하고 있는 것같이 느껴지자 직접 실험해 보기로 했다.

"위대한 마나여, 그대 나의 부름에 답하여 내가 이끄는 대로 따라 오라."

임사환 선생은 나지막이 주문을 외워 자신의 마나전자를 모두 들뜨게 만들었다. 현재 임사환 선생의 밴드수는 5라서 5밴드에 해당하는 엄청난 양의 마나전자가 한순간에 들뜨게 되었고 그 마나전자는 전부 이상규를 목표로 날아갔다.

"······!"

텅 비어 있던 자신의 전도띠로 엄청난 양의 마나전자가 밀려오자 이상규는 기겁하며 그 자리에서 쓰러졌다. 그렇지만 임사환 선생은 그런 이상규의 반응에는 상관없이 자신의 마나전자를 이상규의 전도 띠에 채워 넣었다. 그렇게 해서 대략 1밴드에 해당하는 마나전자가 이상규의 전도띠를 모두 꽉 채우자 임사환 선생은 이상규가 정말 1밴드밖에 달성하지 못했음을 확인하게 되었다.

'이상하군.'

능숙한 마법을 구사한 이상규가 달랑 1밴드밖에 없자 임사환 선생은 눈살을 찌푸렸지만 자신 스스로가 확인한 사실이라서 안 믿을 수도 없었다.

"됐어. 합격이니까 들어가라."

"예, 예……."

자신의 전도띠에서 마구 돌아다니는 임사환 선생의 마나전자를 느끼며 이상규는 엉거주춤한 자세로 자신의 자리로 돌아갔다. 이제 막 1밴드를 달성한 이상규로서는 항상 텅 비어 있는 전도띠만 느끼고 있었는데 갑자기 그 전도띠가 마나전자로 가득 차버리자 질식할 듯한 기분을 느낀 것이다.

'저 선생……!'

원래는 고개를 숙이고 열심히 임사환 선생을 욕하려고 했던 유정운은 임사환 선생의 행위를 보고 매우 놀라게 되었다. 남에게 자신의 마나전자를 전달하는 것은 고난이도의 기술이었는데 임사환 선생은 그것을 가볍게 성공했기 때문이었다.

'저 정도의 능숙한 마법사가 고작 고등학교 교사나 하고 있다니……!'

그것이 유정운의 가장 커다란 의문이었다. 보통 뛰어난 능력을 가진 마법사는 그 능력을 바탕으로 사업을 하지 돈도 많이 벌지 못하는 교사 따위는 하지 않기 때문이었다. 물론 교사라는 직업을 좋아한다면 얘기는 다르겠지만 일반적으로 그렇기 때문에 유정운이 이상하게 여기는 것은 당연했다.

"이야, 너, 숨겨진 실력자였구나?"

멍청한 표정을 짓고 있는 이상규에게 박호준이 놀랐다는 표정을 하

며 말을 걸었다. 그렇지만 전도띠를 가득 매운 마나전자로 인해 질식
감을 느끼는 이상규는 박호준의 말에도 아무런 반응을 보이지 않았
다. 그저 눈만 동그랗게 뜬 채 마나전자들끼리 서로 부딪쳐서 저절로
소멸하기만을 기다릴 뿐이었다.

"얘, 왜 이러냐?"

항상 뺀질뺀질하던 이상규가 멍한 표정을 짓자 박호준이 유정운에
게 이유를 물어왔다. 물론 유정운은 이상규가 지금 어떤 상황을 겪고
있는지 충분히 짐작하고 있었지만 이제 갓 마법을 배운 박호준에게 설
명해 봤자 잘 알아듣지 못할 게 뻔했기 때문에 단지 이렇게만 말했다.

"자기가 너무 마법을 잘 써서 놀랐나 보지 뭐."

"음…… 그렇겠군."

유정운의 말을 그대로 믿은 박호준은 더 이상 이상규에 대한 얘기를
하지 않았다. 단지 유정운과 자신은 이제 구술 시험만이 살길이라며
열심히 하자고 자신을 위로하는 것과 더불어 유정운을 격려했다. 그래
서인지 기분이 언짢았던 유정운은 어느 정도 기분이 풀리게 되었다.

…….

수업이 모두 끝난 후 유정운은 힘없는 발걸음으로 마법 연구부실인
8층 물리실A까지 올라갔다. 그리고는 더욱 맥 빠진 표정으로 물리실
문을 열고 안으로 들어갔다.

"안녕하세요……."

인사를 하는 유정운의 목소리에는 힘이 전혀 실려 있지 않았다. 만
약 유정운이 맥 빠진 이유를 마마 부원들이 몰랐다면 왜 그러냐고 물
어보겠지만, 유정운이 도착하기 전에 이미 마마 부원 사이에서는 유
정운의 마법실기 시험 결과에 대해 논쟁하고 있었기 때문에 누구도

유정운의 맥 빠진 인사에는 신경 쓰지 않았다.

"구술 시험 보게 됐다며?"

유정운을 보자마자 정태환이 능글능글 웃으며 입을 열었다. 그는 채소은과 유정운이 주말에 같이 영화 봤다는 사실을 모르고 있었지만 직감적으로 그 둘이 매우 가까워져 있음을 느끼고 있었기 때문에 유정운이 시험을 망쳤다는 소리를 듣고 상당히 기분이 좋은 상태였다. 물론 정태환의 능글거리는 얼굴을 봐야 하는 유정운으로서는 기분이 나쁠 수밖에 없었다.

"마법에 대해서는 다 아는 것처럼 굴더니 실력은 형편없군. 4밴드라고 해서 기대했더니."

"……."

계속 자신을 비난하는 정태환의 말을 듣고서도 유정운은 아무런 반박도 하지 않았다. 그의 말대로 유정운 역시 자기 자신의 실력이 매우 불안정함을 알고 있었기 때문이다. 그렇지만 유정운 편인 채소은은 정태환의 말에 반박을 가했다.

"컨디션이 나쁘면 아무리 높은 밴드수를 가지고 있어도 마법은 안 돼. 겨우 한 번 시험 못 본 것 가지고 나쁘게 말하지 마."

"4밴드 마법사가 1밴드 마법 쓰는데 컨디션이 중요한가? 3밴드의 마법을 못 썼다면 이해를 하겠지만 1밴드인데 그것도 못해? 4밴드짜리가?"

"……."

정태환의 이어진 반박에 채소은은 대꾸할 말을 찾지 못하고 입을 다물었다. 만약 그녀가 유정운에게 마나전자 터널링이라는 희귀 현상이 일어났다는 것을 안다면 그것을 반박거리로 삼을 수도 있었지만, 터널링이라는 걸 전혀 생각 못하고 있는 그녀였기 때문에 정태환과의 말싸움에서 밀려 버린 것이다. 사실 채소은뿐만이 아니라 마마 부원 모두 마나전자 터널링이 일어났을지도 모른다는 건 아예 고려하고 있지도 않았다. 그저 '유정운의 실력이 형편없기 때문에'라고만 생각할 뿐이었다.

"아무튼 곧 다른 사람들도 마법실기 시험이 있을 테니까 오늘은 부활동하지 말고 이쯤에서 해산하자."

유정운을 위해서인지 채소은은 마마 부원들에게 그런 제안을 했다. 그러자 부원들은 모두 좋다구나 하는 반응을 보였다. 마법실기 시험이 있든지 없든지 간에 놀 수 있는 시간이 생겼기 때문에 좋아할 수밖에 없었다. 처음 마마에 들어올 때는 마법이 좋아서 들어왔지만 시간이 지날수록 마마에서 뭔가 마법을 새로이 배우기보다는 선후배 사이의 친분 관계 때문에 나오고 있었기 때문이다.

"자, 가자."

채소은은 유정운의 손을 잡고 물리실을 나서려고 했다. 물론 그것을 가만히 놔둘 정태환이 아니었다.

"어디 가?"

"오늘 해산이잖아."

"그게 아니라 정운이하고 어디 가려는 거냐고."

"내 마음."

표정이나 어투는 결코 쌀쌀하지 않지만 채소은이 내뱉은 말의 의미는 정태환에게 있어서 쌀쌀하기 그지없는 것이었다. 평소에도 채소은은 정태환에게 호감을 보이지 않고 있긴 했지만, 유정운이 나타난 직후부터는 그녀에게 접근하는 것조차 어렵게 되고 있었다.

"어서 가자, 가자."

"아, 예……."

채소은이 잡아끌자 유정운은 아무런 저항도 못하고 끌려갔다. 그 광경을 보면서 정태환은 그저 속으로 유정운을 욕할 수밖에 없었다. 사실 유정운에게 적극적으로 다가가는 사람은 채소은이었지만 채소은을 욕하기는 싫어서 대신 유정운만 나쁜 녀석이라고 생각하는 것이었다. 한편 채소은에게 이끌려 나온 유정운은 당연한 질문을 던졌다.

"어디 가려구요?"

"응? 그냥 같이 저녁이나 먹으려고."

현재 시각이 4시 30분이라서 사실 저녁 식사를 할 만한 때는 아니었다. 그렇지만 채소은이 어떤 의도로 유정운을 끌고 나왔는지 알고 있었기 때문에 유정운은 더 이상의 질문을 던지지 않았다. 유정운이 계속 마법 연구부실에 있으면 마마 부원들로부터 좋지 않은 말들을 듣게 되는 것이다. 그것을 막기 위해 채소은은 유정운을 데리고 나온 것이라 할 수 있었다.

"태환이는 널 싫어하는 것 같아."

학교 근처에 있는 패스트푸드점으로 가는 동안 채소은이 먼저 이야기를 꺼냈다. 그 말을 들은 유정운으로서는 속으로 한숨을 쉴 수밖에 없었다. 마마 부원들 대부분이 다 아는 얘기를 이제야 하고 있기 때문이었다.

"태환 선배는 소은 선배를 좋아하니까 그래요."

"뭐?"

"소은 선배하고 제가 가깝게 지내니까 기분이 안 좋은 거죠."

"음……."

그래도 정태환이 자신에게 관심이 있다는 것은 알고 있었는지 채소은은 약간 고민하는 표정을 지었다. 어떻게 하면 정태환이 유정운을 싫어하지 않게 될까를 생각하고 있는 것이었다. 그것을 파악한 유정운은 매우 담담한 표정으로 입을 열었다.

"모두에게 호감을 받는 사람은 없어요. 누군가에게 호감을 받게 되면 그만큼 다른 사람들에게서 반감을 사게 되거든요. 전 소은 선배에게서 호감받는 걸로 태환 선배에게서 반감을 사는 거라면 그걸로 괜찮아요."

"……!"

유정운은 별 생각 없이 유명운의 끈 이론을 기초로 하여 대강 얘기를 한 것이었지만 그 말을 들은 채소은은 얼굴을 약간 붉히게 되었다. 물론 유정운이 완전 무표정으로 말을 했기 때문에 이해 속도가 늦는 사람이라면 그 말뜻을 제대로 파악하지 못했을 테지만, 머리 좋은 채소은은 유정운의 말을 확실하게 알아들은 것이다.

"으, 응……."

"……?"

갑자기 채소은이 부끄러워하는 듯한 모습을 보이자 유정운은 고개를 갸웃했다. 자신이 했던 말이 어떤 의미를 갖는지 신경 쓰지 않고 있었기 때문에 채소은의 반응을 이해할 수 없는 것이었다. 그렇지만 부끄러워하는 채소은의 모습이 귀여웠기 때문에 유정운은 지금까지의 우울한 기분을 떨쳐 버릴 수 있었다. 이미 채소은이라는 소녀는 유정운의 기분을 완전히 뒤바꾸어 놓을 수 있을 정도의 존재가 되어 있었던 것이다.

천인 고등학교

폭풍 전야 16장

XVI 폭풍전야

2074년 4월 13일 금요일 아침 7시.

유정운은 어둠이 내려앉은 등교길을 거닐었다. 어제 박호준이 하늘의 분노 8강 경기를 치렀는데 보기 좋게 1승을 거두고 4강 진출의 초석을 다져 놓았다. 사실 박호준이 게임 경기에서 이기든 지든 유정운이 학교에 일찍 오는 것과는 하등의 관계도 없었지만 아무튼 유정운은 쓸데없이 학교에 일찍 오고 말았다. 아침에 눈을 뜬 시각이 6시인데도 졸리지 않아서 그냥 학교 갈 준비를 하다 보니 자기도 모르는 사이에 6시 45분에 집을 나섰고, 버스 역시 쾌속 질주로 평상시보다 절반의 시간을 단축해 버려서 아침 7시라는 시각에 유정운이 학교에 도착하게 되어버린 것이다.

'졸리지도 않군.'

약간은 쌀쌀한 아침 공기를 마시며 유정운은 학교 정문 앞에 섰다.

학교 정문은 이미 활짝 열린 상태였다. 보통 아침 6시에 정문을 열어 주기 때문에 학교 문이 잠겨서 담을 넘어가야 하는 불상사는 거의 없었다.

부우웅—

유정운이 막 정문을 지나가려고 했을 때 정문 쪽으로 트럭 두 대가 엔진 소리를 내며 접근해 왔다. 그가 천인 고등학교에 다닌 지 이제 겨우 한 달 지났지만 큰 트럭 두 대가 학교 안으로 들어오는 건 본 적이 없어서 쓸데없는 관심이 생겼다. 그래서 두 대의 트럭을 계속 주시하면서 최대한 빠른 걸음으로 따라갔다. 뛰어가면 훨씬 더 빨리 따라 잡을 수 있겠지만 뛰기 싫어하는 유정운이었기에 걸어가는 것을 선택한 것이다.

부웅—

두 대의 트럭은 학교 본관의 중앙 현관 쪽에 정차했다. 유정운이 빠르게 걸어가면서 주의 깊게 살펴보고 있는 동안 트럭에서 몇 명의 건장한 남자들이 내렸고 학교 본관 정문 쪽에서도 의외의 인물이 모습을 드러내었다. 그 의외의 인물이란 다름 아닌 박상군 교장이었다. 아침 7시라는 이른 시각에 교장이 학교 내에 남아 있다는 사실이 유정운으로서는 가장 의아스러웠다.

'왠지 암거래를 하는 것 같은데?'

유정운은 머리 속으로 그렇게 생각했다. 특히 박상군 교장의 지휘 아래 트럭에서 내린 건장한 남자들이 트럭에 싣고 있던 짐들을 하나 둘씩 운반하고 있다는 사실은 유정운의 그런 생각을 더 더욱 뒷받침해 주고 있었다. 그렇지만 그것은 유정운 혼자만의 생각일 뿐 증거가 없기 때문에 더 이상 신경 쓰지 않고 빨리했던 걸음을 늦추고는 교실로 향했다.

　탁—

　어두운 교실에 불을 밝히고 유정운은 왼쪽 테이블들 중에서 제일 앞쪽 자리에 앉았다. 박호준이 항상 그쪽에 앉기 때문에 유정운도 앞쪽에 앉아야만 하는 것이다. 처음에는 맨 앞이라는 자리가 상당히 부담스러웠으나 한 달이 지난 지금은 익숙해진 상태였다. 오히려 선생들의 시선이 학생들 앉은 자리의 중간쯤으로 쏠리기 마련이라서 앞자리는 등잔 밑이라고도 할 수 있었다.

　'그럼 게임이나 할까……'

　항상 가벼운 유기화합물 노트북을 들고 다니는 유정운이었기 때문에 아무도 없는 교실에서 시간을 때우기 위한 방편으로 하늘의 분노 게임을 하려고 했다. 그런데 그 순간에 갑자기 유정운의 핸드폰이 거세게 진동을 했다. 이른 아침부터 자신에게 전화할 사람이 있을 리 없다고 생각한 유정운은 의아한 생각으로 전화를 받았다.

　"여보세요?"

　《정운이지? 나야, 소은이.》

　"……!"

　핸드폰의 수화기를 통해 들려오는 채소은의 목소리는 유정운의 심장을 크게 뛰게 만들었다. 만약 전화를 받은 순간 주변에 다른 누군가가 있었다면 유정운은 조용한 목소리로 전화를 받았을 테지만, 지금처럼 주변에 아무도 없는 상황에서는 전화받는 유정운의 목소리가 커질 수밖에 없었다.

　"안녕하세요!"

　《응, 지금 어디야?》

"예, 지금 학교예요."

《나도 지금 학교 갈 거니까 어디 딴 데로 새지 마. 알았지?》

"예."

사실 학교 와서 게임하려고 했었던 유정운이었으니 딴 데로 샐 리가 없었다.

《그럼 있다가 보자.》

"예."

그 말을 끝으로 채소은과의 통화는 끊어졌다. 그렇지만 곧 있으면 채소은을 보게 된다는 것 때문에 통화가 끝나도 아쉬움 같은 것은 없었다. 단지 계속 교실 안에 있을 것인지 밖으로 나가 채소은을 기다릴 것인지가 갈등 사항일 뿐이었다.

'뭐, 아까 봤던 트럭이 어떻게 됐을지도 궁금하니까 나가볼까.'

유정운은 속으로 그런 구실을 만들고는 가방을 둔 채 교실을 나섰다. 가방 속에는 교과서 전자책은 물론이고 값비싼 유기화합물 노트북이 들어 있었지만 유정운은 그걸 내버려 두고 교실을 나섰다. 만약 잃어버리면 다시 사면 된다는 과격한(?) 생각이었던 것이다.

저벅저벅—

일부러 본관의 중앙 계단을 통해서 아래층으로 가던 유정운은 중앙 엘리베이터가 4층에서 멈춰 서 있는 것을 보았다. 4층에는 식당과 교무실을 빼고는 전부 교실뿐이었기 때문에 트럭에서 가져온 짐들은 식당 아니면 교무실에다 옮겨질 듯이 보였다. 그렇지만 엘리베이터가 4층에서만 계속 머무르고 있는 것으로 봐선 4층 식당에다 짐을 옮길 것 같지는 않았다. 만약 식당에서 필요로 하는 물품을 가져왔을 경우라면 4층뿐만이 아니라 1층과 7층 식당에도 가져다 놔야 하기 때문이었다.

'교무실에서 뭘 쓰려고 그러나?'

유정운은 움직이지 않는 엘리베이터를 보면서 그렇게 생각했다. 하지만 그게 무엇일지는 전혀 짐작할 수도 없었다. 트럭 한 대도 아니고 두 대에다 싣고 올 정도로 많은 물품이 무엇인지 매우 궁금해졌다.

'뭐, 내가 그런 걸 꼭 알 필요도 없고.'

뭉게뭉게 피어 오르는 궁금증을 마음속 깊이 박아둔 채 유정운은 갈 길을 재촉했다. 유정운이 시간을 지체한 1분 사이에 채소은이 도착해 있을 리는 없지만 그래도 모르기 때문에 발길을 서두른 것이었다.

'트럭 아직 안 갔군.'

두 대의 트럭이 아직 중앙 현관에 주차되어 있는 것을 확인한 유정운은 바로 학교 정문으로 향했다. 4월이라고는 하지만 아침 공기는 비교적 쌀쌀한 편이라 옷을 얇게 입었을 경우에는 추울 정도였다. 그렇지만 교복을 빠짐없이 착용하고 있는 착한 학생 유정운은 추위를 느끼지 못하고 있었다.

'아직 안 왔네.'

학교로 향한다고 채소은에게서 전화 온 지가 1분 정도밖에 지나지 않았으니 당연한 것이었지만 유정운은 괜히 실망감을 느끼고 있었다. 아직 어둠이 가시지 않은 정문 앞에서 아무 짓도 안 하고 서 있자니 심심하기도 했지만 새벽 하늘에 이따금씩 박혀 있는 별들을 세어보며 무료한 시간을 보내었다.

부우웅—

그때 학교에 뭔가를 운반해 왔던 트럭 두 대가 나란히 학교 정문을 통해 밖으로 빠져나갔다. 유정운이 보기에는 그 트럭 두 대가 매우 수상쩍었지만 트럭이 시야에서 사라지는 것과 동시에 채소은의 걸어오는 모습이 보였기 때문에 머리 속에서 트럭에 대한 생각을 지워 버렸다.

"안녕하세요."

"뭐야, 기다리고 있었던 거야?"

유정운이 밖에 나와서 어슬렁거리고 있자 채소은이 놀란 표정을 지었다. 그래서 유정운은 말도 안 되는 변명을 해서 채소은에게 걱정을 안 시키려고 했다.

"교실에 있어봐야 할 일도 없어서요. 아침 공기도 마실 겸 좋잖아요."

"응."

유정운이 지금 헛소리를 하고 있다는 것을 알고 있는 채소은은 그저 동의만 했다. 유정운은 항상 노트북을 들고 다니니 심심하면 게임을 하든가 인터넷 항해를 하든가 인터넷 방송을 볼 수도 있었다. 그렇기 때문에 할 일이 없다는 유정운의 말을 사실로 믿을 리가 없는 것이다.

"봄인데 아침에는 역시 춥다. 그치?"

"예? 아, 예……."

추위를 느끼지 못하고 있던 유정운은 채소은이 추우냐고 물어보자 그냥 그렇다고 대답했다. 자신에게는 안 춥지만 다른 사람에게는 추운 날씨일지도 모르기 때문이었다.

"들어가자."

채소은은 그렇게 말하며 유정운의 팔에 자신의 팔을 걸었다. 추운 척하면서 자연스럽게 옆에 붙은 것이다. 아무튼 두 사람은 그렇게 찰싹 달라붙은 채로 본관을 향해 걸어갔다.

"……."

방금 전까지는 추위를 느끼지 못하고 있었던 유정운이었지만 옆에 채소은이 찰싹 달라붙자 괜히 혹독한 눈보라에서 벗어나 따뜻한 집으로 들어간 듯한 느낌을 받았다. 그래서인지 채소은과 대화를 하는 것보다는 그녀의 온기를 그냥 느끼고만 싶었다.

"따뜻하다……."

천천히 걸어가면서 채소은은 머리를 유정운의 어깨에 기대었다. 그렇지만 채소은의 키가 유정운보다 1cm가량 더 크기 때문에 그녀의 머리는 유정운의 어깨가 아닌 유정운의 볼에 기대는 꼴이 되었다. 웬만한 경우, 대부분의 학생들이 아침에 깨끗이 씻고 나오기 때문에 유정운은 채소은의 머리카락에서 풍겨 나오는 샴푸 냄새를 맡을 수 있었다. 그리고 뺨을 통해서도 그녀의 부드러운 머리카락의 감촉을 느낄 수도 있었다.

"……."

유정운은 가슴속 깊이 끓어오르려 하는 기운을 억누르기 위해 부단히 노력했다. 주위에는 아무도 없고 어둠이 아직 가시지 않은 새벽이라 마음만 먹으면 채소은에게 이상한 짓(?)을 할 수도 있었다. 꼭 이상한 짓이 아니더라도 적어도 채소은을 한번 강하게 끌어안고 싶다는 충동이 일었다. 특히 일요일에 같이 영화를 본 뒤에는 학교 끝나고 둘이서만 만나서 여기저기 돌아다니는 일이 많아졌기 때문에 그 정도의 행동은 해도 된다는 생각이 들고 있었다. 그렇지만 자신감이 없는 유정운은 그저 내면의 충동을 강하게 억누르고 있을 뿐이었다.

"저기, 정운아."

"예?"

그때 채소은이 유정운을 불러서 유정운은 고개를 돌려 채소은을 바라보았다. 그렇지만 그게 문제가 되었다. 채소은이 유정운에게 아주 가까이 붙어 있었던 데다가 유정운이 고개를 채소은 쪽으로 돌렸기 때문에 자연히 유정운과 채소은의 얼굴 사이의 거리는 매우 가까워져 버린 것이다.

"……!"

"……!"

서로의 숨결을 느낄 수 있는 거리에서 마주 보고 있는 두 사람은 이미 발걸음을 멈추고 있었다. 그저 서로의 얼굴을 빤히 쳐다본 채 그자리에서 미동도 하지 않았다. 그러나 그런 만큼 두 사람의 심장 박동 수는 급격히 올라가고 있었다.

두근두근—

심장 박동 수가 거세어질수록 두 사람의 얼굴은 점차 붉게 달아올랐다. 무슨 일이라도 터질 듯한 매우 위험한 분위기가 연출되었지만, 두 사람은 그것을 의식하지 못한 채 서로의 얼굴만을 쳐다보고 있을 뿐이었다.

휘이잉—

그때 그 분위기를 망쳐 놓으려는 듯이 한차례 거센 바람이 몰아쳤다. 바람 자체의 온도도 상당히 낮은 편이었지만 그보다는 바람의 위력을 무시할 수 없었기 때문에 유정운의 머리카락은 완전히 헝클어져서 거지 꼴이 되었다.

'말아먹을……!'

머리카락이 헝클어져서 앞도 제대로 보이지 않으니 유정운으로서는 분위기를 잡을래야 잡을 수가 없었다. 그저 고개를 돌리고 머리 다듬기를 해야 했다. 그것을 보고 채소은이 아직도 빨갛게 상기된 얼굴로 입을 열었다.

"머리에 무스 같은 거 바르는 게 싫어서 그냥 다니는 거야?"

"예……."

"그럼 머리 짧게 자르면 어때?"

"짧은 머리는 싫어요."

그런 대화를 나누는 동안 유정운과 채소은은 멈추었던 걸음을 계속 진행하였다. 그렇지만 여전히 채소은은 유정운의 바로 옆에 찰싹 붙어 있었다. 아까 같은 위험한 순간을 맞고서도 전혀 떨어질 생각을 하지 않았다. 그것은 뒤집어서 말하면 위험한 일을 당해도 상관없다는 뜻이었다.

"아, 3층이다."

에스컬레이터를 통해 위층으로 올라가던 채소은이 아쉽다는 듯이 입을 열었다. 채소은은 7층이 목적지이고 유정운은 3층이기 때문에 여기서 헤어져야 했던 것이다. 그래서 유정운은 먼저 말을 꺼냈다.

"그럼 가볼게요. 방과 후에 또 봐요."

그리고는 채소은에게서 떨어지고자 했다. 물론 속마음 같아서는 떨어지기 싫었지만 계속 그렇게 있다가는 다른 학생들의 눈에 띌 가능성이 있었다. 유정운의 입장에서는 다른 학생들의 눈에 띄어서 둘이 그렇고 그런 관계다라는 소문이 퍼져도 전혀 상관이 없었지만, 만약 채소은이 그런 소문을 듣고 나서 다시는 유정운과 가까이 지내려고 하지 않을 수도 있었기 때문에 그 점이 두려운 것이었다.

"오늘 마중 나와서 고마워."

쪽—

그런 말을 하면서 채소은은 유정운의 **뺨**에 가볍게 입술을 대었다. 그리고는 황급히 유정운에게서 떨어지며 작별 인사를 하였다.

"그럼 또 보자."

탁탁탁—

위로 올라가고 있는 에스컬레이터를 뛰어서 가다 보니 유정운의 시야에서 채소은의 모습은 순식간에 사라져 버렸다. 평소 같으면 그런 광경을 보고 '빛보다 느린 속도에서는 10㎞/s의 속도와 20㎞/s의 속도를 합하면 30㎞/s의 속도가 되지만, 빛의 속도에 근접한 속도끼리 합하면 그 합은 빛의 속도를 절대 넘지 않는다던데…' 라는 상대성 이론의 내용이 떠올랐을 테지만, 지금의 유정운은 그냥 멍한 표정으로 채소은이 사라진 곳을 쳐다볼 뿐이었다.

'이건… 나에게 행운이 다가오고 있다는 뜻인가?'

채소은의 온기가 남아 있는 **뺨**을 만지며 유정운은 그런 생각을 떠올렸다. 일상적으로 **뺨**에 키스를 하는 것으로 인사를 하는 서양 사람들과는 달리 동양 사람들은 그런 행위를 매우 의미심장한 것으로 생각하기 때문이었다. 만약 채소은이 외국에서 살다 왔다면 별로 기대감 같은 것은 갖지도 않을 테지만, 순수 한국인이기 때문에 기대감을 안 가질래야 안 가질 수 없는 것이다.

"하하하."

비록 작긴 하지만 유정운은 처음으로 소리 내어 웃었다. 그리고 그의 얼굴에는 전에 없이 아주 밝은 표정이 피어 올랐다. 행운이라는 것을 별로 경험하지 못한 유정운이었기 때문에 이런 행운들이 매우 크게 다가오는 것이었다.

웅성웅성—

아침 8시 30분. 등교 시각이 8시 40분까지이기 때문에 교실에는 아직 절반의 학생들만이 있었다. 오늘 지각할 사람들을 빼고는 대부분 지각 5분 전에 몰려오는 경향이 있어서 교실이 약간 썰렁해 보이는 것이다. 물론 유정운은 아침 7시부터 왔기 때문에 지각을 걱정할 이유가 없었다.

"……."

아직 집에서 퍼질러 자고 있는 이상규를 빼놓고 모든 멤버가 모인 유정운 일당들은 서동민을 교실 뒤로 불러내었다. 그 후에 박호준이 서동민에게 질문을 던졌다.

"어떻게 됐냐? 말했어?"

"어… 어제 말했어."

박호준이 한 질문의 뜻은 송도연에게 김연영과 잘되어 간다고 말했냐는 것이었다.

"뭐래냐?"

"뭐… 그냥 '그래요?' 라고 하던데……."

"그 말밖에 안 했어?"

"별로 말한 건 없고… 그냥 마지막으로 같이 데이트해 달라길래 그렇게 해주고 헤어졌는데……."

지금까지 송도연에게 사실을 얘기하지 않았던 서동민이 어제 비로소 그녀에게 말을 했는데 그때의 송도연의 얼굴이 떠올라서 서동민은 약간 어두운 얼굴을 했다. 마지막으로 데이트해 달라고 하던 송도연의 얼굴은 너무나 애처로워 보였기 때문이었다.

"뭐… 아무튼 그나마 얘기를 했으니까 다행이다. 계속 시간만 끌었으면 걔도 그렇고 너도 그렇고 연영이도 힘들어졌을 테니까."

박호준은 어두운 표정을 짓고 있는 서동민을 위로해 주었다. 아직 사랑을 하거나 실연을 당하거나 하는 등의 경험은 없었지만 TV나 다른 대중 매체를 통해서 연애에 대한 기본적인 생각은 있었기 때문에 위로 정도는 할 수 있었던 것이다.

《전교생에게 알립니다.》

그때 느닷없이 스피커에서 박상군 교장이라고 추정되는 목소리가 들려왔다.

《내일은 4층부터 9층까지 학교 공사가 있는 관계로 2, 3학년들은 집에서 쉬도록 하십시오. 단, 1학년들은 그대로 수업이 진행되니 2, 3학년들이 빠진다고 해서 등교를 하지 않는 불상사는 일어나지 않도록 담임 선생님께서 잘 지도해 주십시오. 다시 한 번 말씀드립니다. 내일은…….》

"와—!"

박상군 교장의 말이 끝나기도 전에 위층에서 떠들썩한 소리가 터져 나왔다. 말 그대로 내일 2, 3학년은 학교에 나오지 않아도 된다는 뜻이었기 때문에 2, 3학년들이 좋아서 외치는 소리가 그대로 유정운네 교실까지 들려온 것이었다. 반면 1학년들은 불만을 토로할 수밖에 없었다.

"뭐야! 왜 1학년만 수업을 들어?"

"4층에서 9층까지만 공사 하냐? 왜 1층에서 3층은 안 하는 거야?"

"진짜 싸가지없다!"

환호성이 터져 나오는 4층 이상과는 달리 3층 이하에서는 불만에 찬 목소리가 터져 나왔다. 본래 내일은 학교를 나와야 하는 날이기 때문에 사실 원래대로 수업을 듣게 되는 1학년들이 특별히 불만 같은 것은 없어야 정상이었다. 그렇지만 2, 3학년들은 학교를 나오지 않는다는 상황이 1학년들에게 상대적으로 소외감을 안겨다 주는 것이다.

'이런……!'

불만을 토로하는 다른 1학년 학생들과 마찬가지로 유정운도 불만 어린 표정을 지었다. 그렇지만 그가 불만을 품은 이유는 다른 학생들과는 달랐다. 1학년인 자신은 학교에 나와 공부를 하고 3학년인 채소은은 집에서 쉬게 되기 때문에 내일은 방과 후에 따로 약속을 하지 않으면 만날 기회가 없는 것이다. 그 점에서 유정운은 불만을 품고 있었다.

스륵—

그때 교실 앞문이 열리면서 담임인 전애리 선생이 교실 안으로 들어왔다. 그러자 학생들이 일제히 그녀에게 박상군 교장의 말의 진위 여부를 묻기 시작했다.

"선생님! 방금 전에 교장 선생님이 하신 말씀 진짜예요?"

"1학년들은 학교 나오고 2, 3학년들은 학교 안 나와요?"

"무슨 공사 한대요?"

학생들이 산발적으로 질문을 던졌기 때문에 전애리 선생은 일단 학생들을 조용히 시켰다. 그리고 나서 안경을 잠시 매만진 뒤에 차분한 어조로 입을 열었다.

"내일 학교 공사가 있는 건 사실이에요. 그리고 2, 3학년들은 쉬고 1학년들은 학교에 나와야 하는 것도 사실이구요."

"우~"

전애리 선생으로부터 사실을 확인하자 학생들은 야유를 퍼부었다. 그들의 야유는 전애리 선생에게 하는 것이 아니라 학교 측에다 퍼부어대는 것이었다.

"무슨 공사를 하는 건대요?"

항상 앞에 앉는 부반장 박호준이 전애리 선생에게 질문을 던졌다. 느닷없이 학교 공사를 하겠다는 학교 측을 이해할 수 없었기 때문이다. 그런데 전애리 선생도 박호준과 같은 표정을 지으며 대답을 했다.

"모르겠어요. 선생님들도 오늘 갑자기 교장 선생님으로부터 통보를 받은 거라… 1학년 선생님들이야 상관없지만 2, 3학년 담당 선생님들은 지금 많이 당황하고 있어요. 예정에도 없이 쉬게 생겼으니까요."

"그게 더 좋은 거 아니에요?"

"아니에요. 우선 수업 진도에 차질이 생기기도 하고…… 아무튼 너무 갑작스러운 결정이라서 좀 혼란스러운 상태예요. 학생들은 그냥 학교 안 나오면 되는 거지만 선생님들은 해야 할 일도 있는데 교장 선생님이 1학년 담당 선생님 빼고는 전부 나오지 말라고 하셔서……."

얘기를 하는 전애리 선생은 박상군 교장의 의도를 잘 모르겠다는 듯이 고개를 갸웃했다. 특히 내일 가르칠 수업이 없는 선생들은 학교에 나오지 말라는 박상군 교장의 엄포가 있어서 더 더욱 의아하게 여길 수밖에 없었다. 학생들이 안 나오는 것은 좋지만 선생들까지 강제로 나오지 못하게 하는 것을 이해할 수가 없었던 것이다.

"아무튼 그렇게 결정됐으니까 부당하다는 생각은 하지 말고 그냥 평상시처럼 내일 학교에 나오길 바래요. 그럼 아침 조회는 이 정도로 하고 수업 준비 하세요."

말을 마친 전애리 선생은 교실을 나섰다. 그렇지만 그녀의 표정이 밝지 않다라는 것은 박호준과 유정운의 눈에 확 띄었다. 1학년 담당이라서 자신도 학교에 나와야 한다는 사실에 그녀가 불만을 품은 것이라기보다는, 갑작스런 학교 측의 결정에 불만을 품은 얼굴이었다.

"전애리 선생님은 너무 열심이시라니까."

박호준은 그렇게 말을 했지만 그의 표정은 그렇기 때문에 더욱 전애리 선생을 좋아한다라는 티를 내고 있었다. 유정운도 전애리 선생을 좋아하기는 하지만 박호준처럼 흑심을 품은 것은 아니었기 때문에 전애리 선생의 행동에는 별로 신경 쓰고 있지 않았다. 대신 전애리 선생이 불만을 품을 정도로 일방적인 학교 행정 조치를 취하고 있는 박상군 교장이 이상하다고 여겨질 뿐이었다.

'도대체 무슨 공사를 하길래 2, 3학년들은 학교를 쉬는 거지? 교실을 왕창 뜯어고칠 생각인가? 그럼 조만간 1학년 교실도 왕창 뜯어고친다는 뜻?'

유정운이 이런저런 생각을 하는 동안 어느새 1교시 수업 시간이 되었고, 유정운은 더 이상 자신의 생각을 연결시키지 못한 채 수업을 들어야 했다.

……

방과 후, 유정운은 언제나처럼 8층 물리실A로 향했다. 중앙 계단을 통해 올라갔기 때문에 마찬가지로 중앙 계단으로 올라가던 채소은을 우연히 보게 되었다. 채소은이 앞에 있고 유정운이 뒤쪽에 약간 떨어져 있었기 때문에 굳이 인사하기 위해 그녀를 부를 필요는 없었지만, 유정운은 주저없이 채소은을 불렀다.

"소은 선배!"

"응? 아, 정운아."

유정운이 부르자마자 마침 보고 싶었다는 얼굴로 표정이 바뀐 채소은은 올라가던 계단을 도로 내려왔다. 그리고는 유정운에게 먼저 말을 건넸다.

"1학년은 내일 안 쉬지?"

"예."

"교실은 멀쩡한데 왜 공사를 하는 건지……."

채소은은 학교 공사에 대해 별로 좋은 감정을 가지고 있지 않았다. 아무리 그녀가 모범생이라고 하더라도 공부하는 걸 좋아할 리는 없었다. 그런데도 쉬는 것을 별로 내켜하지 않는다는 것은 그녀도 유정운과 같은 생각을 한다는 것을 반증하는 것이었다.

"아무튼 나, 내일 학교 나올 거야."

"……?!"

채소은의 선언에 유정운은 크게 놀랐다. 모처럼 쉴 수 있는 날에 학교를 나온다니 놀라울 수밖에 없었다. 그런 유정운의 마음을 읽었는지 채소은은 차분한 어조로 부연 설명을 했다.

"내일은 동생도 학교 가고 부모님도 일 때문에 집에 안 계시니까 그냥 학교에 있는 게 편해. 마법 연구부실에서 혼자 마법 연습 할 수도 있고."

"하지만……."

"괜찮다니까. 그러니까 정운이 너도 심심하면 마법 연구부실로 놀러 와."

채소은은 아무렇지도 않다는 표정이었지만 유정운은 그렇게 생각하지 않았다. 아무도 없는 마법 연구부실에서 혼자서 시간을 보내는 것은 정말 고역이기 때문이었다. 그래서 유정운은 채소은에게 이렇게 말해 주었다.

"쉬는 시간마다 놀러 갈게요."

"응."

유정운의 말이 기쁜지 채소은은 활짝 웃었다. 그때 뒤에서 누군가 두 사람의 어깨를 기습적으로 살짝 쳤다. 놀란 두 사람이 쳐다보자 그 누군가는 의심스럽다는 눈초리를 하면서 입을 열었다.

"둘이 여기서 뭐 해?"

"아, 그냥……."

"안녕하세요."

누군가의 질문에 먼저 입을 연 사람은 채소은이었고 그 다음으로 입을 연 유정운은 그 누군가에게 인사를 했다. 그 누군가가 임배희였 기 때문에 채소은으로서는 굳이 인사할 필요가 없었고 유정운은 반드 시 인사를 해야 했던 것이다.

"배희 선배는 내일 쉴 거죠?"

일단 인사를 한 뒤 유정운은 임배희에게 질문을 던졌다. 가능하면 임배희가 내일 학교에 와서 채소은과 같이 마법 연구부실에서 시간을 때우도록 유도하려는 것이었다. 하지만 유정운이 무엇 때문에 그런 질문을 하는 것인지 알지 못하는 임배희로서는 약간 어리둥절한 표정 으로 대답을 했다.

"내일 2, 3학년은 쉬잖아?"

"그렇긴 한데 소은 선배는 내일 학교에 나온다고 해서요."

"뭐?"

그 말에 임배희는 채소은을 쳐다보았다. 그래서 채소은은 사실이라는 뜻으로 고개를 끄덕여 보였다. 누구라도 그렇겠지만 임배희로서는 뜻밖의 상황에 상당히 놀랄 수밖에 없었다.

"정말 학교 나올 거야?"

"응."

재차 이어진 질문에 채소은은 여전히 같은 대답을 했다. 그때 잠시 채소은과 임배희의 대화를 지켜보던 유정운이 끼어들기를 시도했다.

"배희 선배도 내일 특별한 예정 없으면 소은 선배하고 같이 마법 연구부실에서 마법 연구 하세요."

"……?"

유정운의 제안이 상당히 엉뚱했기 때문에 임배희는 잠시 멍한 표정을 지었다. 그렇지만 그가 어떤 의도로 그런 제안을 하고 있는 것인가 대강 눈치 챘기 때문에 잠깐 생각에 잠겼다.

'내일 공사 때문에 학교 안 간다고 할머니에게 말하면… 할머니가 믿어주실까 모르겠네? 음…….'

물론 잘 설명하면 임배희의 할머니가 충분히 믿어주겠지만, 유정운의 제안을 듣고 나자 임배희는 괜히 그런 생각을 하고 있었다. 게다가 친구인 채소은이 내일 남겠다고 하자 자신도 같이 남아야 한다는 의무감도 들었다. 물론 자신이 함께 있으면 유정운과 채소은의 오붓한 시간을 빼앗을 가능성이 있지만, 내일 하루 동안은 유정운과 채소은이 같이 있을 시간이 그렇게 많지 않을 것이기 때문에 채소은과 같이 마법 연구부실에서 마법 연구를 하면서 잡담을 나누는 것도 나쁘지는 않겠다는 생각이 들고 있었던 것이다.

"그럼 나도 나올게. 내일 특별히 할 일도 없으니까."

"정말?"

임배희의 말에 채소은은 기쁜 표정을 지었다. 혼자서 마법 연구 하는 것보다는 친구와 같이 하는 편이 훨씬 낫기 때문이었다. 아무튼 그렇게 채소은과 임배희가 같이 학교에서 빈둥빈둥 놀 상황을 만들어놓은 유정운은 약간 쑥스러운 마음도 들었다. 자신 때문에 채소은이 학교에 남고, 또 자신이 한 제안 때문에 임배희까지 학교에 남아 시간을 보내야 하기 때문이었다. 그렇지만 그런 생각을 하면서도 유정운은 자신을 위해 학교에 남으려는 채소은에게 고마움의 감정을 느꼈다. 나중에 학교 끝날 때쯤에 약속 정해서 만나는 것보다는, 학교에서부터 같이 만나서 놀러 나가는 쪽이 훨씬 좋은 것이다.

2074년 4월 14일 토요일 아침 6시.

유정운은 일어나자마자 학교 갈 준비를 했다. 아침 식사는 그저 간단하게 빵으로 때웠다. 오늘 임배희와 채소은이 아침 8시에 학교에 오기로 했는데, 유정운은 그 두 사람보다 일찍 학교에 갈 생각이었다. 먼저 마법 연구부실로 가서 두 사람을 기다리기로 한 것이다.

"뭐야, 벌써 나가냐?"

아직 잠이 덜 깬 유명운이 하품을 하며 유정운에게 물었다. 하지만 유정운은 그저 간단한 대답만 했다.

"갈게."

"그래라…… 아흠."

입학식이나 방학식 등의 특별한 날이 아닌 경우에는 악운의 징크스가 그다지 강하지 않아서 평일에는 유정운이 비교적 학교에 늦게 가는 편이었다. 그런데 요즘은 학교 가는 시간이 전체적으로 앞당겨졌기 때문에 유명운으로서는 유정운을 학교로 끌어들이고 있는 것이 무엇인지 매우 궁금해질 수밖에 없었다.

'여자 친구라도 생겼나?'

유명운의 머리 속에는 그것이 제일 먼저 떠올랐다. 그런데 그런 생각을 한 그 순간, 갑자기 집 안의 전기가 모두 나가 버렸다. 그래서 잠시 동안 유명운은 어둠 속에서 가만히 서 있어야만 했으나 집 안에 보조 동력기가 돌아가기 시작하자 다시 전기가 공급되어 집 안은 곧 환해졌다. 돈 많은 유명운이 정전을 대비하여 집 안에 보조 동력기까지 설치했던 것이다.

"왠지 불길한데……."

느닷없는 정전 사태에 유명운은 알 수 없는 불길함을 느꼈다. 평상시 같으면 그렇겠거니 하고 아무렇지도 않게 생각했을 테지만 유정운에게 여자 친구가 있을지도 모르겠다라는 생각을 하자마자 정전이 되었다는 것이 불길하기 그지없었다.

"설마 그 여자 친구한테 채여서 실연당하는 건 아니겠지?"

유명운은 그런 걱정을 했다. 아직 실연의 아픔을 당한 적이 없는 유명운이라서 실연당하면 어떤 고통이 찾아올지는 모르고 있었지만 남궁소진과 헤어져야 한다면 차라리 죽어버리겠다라는 생각을 하고 있었기 때문에 자신의 동생이 실연의 아픔 따위는 당하지 않기를 바라고 있는 것이었다.

"채일 거면 차라리 차야지. 아~흠."

잠시 헛소리를 한 유명운은 또다시 길게 하품을 한 뒤에 보조 동력기를 정지시켰다. 유정운이 일찍 일어나는 바람에 못 잔 잠을 마저 자려는 것이었다. 보조 동력기를 정지시켜서 집 안을 어둠에 뒤덮이게 만든 유명운은 곧장 자신의 방 안으로 들어가 잠을 청했다.

……．

저벅저벅—

학교에 도착한 유정운은 곧장 본관 쪽으로 걸어갔다. 우선 교실에 들러 가방을 놔둔 후에 바로 마법 연구부실로 갈 생각이었다. 그런데 그때 유정운의 눈에 한 무리의 사람들이 본관의 중앙 현관 앞에 몰려 있는 광경이 들어왔다.

'저 사람들은 그때 그 인간들 아닌가?

유정운이 생각하는 '인간들' 이란 어제 아침에 두 대의 트럭에서 많은 양의 짐을 운반했던 건장한 남자들이었다. 아무튼 그런 생각이 들자 유정운은 그들의 눈에 최대한 띄지 않게 보도블록 옆에 있는 농구장을 경유해서 약간 돌아갔다. 교복 자체가 검정색이기 때문에 상대적으로 하얗게 보이는 얼굴과 손을 잘만 가리면 눈에 잘 띄지 않았다. 그런데 유정운 같은 경우에는 앞머리가 얼굴의 절반 이상을 가려주고 있는 데다 손은 항상 바지 주머니 속에 쑤셔 넣고 있기 때문에 검정색 일색인 유정운이 남의 눈에 띤다는 것은 거의 불가능한 일이었다.

"우리는 지금까지 이 날만을 위해 5년 이상을 참아왔다."

유정운이 동쪽 현관을 통해 몰래 중앙 현관 가까이 다가갔을 때 박상군 교장의 비장에 찬 목소리가 들려왔다.

"모든 준비는 완벽하다. 실행 시간은 오전 10시다. 시간이 되면 각자 위치에서 맡은 바 임무를 충실히 이행해라. 실수는 절대 용납 못한다. 알았나?!"

"옛!!"

마치 교관이 훈련병들을 지도하는 것처럼 박상군 교장은 중앙 현관에 모인 건장한 남자들에게 명령조의 말을 했고 남자들은 박상군 교장의 말에 절대 복종하는 듯한 모습을 보였다.

'어? 저 사람은……?'

박상군 교장 앞에 모여 있는 남자들을 조심조심 훑어보던 유정운은 그들 중에 아는 얼굴이 있자 매우 크게 놀랐다. 가장 먼저 눈에 띈 사람이 마법실기 수업을 담당하고 있는 임사환 선생이기 때문이었다. 항상 학생들을 병사 다루듯이 다루었던 임사환 선생이 박상군 교장에게 교육을 받는 듯한 모습을 보이고 있자 유정운은 매우 이상한 느낌을 받았다.

"해산!"

박상군 교장의 마지막 말이 떨어지자 남자들은 신속하게 본관 안쪽으로 들어갔다. 그래서 중앙 현관 쪽에 몰래 숨어 있던 유정운은 그들에게 들킬 뻔했으나 재빨리 바로 옆에 있는 체육실 안으로 들어간 탓에 들키지는 않았다.

'역시 수상해.'

교무실과 방송부실, 학생부실, 그리고 매점과 식당을 제외한 다른 곳은 전부 자물쇠나 카드식 잠금 장치가 없어서 무사히 체육실 안으로 무단 침입할 수 있었던 유정운은 멀어져 가는 건장한 남자들의 발자국 소리를 들으며 심상치 않은 기운을 느꼈다. 박상군 교장을 비롯한 그 남자들이 뭔가 일을 저지를 것 같은 느낌이 들었던 것이다.

스륵—

그때 갑자기 유정운이 숨어 있던 체육실의 미닫이 문이 옆으로 활짝 열렸다. 따라서 문 바로 앞에 있었던 유정운은 시야를 가리고 있던

문이 활짝 열리자 기절할 정도로 놀랐다. 특히 문을 연 사람이 박상군 교장에게 뭔가 교육을 받고 있었던 임사환 선생이었기 때문에 유정운으로서는 더 더욱 놀랄 수밖에 없었다.

"여기서 뭐 하고 있나?"

임사환 선생은 아주 날카로운 눈초리를 하며 유정운에게 질문을 던졌다. 뭔가 대답을 잘못하기라도 했다가는 살해될 것만 같은 분위기였다. 그래서 유정운은 자기도 모르게 침을 꿀걱하고 삼키고는 약간 떨리는 목소리로 대답했다.

"아, 아침에 사, 사람들이 몰려 있길래 궁금해서……."

"그런데 왜 숨었지?"

"그, 그냥……."

이어진 임사환 선생의 질문에 유정운은 진땀을 뺐다. 유정운이 그들을 엿보다가 체육실로 숨었다는 것을 임사환 선생이 눈치 채고 있었기 때문에 대답하기가 매우 까다로웠던 것이다. 그런데 유정운의 어설픈 대답을 들은 임사환 선생이 전혀 예상 못한 말을 내뱉었다.

"엎드려뻗쳐."

"……?"

"내 말 안 들리나? 엎드려뻗쳐!"

"……!"

갑작스런 임사환 선생의 명령에 유정운은 황급히 엎드려뻗쳐를 했다. 체육실 바닥에 손을 대고 엎드려뻗쳐 자세를 취한 유정운을 보며 임사환 선생이 매우 강압적인 어조로 질문을 던져 왔다.

"훔쳐보는 것은 올바른 짓인가?"

"아니요……."

"대답이 작다."

"아니요!"

"훔쳐보다 숨는 것도 올바른 짓인가?"

"아니요!"

"네가 잘못했다는 걸 인정하나?"

"예!"

"그럼 팔굽혀펴기 10회 실시한다. 실시."

"실시!"

유정운은 일일이 큰 소리로 대답하면서 즉각 팔굽혀펴기를 시작했다. 그러나 운동을 잘 못하는 유정운으로서는 팔굽혀펴기 10회도 매우 힘든 일이었다. 그래서 10회를 모두 채우고 나서는 팔이 후들후들 떨리고 얼굴이 뻘겋게 달아오르게 되었다.

"기상."

"기상!"

일어나라는 임사환 선생의 명령에 유정운은 큰 소리로 외치며 몸을 일으켰다. 팔굽혀펴기 10회라는 벌을 받아서 유정운의 얼굴은 정말 새빨개져 있었다. 아직은 쌀쌀한 날씨라서 그렇지 만약 5월이나 6월 달이었다면 유정 운의 이마에 땀방울이 송골송골 맺혔을 것이다.

"다음부터는 엿보는 행위는 하지 마라. 알겠나?"

"예!"

"좋아, 교실로 돌아가."

"예!"

석방의 명령이 떨어지자 유정운은 즉각 임사환 선생에게 인사를 하고는 급히 중앙 계단을 통해 위층으로 올라갔다. 천천히 가다가는 임사환 선생이 마음을 바꿀 가능성도 있었기 때문이다.

저벅저벅—

유정운이 위층으로 사라진 뒤 곧바로 임사환 선생의 뒤에서 박상군 교장이 모습을 드러내었다. 그러자 임사환 선생은 걱정된다는 어투로 박상군 교장에게 말했다.

"정말 저 녀석을 그냥 둬도 되겠습니까?"

"허허, 상관없네. 어차피 저 아인 우리가 뭘 하려는지 모르고 있어. 눈치가 있다면야 우리가 뭔가 일을 낼 거라는 것을 직감하고 있겠지만, 그렇다고 직감만을 가지고는 다른 사람들에게 얘기를 할 수는 없지. 그러니까 꼭 저 아일 처리하지 않아도 우리의 계획에는 아무런 차질이 없다는 거네."

"그렇지만… 만에 하나라도……."

"우리가 언제 그런 작은 확률을 걱정했나? 우리 나라 속담에도 '구더기 무서워 장 못 담근다' 라는 말이 있지 않은가? 작은 일을 걱정하다가는 큰일을 그르치게 되는 법! 작은 확률이 두려워서 저 아일 제거했다가 오히려 더 큰 화를 부를 수도 있는 걸세."

"…알겠습니다, 장군."

박상군 교장의 말에 임사환 선생은 절대 복종의 의사를 밝혔다. 그렇지만 박상군 교장이 입에 담은 '저 아일 제거했다가' 라는 말 자체는 매우 무시무시한 것이었다. 교장의 자리에 있는 사람이 그런 말을 쉽게 한다는 것은 결코 가볍게 볼 문제가 아니었다.

"헉헉……."

한편 임사환 선생에게 벌을 받았던 유정운은 숨을 헐떡이며 3층에 있는 자신의 교실로 들어갔다. 아침 7시라는 이른 시각이라서 교실에는 아무도 없었다. 그래서 유정운은 책상으로 쓰이고 있는 긴 테이블에 벌러덩 드러누우며 거칠어진 호흡을 가다듬었다.

"후우… 후우……."

약간의 시간이 흐르고 호흡이 안정을 되찾자 유정운은 마음의 여유를 가지게 되었다. 그 마음의 여유는 유정운에게 머리를 굴리고 생각을 할 힘을 주었다.

'도대체 그 인간들은 뭐지? 뭔가 꾸미고 있던 것 같았는데… 날 그냥 보낸 걸로 봐서는 별로 대단한 일이 아닐지도 모르지. 그나저나 그 임사환 선생, 내가 체육실로 숨었다는 걸 눈치 챘었나? 하여간 눈치 한번 더럽게 빠르다니까. 역시 마음에 안 들어.'

유정운이 한 생각이라고는 그런 것뿐이었다. 임사환 선생에게 엎드려뻗쳐에 팔굽혀펴기를 당해서 다른 것을 생각하지 못하는 것이다. 유정운의 머리 속에는 오직 자신에게 벌을 내린 임사환 선생에 대한 욕으로 가득 차고 있었다.

"……!"

그때 유정운의 핸드폰이 진동을 시작했다. 그래서 유정운은 급히 핸드폰을 받았다.

"여보세요?"

《나야, 소은이.》

핸드폰의 수화기를 통해 들려온 목소리는 유정운의 귀에 익은 채소은이었다.

《지금 학교에 있어?》

"예."

《나도 금방 학교에 도착하거든? 어제처럼 학교 정문에서 기다려 줄래?》

"예, 그럴게요."

《그럼 이따 보자.》

"예."

짤막한 전화 통화가 끝나고 유정운은 약간의 기지개를 켠 후에 교실을 나섰다. 채소은과의 전화 통화로 방금 전까지 머리 속을 가득 메웠던 임사환 선생에 대한 생각들이 깨끗하게 지워지며 채소은의 영상만이 유정운의 머리 속을 가득 메워갔다. 특히 오늘은 학교에 나오지 않아도 되는 채소은이 자신 때문에 학교에 나오기로 결정했다는 사실은 유정운에게 더 더욱 큰 기쁨을 주고 있었다.

"정운아!"

유정운이 막 학교 정문에 도착했을 때 그곳에 서 있던 채소은이 그를 불렀다. 상황을 보면 유정운이 학교 정문으로 나오는 사이에 채소은이 도착한 듯했다. 따라서 채소은을 기다리게 해버린 유정운은 그녀에게 약간 미안한 마음이 들게 되었다.

"많이 기다렸어요?"

"기다리긴. 내가 불러낸 거잖아."

채소은은 유정운을 보자 얼굴 가득 미소를 떠올리며 말했다. 그러다가 유정운에게 뭔가 할 말이 있는지 약간 머뭇머뭇하는 기색을 보였다. 그러던 와중 유정운은 손을 등 뒤로 돌린 채소은이 뭔가를 숨기고 있는 듯한 느낌이 들어서 그녀에게 물어보았다.

"손에 든 거 뭐예요?"

"응? 아, 이거…….."

말할까 말까 갈등하던 채소은은 유정운이 손에 든 물건을 지적하자 차라리 잘됐다는 표정을 지으며 그 물건을 유정운에게 건네주었다. 손 안에 쏙 들어오는 크기에 잘 포장된 선물 상자였는데 그 물건을 받은 유정운으로서는 당연한 질문을 할 수밖에 없었다.

　　"이거 뭐예요?"

　　"선물."

　　"선물이요? 무슨 선물인데요?"

　　"정운이가 마마에 들어온 지 40일이 지났고, 어제 아침에 마중 나와준 것도 고맙고… 아무튼 여러 가지로 선물 하나 해주고 싶어서."

　　그 말을 하면서 채소은의 표정은 약간 발그스름해졌다. 그렇지만 어둠이 깔린 아침이라서 유정운은 그런 채소은의 얼굴 변화를 알 수는 없었다. 단지 채소은이 약간 부끄러워한다는 기색만을 느꼈을 뿐이었다.

　　"고마워요. 이거 열어봐도 돼요?"

　　"응, 열어봐. 아, 그리고 대단한 건 아니니까 너무 기대하지 마."

　　스슥―

　　유정운이 선물 포장을 벗기는 동안 채소은은 긴장된 표정으로 유정운의 표정을 주시했다. 그것을 모르는 유정운은 선물 상자 속에 들어있던 물건을 손으로 잡았다. 그것은 채소은의 모습을 한 인형이 매달린 핸드폰 장식 고리였다. 인형 전문점 같은 곳에서 사람을 모델로 한 인형 제작을 하고 있는데, 실제 사람처럼 비슷하게 인형을 만들거나 만화처럼 귀엽게 만들어 여러 가지 액세서리 형태로 제작하고 있었다. 채소은이 선물한 핸드폰 장식 고리 인형은 만화에서 흔히 볼 수 있는 어린애처럼 만들어서 귀엽게 생긴 모습이었다.

"와~ 귀엽네요."

유정운은 채소은의 모습을 한 인형을 보고 감탄을 터뜨렸다. 실제로 인형이 귀여웠던 데다가 채소은이 자신에게 이런 선물을 줄 것이라고는 생각하지도 못했기 때문에 그 기쁨이 배가 되었던 것이다. 특히 핸드폰에 아무런 장식도 하지 않고 그냥 맨 처음에 출하된 그 상태로 쓰고 있는 유정운으로서는 좋은 선물이라고도 할 수 있었다.

"선물 고마워요."

핸드폰에 인형 고리를 매단 유정운은 그것을 채소은에게 보여주며 빙긋 웃었다. 마음속으로는 너무나 기뻤지만 표현력이 부족한 유정운으로서는 그저 그렇게 하는 게 다였다. 그렇지만 채소은은 유정운의 기뻐하는 모습만으로도 충분했다.

"마음에 들어서 다행이야."

그렇게 말하며 채소은은 환한 웃음을 지었다. 자신이 준 선물이 유정운의 마음에 들지 않으면 어쩌나 걱정했었기 때문에 마음이 탁 놓인 것이었다.

"이제 들어가자."

채소은은 선물 받고 기뻐하는 유정운의 팔에 팔짱을 끼고 둘이서 같이 학교 본관 쪽으로 걸어갔다. 자신의 모습을 한 인형 고리를 선물로 준 채소은. 그리고 그 인형 고리를 기쁜 마음으로 받은 유정운. 두 사람은 이제 더 이상 학교 선후배 사이라고 볼 수 없었다. 서로에 대해 뜨거운 감정을 가지게 된 연인 사이인 것이다.

학교 테러 **17** 장

XVII 학교 테러

'끄응······.'

1교시 수업인 마법이론 시간 내내 유정운은 고개를 팍 숙이고 전애리 선생 몰래 인상을 팍팍 쓰고 있었다. 원래 유정운은 마법에 관심이 많아서 마법이론 시간만큼은 열심히 수업을 듣는 편이었지만, 오늘은 그럴 사정이 못되었다.

'소은 선배한테 무슨 선물을 주지?'

유정운은 1시간 내내 그 생각만 하고 앉아 있었다. 선물을 받았으니 선물을 주는 게 당연한 것이라 어떤 선물을 채소은에게 줄 것인가에 대해서 열심히 머리를 굴리고 있었던 것이다.

'하하.'

전애리 선생의 눈에 띄지 않게 핸드폰을 손으로 감싸 들고 유정운은 소리없이 웃었다. 특히 핸드폰에 매단 채소은 모습의 인형 고리에 시선이 닿을 때마다 유정운의 입가에는 미소가 피어 올랐다. 교단에 서서 열심히 수업을 진행하고 있는 전애리 선생은 그런 유정운의 딴 짓을 알아채지 못하고 있었지만 바로 옆에 앉은 박호준은 충분히 알아채고도 남았다.

『왜 계속 실실 웃고 있지? 무슨 일 있었냐?』

제일 앞에 앉았기 때문에 말을 하면 전애리 선생이 알아차리므로 박호준은 전자책에 글을 쓴 뒤 유정운에게 보여주었다. 박호준의 질문을 받았으니 유정운도 전자책에 글을 써서 대답을 해야겠지만 유정운은 단지 채소은 모습의 인형 고리를 매단 핸드폰을 박호준에게 보여주는 것으로 대답을 대신했다. 유정운의 행동이 무엇을 뜻하는지 눈치 빠른 박호준이 알지 못할 리가 없었다.

『채소은 선배한테서 받은 거야?』

끄덕—

또다시 글을 써서 물어오는 박호준에게 유정운은 이번에도 행동으로 대답을 했다. 그래서 박호준은 놀랍다는 표정을 지었고 유정운은 자랑이라도 하는 듯이 웃어 보였다. 그때 전애리 선생이 마치 둘에게 경고를 주려는 듯이 앞을 지나갔기 때문에 유정운과 박호준은 급히 눈을 전자책 쪽으로 돌려야 했다.

'그러고 보니 정운이 녀석이 웃는 건 처음 보는 것 같은데?'

전자책을 쳐다보던 박호준은 문득 그런 생각을 떠올렸다. 나름대로 유정운의 가장 친한 친구라고 자부하고 있었지만 그동안 유정운이 웃는 모습을 본 적은 없었기 때문에 박호준으로서는 유정운의 새로운 모습을 본 듯한 기분이 들었다. 항상 무표정한 얼굴이었던 유정운이 미소를 짓자 풍기는 분위기가 무척 달라졌던 것이다.

땡— 땡— 땡—

그러는 와중에 1교시가 끝났음을 알리는 종소리가 암울하게 들려왔다. 그리고 전애리 선생이 교실을 나선 직후를 기다렸다는 듯이 유정운은 자리에서 일어났다. 그것을 보고 박호준이 질문을 던졌다.

"화장실 가려고?"

"아니, 써클부실로 가려고."

"왜?"

"선배들이 기다리거든."

"뭐?"

선배들이 기다린다는 말에 박호준은 매우 놀란 표정을 지었다. 그래서인지 다시 질문을 던지는 박호준의 어조는 믿을 수 없다는 투였다.

"2학년하고 3학년은 오늘 쉬는 거잖아?"

"그건 그런데, 그냥 나온 거야."

"그래?"

유정운이 제대로 된 답변을 하지 않고 있어서 박호준으로서는 자세한 사정을 알 수가 없었다. 하지만 그 말을 하면서 좋아하고 있는 유정운의 표정과 아까 유정운이 보여주었던 핸드폰의 인형 고리를 통해서 박호준은 채소은과 유정운이 어느 정도 진전이 있었음을 알게 되었다.

"나 간다."

"어, 그래."

유정운은 친한 친구인 박호준을 남겨두고 재빨리 교실을 빠져나갔다. 1초라도 빨리 채소은을 보고 싶었기 때문이다. 그래서 박호준은 약간 서러운 마음이 들었다.

"동민이도 정운이도 이제 여자 친구 생겼는데 난 뭐냐……."

박호준이 그렇게 자신의 신세 한탄을 하고 있자 이상규가 기다렸다는 듯이 입을 열었다.

"나도 여자 친구 없어."

"……."

이상규의 말에 박호준은 그를 한번 쳐다보았다. 그리고는 길게 한숨을 내쉬고 이상규에게 이렇게 말해 주었다.

"너한테 여자 친구가 생긴다면 지구가 멸망할 거다."

"뜨아! 그렇게 심한 말을!"

박호준의 말을 듣고 충격을 받았는지 이상규는 삐친 표정을 지었다. 그러나 박호준은 엄연한 사실을 말했기 때문에 양심의 가책을 벼룩의 눈곱만큼도 받지 않았다. 그저 전애리 선생과 아무런 진전이 없는 자신의 신세를 혼자서 한탄할 뿐이었다.

탁탁탁—

교실을 나선 유정운은 중앙 계단을 통해 8층까지 열심히 뛰어서 올라갔다. 보통 때라면 위층에서 내려오는 사람들이 있어서 무작정 뛰어 올라가다가는 사람과 맞부딪칠 가능성이 있었지만 오늘은 2, 3학년들이 집이나 유흥업소 등에서 놀고 있기 때문에 무작정 뛰어 올라가도 아무런 문제가 없었다.

"헉헉—"

매우 빠른 속도로 8층까지 도달한 유정운은 거친 숨을 내쉬며 호흡을 가다듬었다. 그렇지만 8층 물리실A 앞에 채소은이 서 있었기 때문에 호흡을 가다듬을 이유가 없어졌다.

"정운아! 아, 뛰어온 거야?"

숨을 헐떡이고 있는 유정운을 보며 채소은이 곁으로 다가와 걱정스런 얼굴을 해 보였다. 굳이 서두르지 않아도 되는 유정운이 왜 뛰어온 것인지 알고 있었기 때문에 채소은은 미안한 마음과 함께 기쁜 마음도 들었다.

"왜 힘들게 뛰어와? 시간 많은데."

말은 그렇게 하고 있는 채소은이었지만 만약 유정운이 시간이 흐르든 말든 어기적어기적 걸어왔었다면 다른 상황을 연출하고 있을지도 몰랐다. 아무튼 열심히 뛰어옴으로써 좋은 상황을 만든 유정운은 어떤 얘기를 할까 망설이다가 그냥 무난한 말을 했다.

"쉬는 시간은 10분밖에 없으니까 뛰어왔어요. 그런데 배희 선배도 왔어요?"

"응, 왔어. 들어가자."

채소은은 유정운의 질문에 고개를 끄덕이며 그를 데리고 물리실A 안으로 들어갔다. 물리실 안에는 채소은의 말대로 임배희가 앉아 있었다. 임배희는 실험 테이블에 앉아 마법책을 읽는 중이었다.

"안녕."

"안녕하세요."

임배희와 가볍게 인사를 나눈 유정운은 채소은과 함께 테이블에 앉았다. 둘이 나란히 앉는 모습을 보고 임배희는 미미하게 고개를 끄덕였다. 유정운과 채소은이 어느 정도 진전이 있었음을 알아차렸기 때문이다.

'왠지 나 혼자 소외받은 느낌…….'

그런 생각을 떠올리며 임배희는 읽고 있던 책을 계속 읽어 나갔다.

그래서인지 유정운과 채소은은 임배희가 있어도 자기들끼리 대화를 주고받느라 바빴다. 임배희 입장에서는 끼어들기를 시도한다면 두 사람의 대화 분위기에 침입할 수도 있었지만 그렇게 하기가 싫어서 그냥 책만 읽었다. 그러나 자꾸 유정운과 채소은의 대화에 신경 쓰다 보니 책을 제대로 읽을 수가 없었다.

"벌써 10시 되려고 해."

계속 책 읽는 시늉을 하던 임배희가 마침내 입을 열었다. 유정운과 채소은은 서로 대화 나누느라 바빠서 시간이 어떻게 흘러가고 있는지를 모르고 있었기 때문에 그냥 내버려 두면 수업종 칠 때까지 이야기할 것은 뻔했다. 그래서 임배희는 둘의 대화를 그쯤에서 중단시킨 것이다.

"아, 벌써……!"

물리실 벽에 걸려 있는 디지털 시계를 쳐다본 채소은이 아쉬운 표정을 지었다. 유정운 역시 채소은과 마찬가지로 쉬는 시간이 10분밖에 안 된다는 사실이 매우 아쉬웠지만 2교시 수업이 수학이라서 늦게 들어갔다가는 어떤 불상사를 겪을지 알 수가 없었기 때문에 채소은과 임배희에게 작별 인사를 건넸다.

"그럼 전 가볼게요."

"그래."

"쉬는 시간에 또 와."

쉬는 시간에 또 오라고 말하는 채소은의 표정에는 '안 오면 가만 안 놔둔다' 라는 빛이 떠올라 있었다. 그래서 3교시가 체육 시간인 유정운으로서는 약간 곤란해졌다. 교실에서 체육복으로 갈아입은 후에 올 것인가, 아니면 아예 체육복을 들고 와서 물리실A 안쪽에 있는 물리 준비실에서 옷을 갈아입을 것인가 망설여졌던 것이다.

'늦게 오면 소은 선배가 화낼 텐데…… 아무튼 여기서 갈아입는 것도 그러니까 말해 두자.'

그렇게 결정한 유정운은 채소은에게 말을 했다.

"2교시 다음이 체육이라서 옷 갈아입어야 돼요. 그러니까 좀 늦을지도 몰라요."

"그래?"

그 말을 들은 채소은이 약간 아쉬운 얼굴을 했다. 옷 갈아입고 여기까지 올라온 후 다시 운동장까지 달려가는 시간을 뺀다면 유정운과 얘기할 시간이 5분도 채 안 될 것 같았기 때문이다.

"알았어. 그럼 천천히 와."

말로는 천천히 오라고 하고 있었지만 괜히 꼼지락거려서 시간을 지체했다가는 가만 놔두지 않겠다는 표정으로 채소은은 말을 꺼냈다. 유정운은 그런 채소은과 그렇게 하겠다고 약속을 한 뒤 물리실A를 나섰다. 그리고는 중앙 계단을 통해 3층까지 열심히 뛰어 내려갔다.

땡동— 땡동—

유정운이 6층을 채 다 내려가기도 전에 수업종이 울려 버렸다. 그래서 유정운은 가슴이 덜컥 내려앉는 느낌을 받았다. 수학 선생보다 늦게 들어가면 어떤 사태가 기다리고 있을지 상상하기도 싫었기 때문이다. 그런데 그때였다.

삐이잉—

학교 내에 설치된 모든 스피커에서 일제히 시끄러운 경고음이 터져 나왔다. 그리고 그와 거의 동시에 1학년 교실 쪽에서 비명 소리가 들려왔다. 유정운으로서는 지금 학교에서 무슨 일이 일어났는지 전혀 알 수가 없었지만 교실에 있는 학생들은 그 상황을 보고 경악해하고 있었다.

"모두 나와!"

10시 수업종이 울리자마자 1학년 1반 교실에 침입한 한 명의 사내. 그는 군인 복장을 하고 손에는 두 자루의 총을 들고 있었다. 하나는 총알을 장전해서 쏘는 구식총이었고 나머지 하나는 구식총과 모양은 같았지만 특징은 전혀 다른 총이었다. 일명 화학총이라고 불리는 무기로써 총알 대신 화학 물질탄을 발사하여 사람의 적혈구를 화학 반응으로 변질시키는 특징을 가지고 있었다. 쉽게 말하자면 팔다리에 화학 물질탄을 맞아도 화학적인 연쇄 반응 때문에 적혈구의 성질이 바뀌어서 목숨을 잃게 된다는 뜻이었다. 적혈구가 산소를 운반해 주지 않으니 산소 부족으로 질식사하게 되는 것이다. 물론 적혈구가 변질되는 시간이 있기 때문에 금방 죽지는 않지만 한번 맞으면 그 반응을 멈추게 할 방법이 없다는 것이 가장 무서운 점이었다.

"복도로 나오란 말 못 들었나?!"

손에 총을 든 사내의 명령에 학생들은 물론이고 수업을 진행하려고 했던 선생조차 어떻게 해야 할지 모르는 표정을 지었다. 그렇지만 사내가 구식총으로 천장에다 총알을 몇 번 쏴대자 그때서야 학생들과 선생은 급히 복도 쪽으로 나갔다. 그것은 1학년 1반만이 아니라 다른 반도 마찬가지였다.

웅성웅성—

대략 15명의 사내들에 의해 복도로 쫓겨 나오게 된 1학년 학생들과 1학년 담당 선생들은 불안한 얼굴로 사내들의 행동을 주시했다. 겁이 많은 어떤 학생들은 벌써부터 울기 시작했고 어떤 학생들은 지금 상황을 제대로 파악하지 못하고 자기들끼리 담소를 나누기도 했다. 그렇지만 대부분의 학생들은 입을 다문 채 상황의 흐름을 파악하는 데에 주력했다.

"모두 3층으로 올라가!"

1층과 2층 교실에 있는 학생들을 전부 복도로 끌어낸 사내들은 또 다시 명령을 내렸다. 힘도 없고 무기도 없고 마법 실력도 없는 학생들은 사내들이 시키는 대로 3층으로 올라갔다. 그리고 선생들도 역시 사내들의 명령에 따랐다. 괜히 반항했다가는 총에 맞아 죽을지도 모르기 때문이었다.

"남자들은 테이블 위로 올라가서 무릎 꿇고 여자들은 의자에 앉아! 빈자리없이 꽉 채워라! 빨리!"

3층 복도로 학생들을 끌고 온 사내들은 학생들을 3층의 1학년 교실로 밀어 넣었다. 학생들은 사내들의 명령대로 남자는 테이블 위로 올라가고 여자는 의자에 앉았다. 교실에 있는 의자는 50개이고 테이블 위에 앉을 수 있는 것까지 포함하면 교실 안에 100명의 학생들이 들어가는 것에는 아무런 문제가 없었다. 원래 한 교실당 정원이 30명이었으니 다른 두 반의 학생들이 교실 하나에 모두 들어온다고 해도 90명밖에 안 돼서 자리가 부족한 사태는 일어나지 않았다. 물론 여학생들 인원이 60명이라서 나머지 10명의 여학생들은 남학생들과 마찬가지로 테이블 위로 올라가야만 했다.

"자, 너희들은 방송실이다."

학생들을 모두 3층 교실로 몰아넣은 후 각각의 교실에 한 명씩의 사내들이 들어갔고 나머지의 다른 사내들은 선생들을 방송실로 끌고 갔다. 방송실에는 이미 교무실에서 업무를 보고 있던 학교 선생들과 직원들이 모두 모여 있는 상태였다. 그들의 수는 거의 60여 명에 달했다.

"모두 빠짐없이 모였나 모르겠군."

방송실의 카메라 앞에 서 있던 박상군 교장이 학교 선생들과 직원들을 바라보며 입을 열었다. 그러자 그 옆에서 사내들과 마찬가지로 두 자루의 총을 들고 있는 임사환 선생이 대답을 했다.

"애들이 순찰하고 있으니까 학교 내부에 있는 인간들은 전부 끌고 올 겁니다."

"그 일은 자네에게 맡기지."

"예, 장군."

박상군 교장과 마법실기 담당인 임사환 선생의 대화를 들으면서 학교 임직원들은 황당한 표정을 지었다. 분위기를 보건대 그 둘이 지금의 상황을 만든 주동자임에 틀림없었기 때문이다.

"교장 선생님!"

사실을 확인하려는 생각에서 전애리 선생은 박상군 교장을 불렀다. 그러자 박상군 교장 옆에 있는 임사환 선생이 그녀 쪽으로 총구를 들이댔고 박상군 교장은 흠칫해하는 전애리 선생을 보며 입을 열었다.

"왜 그러나, 전 선생?"

"교장 선생님, 지금 대체……!"

황당한 전개에 당황한 전애리 선생은 말조차 제대로 잇지 못했다. 그렇지만 그녀가 무엇을 말하고 싶은지 그 의미 파악만큼은 충분히 한 박상군 교장은 허허 웃으며 대답했다.

"보고 있는 그대로 이건 인질극이라네. 말하자면 테러지."

"……!"

테러라는 말에 모두들 어처구니없다는 표정을 지었다. 하지만 총을 든 사내들과 여유로운 웃음을 짓고 있는 박상군 교장의 모습에서 지금 상황이 결코 연극이 아님을 알 수 있었다. 그래서 그 누구도 박상군 교장을 비웃거나 하지 못했다.

"임 선생님! 임 선생님은 뭔가요?!"

박상군 교장이 테러의 주동자라는 것을 파악한 전애리 선생은 이번엔 질문의 화살을 임사환 선생에게로 돌렸다. 그러자 임사환 선생은 보면 모르겠냐라는 표정으로 입을 열었다.

"난 장군님의 보좌다."

"……."

임사환 선생으로서는 진지한 표정으로 말을 한 것이었지만 듣는 사람 입장에서는 전혀 진지함을 느낄 수가 없었다. 그러나 총을 들고 있다는 것 자체가 사람들에게 공포감을 던져 주고 있어서 함부로 비웃을 수는 없었다.

한편,

'무슨 일이지?

사내들이 각 교실에 침입해서 학생들을 3층 교실로 몰아넣을 동안 6층에 있었던 유정운은 머리를 갸웃하며 조심스럽게 3층까지 내려갔다. 그렇게 3층과 4층 사이의 공간까지 내려왔을 때 유정운은 10여 명의 사내들이 학생들을 3층 교실로 몰아넣는 장면을 목격하게 되었다. 그래서 함부로 3층까지 내려가지 못하고 숨어서 그들의 행동을 지켜보기로 했다.

"꾸물거리지 말고 어서 들어가!"

일부 학생들이 명령대로 잘 움직이지 않자 총을 든 사내들은 화를 내면서 학생들을 때리기도 했다. 남학생이든 여학생이든 가릴 것 없이 명령을 듣지 않는 사람은 무조건 거칠게 다루었다. 그것을 보고 유정운은 뭔가 안 좋은 일이 벌어지고 있음을 알아차렸다.

'소은 선배하고 배희 선배에게 알려야겠다!'

이미 아래층으로 내려가는 계단이나 에스컬레이터, 엘리베이터는 모두 사내들에 의해서 감시되고 있는 것 같았기 때문에 유정운은 오히려 위층으로 올라갔다. 우선 채소은과 임배희에게 지금 일어나고 있는 일을 알린 후에 셋이서 대책을 마련해 볼 생각이었던 것이다.

'설마 교장 선생이……?'

어제 봤었던 그 건장한 남자들이 지금 학교를 점령한 사내들인지는 확신할 수는 없었지만 유정운으로서는 박상군 교장이 뭔가 일을 저질렀을 거라는 추측을 하였다. 그리고 어제 트럭으로 가져다 놓은 짐 속에 무기가 들어 있었을지도 모른다는 생각도 들었다. 그렇게 생각해야 모든 상황이 대충 들어맞는 듯한 느낌이 들었던 것이다. 하지만 그런 생각들을 하고 있어서인지 위층으로 올라가는 자신의 발자국 소리가 조금 커지게 됐다는 것을 유정운은 느끼지 못했다.

스륵—

"……?"

"아!"

갑자기 8층 물리실A의 문이 열리며 유정운이 들어오자 서로 잡담을 나누고 있던 채소은과 임배희가 놀란 표정을 지었다. 수업 시간 중에 들이닥쳤으니 당연한 반응이었다. 하지만 유정운은 그녀들의 반응보다는 상황 전달에 신경 썼다.

"지금 이상한 남자들이 무기를 들고 학교를 장악했어요!"

"……?"

유정운은 진지한 얼굴로 상황 설명을 한답시고 했지만 그것은 채소은과 임배희에게 자다가 봉창을 두드리다 못해 침대에서 굴러 떨어지는 격이나 다름이 없었다.

"무슨 소리야?"

황당한 표정으로 반문하는 채소은에게 유정운은 다시 한 번 차분하게 설명을 해주어야만 했다.

"지금 학교에 무장한 남자들이 침입했다구요. 그리고 1학년 아이들을 전부 3층 교실에다 몰아넣고 있어요. 아무래도 아이들을 인질로 삼으려는 것 같아요."

"……?"

유정운이 차분한 얼굴로 설명을 해주었음에도 불구하고 채소은과 임배희는 전혀 수긍하는 표정이 아니었다. 눈앞에 직접 무기를 든 남자들이 나타난다면 또 모르겠지만 무장 남자들이 학교를 장악했다는 실감을 못했으니 유정운의 얘기를 믿을 수가 없는 것이다.

"아무튼 일단 옥상으로 올라가요!"

말로는 설명이 어려움을 깨달은 유정운은 채소은과 임배희의 손을 덥석 잡았다. 채소은이야 이미 유정운에게 마음이 있기 때문에 유정운에게 손을 잡혀도 저항할 리가 없었지만 남성 기피증이 있는 임배희가 순순히 손을 잡혔다는 것은 의외라고 할 수 있었다. 그렇지만 다급함을 느끼고 있는 유정운은 그런 것을 전혀 알아차리지 못했다.

쾅!

그 순간, 갑자기 반쯤 열려 있던 물리실A의 문이 요란한 소리를 내며 활짝 열렸다. 누군가가 문을 너무 강하게 열었던 것이다. 하지만 물리실 안에 있던 유정운 일행은 문을 연 사람에게 불만을 표할 수가 없었다. 문을 연 사람이 손에 총을 든 무장 남자였기 때문이다.

"어딜 가려고?"

"……!"

건장한 체격에 총까지 들고 있는 사내를 보고 채소은과 임배희는 크게 놀랐다. 유정운이 했던 얘기가 사실이었을 줄은 상상도 하지 못했던 것이다.

"밖으로 나와!"

놀란 표정을 짓고 있는 채소은과 임배희, 그리고 자신을 노려보고 있는 유정운을 향해 사내가 명령을 내렸다. 그래서 유정운은 즉시 채소은과 임배희의 손을 잡아끌고 복도로 나왔다. 괜히 꼼지락거리다가 사내가 화를 내어 폭력적인 행동을 하게 만들면 안 되기 때문이었다. 최대한 채소은이나 임배희에게 피해가 가지 않도록 하려는 것이다.

"3층 방송실까지 얌전히 내려가."

사내는 복도로 나온 유정운 일행에게 총구를 들이대며 또다시 명령을 내렸다. 그래서 유정운 일행은 사내의 명령대로 중앙 계단을 통해 3층까지 내려갔다. 그들이 3층에 다다른 시점에서는 이미 모든 1학년 학생들을 3층 교실에 몰아넣는 일이 완료된 상태였다. 일단 본의 아니게 숨어 있었던 유정운 일행들을 잡아왔다는 보고를 할 생각인지 사내는 3층 방송실로 유정운 일행을 끌고 갔다.

"아……!"

"선생님……!"

방송실로 끌려간 채소은과 임배희는 방송실에 모여서 바닥에 꿇어

앉아 있는 1학년 담당 선생들을 보고 놀란 표정을 지었다. 1학년 선생 중에서도 그녀들을 알고 있는 사람이 있었기 때문에 3학년이 학교에 있다는 사실에 놀라고 있었다.

"8층에 숨어 있는 녀석들을 잡아왔습니다."

유정운 일행을 끌고 왔던 사내가 임사환 선생에게 보고를 했고 임사환 선생은 잘했다는 듯이 고개를 끄덕였다. 하지만 끌려온 사람들 중에 채소은과 임배희가 있는 것을 보고 흠칫하는 표정이었다. 그것은 박상군 교장도 마찬가지였다.

"아니, 이게 누군가? 3학년 5반 학급 임원들 아닌가?"

채소은과 임배희에 대해서 알고 있었던 박상군 교장은 그 둘에게 다가갔다. 그의 시야에는 이미 유정운 따위는 들어오지도 않고 있었다. 아침에 유정운을 만나기는 했지만 특별히 눈에 띄는 인상이 아니기 때문에 아침에 만났다는 사실을 잊어버렸던 것이다.

"왜 3학년이 학교에 남아 있지?"

박상군 교장은 채소은과 임배희를 바라보며 질문을 던졌다. 그렇지만 이미 방송실의 분위기상 박상군 교장과 임사환 선생이 테러를 주도했다는 것을 눈치 채고 있던 두 소녀는 쉽게 대답을 하지 못했다. 그저 박상군 교장을 쳐다보며 눈빛으로 왜 이런 일을 하고 있는지 되묻고 있었다. 어차피 대답 듣기는 힘들 것 같은 느낌이 들었기 때문에 박상군 교장은 질문을 바꿔서 했다.

"뭐, 공부하려고 남아 있었다면 오히려 환영해야겠지. 그런데 하나만 물어보겠다. 지금 너희들의 밴드수는 몇이냐?"

"……?"

갑자기 박상군 교장이 밴드수를 물어오자 채소은과 임배희는 약간

멀뚱멀뚱한 얼굴을 했다. 하지만 박상군 교장은 이번 질문에 대한 대
답을 반드시 듣겠다는 기색이었다.

"좋은 말 할 때 사실대로 대답해라. 몇 밴드냐?"

"4… 4밴드요……."

"3밴드……."

박상군 교장의 강압적인 태도에 채소은과 임배희는 차례대로 자신
의 밴드수를 말했다. 그러자 박상군 교장은 약간 안도하는 표정을 지
어 보였다. 그 얼굴 표정을 유정운은 놓치지 않았지만 그가 왜 그런
안도의 표정을 지었는지까지는 알 도리가 없었다.

"좋아."

일단 채소은과 임배희가 순순히 대답했다는 것에 고개를 끄덕인 박
상군 교장은 정장 속주머니에서 뭔가를 꺼내 들었다. 그것은 주먹만
한 소형 컴퓨터였다. 소형 컴퓨터를 손에 들자마자 박상군 교장은 '기
동'이라는 말을 했고, 그러자 소형 컴퓨터의 동작 램프에 불이 들어오
며 컴퓨터의 OS가 기동하기 시작했다. 음성 인식 시스템이 탑재되어
있는 컴퓨터였던 것이다.

"자기장 발생 장치 기동."

컴퓨터의 OS가 완전 기동되고 박상군 교장은 뭔가의 프로그램 작
동 명령을 내렸다. 그러자 방송실 벽에 달려 있던 도난 경보 장치가
가동을 시작했다. 그렇지만 도난 경보 장치의 가동과 동시에 유정운
은 원자가띠(Valance Band)에서 안정하게 돌고 있던 마나전자들이 운
동에 큰 방해를 받아서 제대로 활동하지 못하는 것을 느꼈다. 그것은
마법을 사용할 수 있는 모든 학생들과 선생들도 느끼고 있는 사항이
었다.

'대단하군.'

유정운은 박상군 교장이 무엇을 했는지 파악하고 나서 속으로 감탄을 했다. 학교에 설치한 도난 경보 장치는 실제로 도난 경보 장치가 아니라 자기장 발생 장치였던 것이다. 자기장 발생 장치를 학교에 설치한 이유는 간단했다. 마법을 배운 학생들이 많고 선생들도 마법을 사용할 수 있기 때문에 그들의 마법 사용을 제한하려는 목적인 것이다.

"지금 무슨 짓을 한 거죠?"

마나전자가 제대로 회전 운동을 하지 못하자 전애리 선생이 박상군 교장에게 항의하듯이 질문을 던졌다. 그러자 박상군 교장은 허허 웃으면서 대답했다.

"자기장 발생 장치를 가동시켰다네. 말하자면 학교 전체에 마법 차단 결계를 친 거지. 4밴드까지의 밴드수를 제어할 수 있어서 5밴드 이상의 마법이 아니고서는 그 어떤 마법도 사용할 수가 없네."

"......!"

박상군 교장의 말에 선생들은 모두 놀란 표정을 지었다. 1학년 담당 선생은 물론이고 3학년 마법 담당 선생들 역시 5밴드 이상의 마법사가 없었다. 물론 임사환 선생은 예외적으로 5밴드이지만 박상군 교장과 한패라는 것을 고려하면 나머지 선생 중에서는 5밴드 이상의 마법사가 없는 상황이었다.

"교장 선생님의 목적이 뭔가요? 왜 아무 죄 없는 아이들을 잡아두는 거죠?"

지금까지 유일하게 박상군 교장에게 질문을 날렸던 전애리 선생이 이번에는 단도직입적으로 나왔다. 사실 전애리 선생은 그런 질문을 하면서 박상군 교장이 화를 내지 않을까 하는 걱정도 했지만 일단 선생들 중에서 제일 먼저 입을 열었다는 것 때문에 포로가 된 선생들의 대표가 되어버린 상태이니 내뺄 수도 없는 상태였다. 그리고 무엇보다도 그녀 스스로가 박상군 교장의 테러 목적을 알고 싶었다.

"후후."

전애리 선생의 질문을 받자 박상군 교장은 묘한 표정을 지었다. 마치 그 질문을 기다렸다는 표정, 그리고 자신의 행동이 어떤 사상을 가지고 있음을 나타내 주고 있는 표정. 유정운은 박상군 교장이 뭔가 시끄럽게 떠벌떠벌거릴 것이라는 느낌에 고개를 설레설레 저었다.

"난 마법을 사랑하네."

유정운의 예상대로 박상군 교장은 떠벌거리기 시작했다.

"하지만 지금의 마법은 너무 약해졌어. 마법의 과학적 해석으로 마법을 쉽게 배울 수 있고 예전보다 다가가기가 쉬운 것은 사실이지만 그만큼 마법을 집중적으로 연마하지도 않게 되었지. 마법을 배워봤자 크게 돈을 못 버니까 말이야. 그래서 마법은 취미 생활로 전락하고 말았어. 난 그것이 안타깝네."

"……."

별로 틀린 말은 아니라서 모두들 얌전히 박상군 교장의 말을 들었다. 사실 총을 든 사내들이 있어서 얌전히 들을 수밖에 없는 상황이긴 했다. 그러는 동안에도 박상군 교장의 말은 계속되었다.

"취미 생활로 전락해 버린 마법. 따라서 예전의 그 강력한 모습은 찾아볼 수가 없어졌지. 마법 중에서 가장 강력한 게 뭔지 아나? 바로 공격 마법이야. 그런데 지금은 공격 마법을 연마해도 써먹을 수가 없어. 함부로 마법을 썼다가는 영창감이지. 하지만 마법의 질적 향상을 위해서는 공격 마법이 반드시 필요해. 공격 마법의 향상을 위해서는 공격 마법만을 전문으로 하는 마법사 군대가 필요하지. 엘리트 마법사들만으로 구성된 마법사 군대! 그것만 창설되면 마법의 질적 향상을 이룩할 수 있다!"

얘기가 길어질수록 박상군 교장은 흥분하고 있었다. 자신이 옳다고 여기는 사상을 남에게 알려주는 것이니 흥분을 하지 않을 수가 없었던 것이다. 하지만 그런 박상군 교장의 흥분에 제일 먼저 제동을 건 사람은 전애리 선생이었다.

"하지만 마법사 군대는 국제법상 만들 수가 없어요. 2022년에 마법사 군대 창설 금지 조약이 체결됐다는 걸 모르시지는 않잖아요?"

전애리 선생의 말대로 2022년에 미국을 주축으로 한 많은 나라들이 마법사 군대 창설 금지 조약에 합의했다. 그중에는 한국 역시 끼어 있었다. 사실 미국이 거의 강압적으로 많은 나라들을 조약에 합의하도록 했기 때문에 힘없는 한국은 그저 시키는 대로 조약에 합의한 것이었다. 미국 쪽에서는 마법사 군대가 있으면 핵폭탄처럼 세계 평화에 위협을 가져다 줄 것이라면서 조약 체결을 강요했지만, 미국이나 유럽의 몇몇 나라들은 조약 체결 전에 이미 마법사 군대를 보유하고 있었다. 그리고 그 나라들은 조약이 체결된 현재에도 당당히 마법사 군대를 보유한 상태였다.

"조약 따위는 강대국을 위한 것이야. 그놈들은 오래전부터 마법사 군대를 가지고 있었는데 다른 나라들이 뒤따라서 마법사 군대를 만들면 골치 아프니까 그 따위 말도 안 되는 조약을 만든 거지. 핵폭탄과 마법사 군대 모두를 가지고 있는 미국을 어느 나라가 감히 얕잡아볼 수 있을 것 같나? 안 그런가?"

박상군 교장은 전애리 선생의 얼굴을 똑바로 쳐다보며 물었다. 그의 말 중에서 그다지 틀린 부분이 없었기 때문에 전애리 선생은 아무런 말도 하지 못했다. 실제로 조약 체결 후에 많은 나라에서 미국의 마법사 군대 해체를 요구했지만 미국은 눈 하나 꿈쩍하지 않고 그들의 요구를 싸그리 무시했다. 조약 체결에 동의하지 않고 불법으로 마법사 군대를 창설한 다른 나라들이 문제를 일으키면 자신들이 보유한 마법사 군대로 맞서 싸워서 세계 평화를 지키겠다는 논리였다. 물론 대부분의 나라들은 미국의 그러한 논리를 인정하지 않았다. 그럼에도 불구하고 미국이 마법사 군대를 계속 보유하도록 한 것은, 순전히 미국의 비위에 거슬리지 않으려는 것이었다. 괜히 미국의 눈 밖에 났다가는 어떤 불이익을 받을지 알 수 없기 때문이다.

"하지만 어찌 되었든 마법사 군대는 불법이에요!"

전애리 선생은 약간 언성을 높였다. 그렇지만 박상군 교장은 눈 하나 껌뻑하지 않았다.

"물론 불법이지. 그래서 난 테러를 통해 정부에게 마법사 군대의 창설을 요구할 생각이네."

그렇게 말한 박상군 교장은 손짓으로 임사환 선생에게 무언가 지시를 내렸고 지시를 받은 임사환 선생은 고개를 한 번 숙이고는 방송실에 있는 방송 기계를 조작하기 시작했다. 잠시 후, 방송실에 있는 대형 스크린과 각 교실에 있는 화상칠판에 영상이 떠오르면서 공중파 방송이 나오게 되었다. 그것을 보고 박상군 교장이 입을 열었다.

"그럼 슬슬 시작하지."

"예!"

시원스럽게 대답한 임사환 선생은 방송 기계의 컴퓨터 프로그램을 이용해 방송실에 설치된 디지털 카메라를 모두 작동시켰다. 그 후에는 컴퓨터에 설치되어 있던 다른 프로그램을 실행시켜서 공중파 방송을 방해하기 시작했다. 방해 전파를 받아서 지직거리는 스크린을 보면서 유정운은 놀랄 수밖에 없었다. 학교 내에 공중파 방송을 방해할 수 있는 방해 전파 발생 장치가 있었을 줄은 상상도 하지 못했기 때문이다.

지직—

계속 지직거리던 스크린이 마침내 제 모습으로 돌아왔다. 하지만 스크린에 비치고 있는 영상은 공중파 방송이 아닌 천인 고등학교 방송실에 서 있는 박상군 교장의 모습이었다.

"서울 지역의 공중파 방송을 차단시켰습니다. 말씀하십시오."

박상군 교장의 모습이 화면에 잘 나오자 임사환 선생은 프로그램 조작을 중단하고 박상군 교장에게 소형의 무선 마이크를 주었다. 박상군 교장은 그 마이크를 넥타이에다 달고 나서 헛기침을 했다. 그 결과 박상군 교장의 헛기침 소리가 크게 울렸다.

"TV를 보고 있는 서울 지역 주민들, 그리고 정부 관리들에게 알린다."

박상군 교장은 자신의 앞에 있는 디지털 카메라를 보며 말을 이었다.

"현재 오전 10시부터 우리 마법사 군대 창설 위원회, 이하 마군창회는 서울 천인 고등학교를 점거한 상태이다. 우리의 요구는 국제법으로 금지되어 있는 마법사 군대를 우리 나라에 창설하는 것이다."

박상군 교장의 발음이 불명확할 가능성이 있기 때문인지 방송에서는 박상군 교장이 말할 때마다 친절하게 자막도 같이 나가고 있었다. 물론 그 자막은 임사환 선생이 미리 편집해서 집어넣고 있는 것이었다.

"다시 한 번 알린다. 우리 마군창회는 서울 천인 고등학교를 오전 10시부터 완전 점거한 상태이다. 우리의 요구는 마법사 군대의 창설이다. 요구를 들어주지 않을 시에는 인질로 잡고 있는 천여 명의 학생들을 하나씩 하나씩 제거하겠다. 30분 후에 다시 방송할 테니 현명한 결정을 내리길 바란다."

그 말을 끝으로 박상군 교장의 모습은 스크린에서 사라지고 공중파 방송 프로그램이 방영되기 시작했다. 일반인이라면 첫 방송 출연에 떨리는 것이 당연하겠지만, 박상군 교장에게서는 그러한 떨림을 찾아볼래야 찾아볼 수가 없었다.

"잠깐만요, 교장 선생님!"

그때 갑자기 전애리 선생이 벌떡 일어났다. 그와 동시에 가까이에서 선생들을 감시하고 있던 한 사내가 전애리 선생에게 총을 들이댔고 다른 사내들은 일순간 총을 겨누고 긴장한 표정을 지었다. 하지만 전애리 선생은 그들이 총을 들이대든 말든 자신이 하고 싶은 말을 했다.

"아까 아이들을 하나씩 제거한다고 했는데 사실인가요?!"

전애리 선생이 총에 맞을 걸 각오하고 던진 질문은 그것이었다. 선생들을 협박하는 것도 아니고 사랑하는 제자들을 죽인다고 하니 가만히 있을 수가 없었던 것이다. 하지만 박상군 교장의 대답은 매우 무덤덤했다.

"나도 학생들에게 손을 대고 싶지는 않지만 정부가 우리의 요구를 쉽게 들어줄 리가 없으니까 그런 강경책을 쓰는 거네. 정부가 시간을 오래 끌면 끌수록 죽어 나가는 학생들의 수도 늘어나겠지."

"……!"

인정이라고는 눈을 씻어도 찾아볼 수 없는 박상군 교장의 말에 전애리 선생은 절망감을 느꼈다. 그러나 곧 한 사내가 억지로 전애리 선생을 무릎 꿇게 만들어서 전애리 선생은 자신들의 신변도 결코 안전하지 않음을 느끼게 되었다.

"음⋯⋯."

전애리 선생의 반항이 사라지자 박상군 교장은 시선을 유정운 일행에게로 돌렸다. 유정운 일행은 아직도 방송실의 한쪽 옆에 서 있는 상태였다. 박상군 교장이나 임사환 선생이 그들의 처리 방식을 결정하지 않았기 때문에 유정운 일행을 잡아온 사내가 그냥 그대로 내버려두고 있었던 것이다.

"일단 교실에 있는 학생들 빼고 학교 내에 남아 있던 사람은 너희들뿐인 것 같구나. 기왕에 왔으니까 선생님들 옆에 꿇어앉아 있어라."

박상군 교장은 유정운 일행의 행방을 그렇게 결정했다. 그래서 무장 사내는 유정운 일행을 무릎 꿇고 있는 선생들 바로 옆, 정확히는 전애리 선생의 옆에 꿇어앉도록 했다.

"어디 다친 데는 없니?"

유정운이 꿇어앉자마자 전애리 선생이 걱정스러운 얼굴로 물어왔다. 자신이 담당하고 있는 1학년 28반의 학생인데다가 반장인 17번 유정운과 이름이 똑같아서 전애리 선생으로서는 기억을 하지 않을래야 않을 수가 없었기 때문이다.

"괜찮아요."

맞은 데도 없고 아픈 데도 없기 때문에 유정운은 걱정하지 말라는 뜻의 얼굴 표정을 지어 보였다. 그리고 나서 매우 당돌한 행동을 했다.

"교장 선생님, 질문할 게 있는데요."

"……?"

지금까지 존재감없이 가만히 서 있기만 했던 유정운이 갑자기 입을 열자 모두들 어리둥절한 표정을 지었다. 물론 채소은이나 임배희는 크게 놀랐다. 평소에도 그리 많은 말을 하지 않는 유정운이 이런 위기 상황에서 입을 열 줄은 상상도 하지 못했기 때문이다.

"그래, 무슨 질문이지?"

질문에 대답하는 것이 선생으로서의 당연한 의무라서인지는 몰라도 박상군 교장은 그다지 거부감을 보이지 않았다. 어쩌면 유정운이 전혀 위협적인 존재가 아니라는 생각이 그를 안심시키고 있는 것일지도 몰랐다. 아무튼 유정운은 박상군 교장의 허락을 받자 곧바로 질문을 던졌다.

"그 무기들은 어디서 구했어요? 들여오는 게 쉽지는 않았을 것 같은데요?"

"……."

유정운이 가리키는 것은 무장 사내들이 들고 있는 총이었다. 특히 몸에 맞으면 100% 사망하는 최신 화학총을 지적하고 있었다. 굉장히 위력적인 무기이기 때문에 빼오는 것이 어려웠을 텐데도 상당히 많은 양을 가지고 있다는 것이 의외였던 것이다.

"허허, 모 대기업과 모 정부 기관과 짜고 들여왔다. 쉽게 말해서 돈으로 매수한 거지. 그래서 무기 들여오는 것에는 별로 어려움이 없었단다."

박상군 교장은 할아버지가 손자를 대하듯 아주 부드러운 어조로 말을 했다. 그래서인지 유정운도 아주 자연스럽게 질문을 던져 댔다.

"그럼 그 돈은 어디서 났어요? 매수하려면 많은 돈이 필요하잖아요?"

"물론이다. 모 대기업에서 자금을 대주었기 때문에 매수할 돈은 충분했단다."

"그 모 대기업은 왜 교장 선생님에게 자금을 대주었어요?"

"그 대기업의 사장이 내 절친한 친구이기 때문이란다. 그리고 예전부터 같이 마법사 군대 창설 계획을 세웠었지. 난 이 학교의 교장으로서, 그 친구는 대기업 사장으로서 활동하면서 이 때만을 기다려 온 것이란다."

"그럼 이 천인 고교도 그 대기업 사장이 지원해서 만들어준 거예요?"

"그렇단다. 이번 계획의 교두보로써 이 학교를 세운 거지. 서울 전체를 커버하는 방송 장치, 외부의 침입을 막을 수 있는 강화 유리, 마법사의 마법 사용을 제한하는 자기장 발생 장치, 그리고 천여 명의 사람들이 일주일 동안 버틸 수 있는 음식들. 이 정도면 완전히 요새 아니냐?"

박상군 교장은 아주 흡족한 표정을 지었다. 자신이 생각하기에도 이 학교가 마음에 들었던 것이다. 물론 학생을 가르치는 학교로서 마음에 든 것이 아니라 테러 계획을 실행하는 데 정말 좋은 장소로 만들어져 있기 때문이었다. 유정운도 그 점에는 동의했다. 여태까지 모르고 있었지만 학교의 모든 창문이 잘 깨지지도 않는 강화 유리라는 점, 그리고 1층부터 9층까지의 매점과 식당에 있는 먹을거리들을 모두 합하면 인질로 잡힌 천여 명의 사람들이 일주일 정도는 버틸 수 있다는 것도 감탄을 자아낼 만한 일이었다.

"2학년과 3학년을 학교에 나오지 못하도록 한 것도 오늘 계획을 위해서인 거죠?"

잠시 감탄의 표정을 지었던 유정운이 박상군 교장에게 계속해서 질문을 던졌다. 그리고 박상군 교장은 그런 유정운의 질문에 일일이 대답하려 하고 있었다. 그것은 자신이 치밀하게 구상했던 계획을 유정운이 알아준다는 것에 자부심을 느끼고 있었기 때문이다.

"물론이란다. 너무 많은 인질을 잡아놓으면 20명도 안 되는 인원으로 감당하는 게 어렵거든. 게다가 2, 3학년 중에는 어쩌면 5밴드의 마법사가 있을지도 모르기 때문에 학교를 나오지 못하게 한 거란다. 5밴드 마법사가 있으면 저 자기장 발생 장치가 제구실을 못하게 되니까 말이야."

"……(뜨끔)."

유정운은 입을 열지 않았지만 속으로 뜨끔했다. 현재 유정운의 밴드수는 5라서 잘만 하면 학교에 깔린 자기장을 무시하고 마법을 사용할 수 있었다. 물론 마법 제어를 잘 못하는 유정운이라서 잘된다는 보장이 없었지만 아무튼 학교 내에서 마법을 사용할 수 있는 유일한 인질은 유정운밖에 없는 상황이었다.

"그런데 집에 있어야 할 3학년이 왜 학교에 나왔는지 모르겠군."

그 말을 하면서 박상군 교장은 채소은과 임배희를 쳐다보았다. 두 소녀가 박상군 교장의 눈빛에 잔뜩 겁을 먹자 유정운이 재빨리 나섰다.

"제가 불렀어요. 같은 마법 연구부인데 3학년들은 쉬고 1학년만 학교 나오는 게 억울해서요."

"그렇다고 학교를 나와?"

"수업 끝나면 제가 한턱내기로 했거든요."

"흐음."

거짓말을 능숙하게 구사하는 유정운을 보며 박상군 교장은 더 이상 채소은과 임배회에게 의심의 눈길을 보내지 않았다. 대신 유정운이 마법 연구부라는 사실에 관심을 보이기 시작했다.

"너도 마법 연구부냐?"

"예."

"몇 밴드지?"

"……!"

갑작스러운 질문에 유정운은 일순간 긴장했다. 그것은 대답하기가 매우 애매한 질문이었기 때문이었다. 사실대로 5밴드라고 말했다가는 그대로 지옥행일지도 모르는 데다가, 4밴드라고 말해도 '1학년이 4밴드?' 라면서 경계심을 나타낼 수 있었다. 지금 박상군 교장은 자신을 위험한 존재가 아니라고 생각하고 있는데, 4밴드의 마법사라는 소리를 들으면 이제 유정운에게 경계의 눈초리를 보낼 것이 분명했다. 그렇게 되면 질문하기도 어려워지고 몰래 무슨 짓을 하는 것도 어려워지는 것이다.

"장군, 저 녀석은……."

그때 임사환 선생이 다가와 박상군 교장에게 귓속말을 했다. 귓속말이라서 하나도 들리지 않았지만 유정운은 임사환 선생이 마법실기 시험에서 있었던 일을 말하고 있다는 것을 직감적으로 알았다.

"흠, 그렇군."

임사환 선생의 귓속말에 박상군 교장은 고개를 끄덕였다. 1밴드의 마법도 제대로 구사하지 못했다는 소리를 들었으니 유정운을 경계할 필요가 없어졌던 것이다. 그러나 유정운은 아직도 안심할 수 없었다. 마법실기 시험에서 임사환 선생이 그랬던 것처럼 박상군 교장도 자신의 마나전자를 유정운에게 몰아넣어서 유정운의 밴드수를 확인할지도 모르기 때문이었다.

"그러고 보니……."

그때 문득 무엇인가 떠올랐는지 박상군 교장이 말꼬리를 늘였다.

"넌 오늘 아침에 우리들의 집회를 몰래 훔쳐봤던 녀석 아니냐?"

"……(그걸 이제 와서 떠올랐냐?)."

유정운은 속으로 열심히 비웃었지만 겉으로는 무표정한 얼굴을 했다. 그러나 유정운이 그들의 집회를 훔쳐봤었다는 말을 처음 듣는 채소은과 임배희로서는 경악할 만한 일이었다.

"정말이야?"

걱정스러운 얼굴 표정으로 묻는 채소은을 보며 유정운은 아무렇지도 않다는 몸짓을 해 보였다. 만약 그때 무슨 일을 당했다면 지금 이 자리에 있을 리가 없기 때문이었다.

"그 나이에 호기심이 많다는 것은 알지만, 쓸데없는 호기심은 죽음을 부른다."

박상군 교장은 유정운에게 경고라도 하는 듯이 엄포를 놓았다. 마법 실력도 없고 힘도 없어 보이는 유정운이 무슨 짓을 할 리는 없다고 생각하지만 일단 경고는 해두는 게 좋겠다는 생각에서였다. 물론 유정운도 이 상황을 타개할 무슨 뾰족한 수가 없었기 때문에 괜히 경거망동을 할 생각은 없었다.

"장군, 정부에서 화상 연락이 왔습니다."

그때 임사환 선생이 박상군 교장에게 보고를 했다. 비록 짧은 순간이었지만 서울 지역의 공중파 방송을 차단했었기 때문에 정부에서 가만히 있을 리가 없는 것이다. 게다가 인질까지 잡고 있다고 했으니 더더욱 수수방관할 수도 없었다.

"연결하게. 그리고 화상 채팅 내용을 방송으로 내보내."

박상군 교장의 명령에 임사환 선생은 컴퓨터 화상 채팅을 기동시켰다. 박상군 교장은 컴퓨터의 모니터를 통해 화상 채팅을 하게 되겠지만, 그 화상 채팅의 화면이 방송실에 있는 대형 스크린에 비춰지고 있었다. 아직 상대방이 화상 채팅에 참여한 상태가 아니라서 박상군 교장의 얼굴만이 보여지고 있었지만 그 대형 스크린에 나오는 화면은 서울 지역의 공중파 방송에 그대로 내보내지는 상태였다.

《국방부 장관님이 입장하셨습니다.》

컴퓨터의 음성 메시지와 함께 대형 스크린에서는 나이 많은 50대의 남성이 모습을 나타내었다. 국방부 장관이라는 ID를 쓰고 있다고 해서 국방부 장관이라는 보장은 없었지만, 이미 임사환 선생이 신원 조회까지 마친 상태라서 그 사람이 국방부 장관이라는 것은 틀림없었다.

[난 국방부 장관 이희감(李犧甘)이오. 방금 전에 방송을 방해했던 게 당신이오?]

국방부 장관 이희감은 처음부터 매우 권위적인 태도로 나왔다. 그렇지만 박상군 교장은 그것을 아무렇지도 않게, 오히려 당연하게 생각하고 있었다.

"그렇소."

[지금 이 화상 채팅을 방송으로 내보내고 있는 자도 당신이오?]

"그렇소."

[당장 방송을 중지하시오!]

"미안하지만 그렇게는 못하오. 국민에게는 알 권리가 있으니 당연한 조치 아니오?"

[크윽…….]

박상군 교장의 말에 이희감 국방부 장관은 매우 불쾌한 표정을 지었다. 웬만하면 일을 크게 만들지 않고 처리할 생각이었는데 이미 박상군 교장이 일을 크게 벌여 버렸기 때문이다.

[당신들의 요구는 뭐요?]

"우리들의 요구는 마법사 군대 창설이오. 그리고 마법사 군대는 정부와는 별개 기관으로서 독자적인 위치를 획득해야 하오. 말하자면 입법부, 사법부, 행정부에 이어 마군부(魔軍府)를 원하는 것이오. 또한 마군부에서 우리들 마군창회 요원은 요직을 담당해야만 하오."

[……!]

이희감 국방부 장관의 표정이 급격하게 달라졌다. 박상군 교장의 요구가 너무 대담했기 때문이었다. 이는 단순한 인질극이라기보다는 쿠데타라고 할 수 있었다. 대한민국의 국정 전반을 뒤흔들 정도의 요구인 것이다.

[당신은 지금 그 요구가 통할 거라고 생각하는 거요?! 기관을 만들면 만드는 걸로 다 끝나는 줄 아시오?! 대체 무슨 그 따위 말도 안 되는 요구를……!]

이희감 국방부 장관은 흥분하면서 박상군 교장을 질타했다. 하지만 의외로 박상군 교장은 약간 비웃는 듯한 표정을 지으며 말했다.

"허허, 기관 하나 만드는 게 뭐 그리 어려운 일이라고 그러시오? 정부 인사들의 하는 꼬라지들을 보면 대충대충 기관 하나 만든 후에 문제 생기면 대충대충 넘기던데, 그런 식으로 하면 될 거 아니오? 그러고 보면 당신도 참 소심하구려."

[크윽……!]

박상군 교장의 발언은 대한민국의 정부를 완전히 무시하는 것이었다. 그렇지만 그 말을 듣고 있는 유정운이나 선생들, 그리고 일반 시민들은 전혀 무시당한다는 생각은 하지 않았다. 언제나 그렇듯이 정부에서 일을 제대로 처리한 적이 없기 때문에 무시당해도 싸다는 생각만을 할 뿐이었다.

"아무튼 가능하면 빠른 시간에 결정을 내리는 것이 좋을 거요. 시간을 끌면 끌수록 희생당하는 학생의 수도 늘어날 테니까."

박상군 교장은 비웃는 듯한 얼굴 표정으로 이야기했지만 듣고 있는 이희감 국방부 장관은 가볍게 들을 수가 없었다.

[죄없는 아이들을 죽일 셈인가?!]

"죄없는 인간이 어디 있겠소. 단지 여기서 죽을 이유가 없는데 인질로 잡혀서 죽게 되니까 불쌍한 것뿐이지."

[말 장난 하자는 거요?]

"말 장난 할 생각 없소. 말 그대로 시간을 끌면 희생 양이 늘어나니까 최대한 빨리 결정을 내리시오. 그럼."

위협적인 표정으로 말을 끝맺은 박상군 교장은 임사환 선생에게 화상 채팅을 종료하라고 지시를 내렸고 임사환 선생은 명령대로 화상 채팅을 종료시켰다. 그러나 방송실의 대형 스크린에서 공중파 방송이 계속 나오도록 해놓았다. 그래야 이번 사건에 대해서 정부가 어떤 발표를 할 것인지, 여론이 어떻게 움직일 것인지를 파악할 수 있기 때문이었다.

"자, 그럼 이제 느긋하게 기다려 볼까."

박상군 교장은 여유로운 표정으로 방송실에 있는 의자에 앉았다. 나이가 나이이니만큼 오랫동안 서 있을 수가 없는 것이다. 그러나 박상군 교장보다 상대적으로 나이가 적은 임사환 선생과 그 부하들은 계속 서 있었다. 물론 유정운을 비롯한 인질들은 무릎 꿇은 상태에서 시간의 흐름을 지켜봐야만 했다.

삐잉― 삐잉―

그때 학교 밖에서 경찰차 소리가 들려왔다. 그래서 박상군 교장은 몸을 일으켜 방송실의 창문을 통해 학교 밖을 내다보았다. 학교 밖에는 예닐곱 대의 경찰차가 있었고 두 대의 구급차도 덤으로 있었다. 그리고 많은 기자들이 연신 디지털 카메라를 들이대며 생생한 인질극을 보도하려고 노력했다.

"출동이 느리군."

박상군 교장 일당이 학교를 점거한 지 20여 분 만에 경찰들이 온 것이었는데 박상군 교장은 그것도 느리다고 여겼다. 게다가 인질범들을 진압할 특공대도 도착하지 않은 상태였기 때문에 박상군 교장으로서는 이래저래 마음에 들지 않았다.

"전쟁이 없었더니 군기가 해이해졌어. 민생 치안을 담당하는 경찰들이나 국방을 맡고 있는 군인이나 모두 정신 상태가 썩었어."

노골적으로 그들을 욕한 박상군 교장은 한심하다는 표정을 지으며 다시 의자에 털썩 앉았다. 하지만 그러는 사이에 박상군 교장 일당이 학교를 점거했다는 소식이 퍼지면서 각 방송사에서 그 사건을 뉴스로 내보내기 시작했다. 그러한 뉴스 방송은 당연히 천인 고등학교 방송실의 대형 스크린에서도 흘러나왔다.

《현재 서울 천인 고등학교에서 인질 사건이 일어났습니다. 인질범의 수는 아직 불명이며, 인질로 붙잡힌 학생의 수는 대략 천여 명 정도일 것으로 추정되고 있습니다.》

"그래도 어디서 2, 3학년들이 학교 나오지 않았다는 정보는 입수한 모양이군."

대형 스크린을 통해 뉴스를 보고 있던 박상군 교장이 비웃듯이 입을 열었다. 만약에 전 학년을 통틀어 3천 명의 학생이 인질로 잡혀 있다는 방송을 했다면 그 방송사의 방송을 방해한 뒤, '너희들은 그 따식으로밖에 보도 못하나?'라고 한 방 먹여줄 생각이었던 것이다.

《인질범들이 요구하는 것은 마법사 군대의 창설이며, 요구를 들어주지 않을 경우에는 학생들을 죽이겠다고 협박하고 있습니다. 하지만 정부에서는 이렇다 할 입장 표명을 하지 않고 있습니다.》

"불룩 튀어나온 배를 두드리면서 하품하고 있을 테니 입장 표명할 시간이 있겠나. 쯧."

여전히 박상군 교장의 말은 삐딱했다. 하지만 여러 가지 일로 바쁜 정부 관리들이 모여서 뭔가를 결정해야 했기 때문에 시간이 걸리는 것은 당연했다.

"지루해, 지루해."

다른 방송사에서도 타 방송사와 거의 같은 내용의 뉴스만을 보도하고 있었기 때문에 박상군 교장은 하품을 해대며 무료함을 달래었다. 하지만 학교 밖에서는 소식을 접하고 급히 달려온 부모들과 근처를 지나가다가 구경하게 된 구경꾼들이 웅성대고 있어서 굉장히 소란스러운 상태였다. 자기 자식의 안위를 걱정하는 부모들의 모습과 무장을 하고 만약의 일에 대비하고 있는 경찰, 군인들의 모습. 그러한 장면이 뉴스를 통해 모두 방송되고 있었다. 각 교실의 화상칠판에서 방송을 보여주고 있었기 때문에 인질로 붙잡힌 학생들도 그 장면을 볼 수 있었고, 그것은 오히려 학생들에게 자신이 위험한 상황에 처해 있다는 것을 확실하게 각인시켜 주는 역할을 하게 되었다.

예기치 못한 상황

18장

XVIII 예기치 못한 상황

웅성웅성—

천인 고등학교의 운동장에 모인 사람들은 자기 나름대로 상황에 대해서 예상을 하며 시끄럽게 떠들었다. 그중에는 이제 막 학교에 도착한 유명운과 남궁소진이 있었다.

"어떡해요? 설마 정운이한테 무슨 일 일어난 건 아니겠죠?"

"글쎄…… 아무 일 없다면 좋겠는데……."

남궁소진은 유정운이 인질로 붙잡혔다는 사실을 알고 매우 불안해했지만 유명운은 의외로 침착한 얼굴이었다. 그것은 유명운이 유정운과는 아무 관계도 없다는 것으로 보일 수도 있었다. 그렇지만 유명운은 유명운 나름대로 불안하기 그지없었다.

'저 학교는 완전 요새라서 한번 장악하면 쳐들어가기가 어려운데……!'

유정운을 천인 고등학교에 보내기 전에 학교 탐방을 했었던 유명운이라 이 학교가 얼마나 요새화되어 있는지를 알고 있었다. 학교 전체에 설치된 훌륭한 방송 시설, 그리고 웬만한 충격에는 꿈쩍도 하지 않는 특수 강화 유리. 학교가 넓다 보니 방송 시설이 잘되어야 하는 건 당연하고 마법학교이다 보니 싸움이라도 났을 때 마법 쓰면 일반 유리창이 잘 깨어져 나갈 테니 특수 강화 유리를 사용해야 한다, 당시에는 그런 식으로 생각했었다. 그런데 그 시설들이 지금 인질범들을 진압하는 것에 매우 큰 장애물이 되고 있었다.

한편.

《정부에서는 10시 50분을 기해서 서울 천인 고등학교에서 일어난 인질 사건을 테러 사건이라 규정하고 비상대책반을 소집했습니다.》

방송실의 대형 스크린과 각 교실의 화상칠판을 통해 방송되는 공중파 방송을 보며 박상군 교장은 약간의 비웃음을 흘리며 입을 열었다.

"테러보다는 혁명이라고 하는 게 더 적절할 텐데."

"……(웃기고 있네)."

그 말을 듣고 유정운은 속으로 박상군 교장을 비웃었다. 웬만한 상황이라면 당장 나서서 박상군 교장의 생각을 뒤집어 버리고 싶을 정도로 마음에 들지 않았던 것이다. 그렇지만 함부로 나섰다가는 바로 저승에 이민 갈지도 모르기 때문에 참아야만 했다. 특히 지키고 싶은 사람이 있다는 것이 유정운의 경거망동을 막고 있었다.

"아무튼 정부에서 무슨 결정을 내리기 전까지는 소식이 없을 것 같군. 좀 이르긴 하지만 점심을 먹어보도록 할까."

박상군 교장은 아주 느긋한 표정으로 입을 놀렸다. 그러자 임사환 선생이 기다렸다는 듯이 박상군 교장에게 물음을 던졌다.

"어떤 걸로 하시겠습니까?"

"음, 식당 가서 밥을 먹는 게 낫겠지."

"그럼 같이 가시죠."

"그러세."

대화를 주고받은 박상군 교장과 임사환 선생은 먼저 방송실을 떠나려고 했다. 어차피 식당에서는 대부분 기계로 음식을 만들고 있었기 때문에 기계의 작동법만 안다면 간단한 음식을 만들 수 있었다. 그래서 달랑 두 사람만 식당에 가도 음식 못 만들어서 고생할 이유는 없는 것이다.

"잠깐만요!"

그때 전애리 선생이 막 방송실을 나가려는 박상군 교장을 불러 세웠다.

"아이들한테는 점심을 안 줄 생각인가요?"

전애리 선생이 한 질문은 상당히 어리석다고도 할 수 있었다. 그것을 증명이라도 하듯이 박상군 교장은 어이없다는 표정으로 허허 웃으며 대답했다.

"누가 인질에게 밥을 제대로 주겠나? 인질을 편하게 하면 인질이 어떤 짓을 할지 모르는데. 자고로 인질극이라는 것은 인질을 최대한 심적, 육체적으로 괴롭혀야만 하네. 그래야 인질을 편하게 다룰 수가 있지."

"……."

"물론 인질을 너무 학대하면 오히려 인질이 될 대로 되라는 심정으로 덤벼드는 수가 있어. 그렇게 안 만드려면 적당히 인질을 괴롭히는 수밖에 없지. 아무튼 아이들의 대부분은 아침 식사를 하고 왔을 테니 점심을 굶겨도 상관없네. 아침 식사를 하지 않은 녀석은 아침 먹지 않은 걸 후회하겠지만 말이야."

그 말을 끝으로 박상군 교장은 임사환 선생과 함께 완전히 방송실을 떠났다. 방송실과 가장 가까운 식당이 4층이기 때문에 그들은 4층으로 올라갔지만 방송실 안에 있는 유정운 일행은 그들이 어디로 갔는지 정확하게는 알지 못했다. 그리고 사실 알 필요도 없었고 그럴 여유도 없었다. 무릎을 꿇느라 저려오는 다리의 통증을 참아야 하기 때문이었다.

'쫄따구들은 불쌍하게 아무것도 안 먹고 감시하고 있군.'

다리가 저려서 불편함에도 유정운은 그런 생각을 하고 있었다. 그리고 동시에 어떻게 하면 이 위기를 넘길 수 있을 것인가 하는 생각을 해보았다.

'학교 전체를 통괄하고 있는 저 방송 기계를 아작내면 되지 않을까? 음…… 하지만 방송 기계를 아작 내도 결국 인질들은 저 인간들에게 아작나겠지. 가능하면 한 번에 저 인간들을 모두 처리해야 하는데…… 그럴 실력도 안 되고, 그런 마법도 없고…….'

아무리 머리를 굴려도 돌아오는 대답은 모두 불가능이었다. 박상군 교장의 논리처럼 공격 마법을 극도로 발달시키면 한 번에 여럿을 상대하는 마법을 만들어낼지도 모르지만 그의 생각에 동의하지 않는 유정운으로서는 마법의 약화에도 불만을 품지 않았다. 그저 이 상황을 타개할 만한 방법이 아무것도 없다는 게 안타까울 뿐이었다.

…….

시간은 어김없이 흘러갔다. 정확히는 3시간이 흘렀다. 그동안 천인 고등학교 주변은 군 병력과 경찰 병력으로 완전히 포위되었고 정부에서는 계속해서 박상군 교장과 협상을 해보려고 했다. 그렇지만 그 내용이 박상군 교장의 마음에 들지 않아서 협상은 번번이 결렬되고 있는 상황이었다.

"쯧쯧, 역시 예상대로 노는군."

5번째의 협상을 결렬시킨 박상군 교장은 짜증난다는 표정을 지었다. 정부에서 하는 말이라고는 '더 이상 쓸데없는 짓 말고 빨리 항복해라' 였기 때문에 박상군 교장 입장에서는 들을 가치도 없었던 것이다.

한편, 밖에서 유명운이 가지고 있는 휴대 컴퓨터로 공중파 방송을 보고 있던 남궁소진은 한심하다는 듯이 입을 열었다.

"왜 시간을 끄는 거예요? 이러다가 인질들이 위험해지잖아요?"

《아까 방송에 나왔던 대로 5차 협상이 결렬되었습니다. 여전히 정부에서는 마법사 군대 창설에 반대하고 있고, 테러범들은 자신들의 요구를 강경히 주장하고 있습니다.》

방송에 나오는 뉴스를 들으며 유명운이 대답을 했다.

"사실 마법사 군대 창설이라는 게 말처럼 쉬운 게 아니거든. 아무래도 정부에서는 인질을 포기하고서라도 테러범들을 소탕할 작정인 것 같아."

"……!"

그 말을 듣고 남궁소진이 경악했다.

"무슨 소리예요? 인질을 포기하다뇨?"

"생각해 봐. 자신들의 위치를 위협할 수 있는 마법사 군대를 정부 인간들이 만들어줄 것 같아? 설령 테러범들을 진압하다가 많은 사상자가 나도 정부는 테러범들이 몹쓸 놈들이다라고 열심히 선전하고 장례금 주면 대충 해결할 수 있거든. 아니면 정부가 이런 각본을 짤 수도 있지. 국방부 장관이 단독적인 판단으로 테러 진압을 하고 사상자가 난다면 국방부 장관을 해고한다. 물론 나중에 국방부 장관에게 뭔가 보상을 해주겠지만."

유명운의 말소리는 옆에 있는 남궁소진만 들을 수 있게 매우 작았다. 괜히 자신의 얘기가 다른 사람들 귀에 들어갔다가는 골치 아파지기 때문이었다. 그렇지만 남궁소진은 그 말을 듣고 흥분을 감추지 못했다.

"네? 각본을 짜요?"

"아, 조용히 조용히. 너무 흥분하지 마. 그냥 한번 해본 말이니까."

흥분하는 남궁소진을 진정시킨 뒤, 유명운은 휴대 컴퓨터로 방송 보기를 중단하고 갑자기 인터넷을 하기 시작했다. 그것도 인터넷 항해가 아닌 단순한 화상 채팅이었다. 그래서 남궁소진은 항상 웃는 자신의 이미지와는 다르게 벌컥 화를 냈다.

"명운 씨! 지금 뭐 하는 거예요?! 정운이가 잡혀 있잖아요!"

"기다려 봐."

하지만 유명운은 남궁소진의 화를 가라앉히면서도 계속해서 화상 채팅을 했다. 특히 휴대 컴퓨터에 부속되어 있는 작은 마이크로폰을 입에 가까이 대고 작게 말하고 있었고 이어폰을 사용해서 상대방의 말소리도 자신만이 들을 수 있게 하고 있었다. 그것은 채팅 내용을 다른 사람들이 알지 못하게 하려는 의도였다.

"지금 놈들의 컴퓨터에 침입할 수 있겠어?"

[마침 하려는 참이었어. 네 동생이 지금 인질로 잡혀 있지?]

"그래. 그러니까 부탁한다. 간단하게 놈들과 화상 채팅할 생각이야."

[알았어. 조금만 기다려. 꼭 침입할 테니까.]

옆에 있는 남궁소진은 들을 수 없었지만 유명운은 화상 채팅을 통해서 자신의 친구와 얘기를 주고받고 있었다. 그 친구는 유명운이 어릴 적 영재 교육을 받을 때 같이 지냈던 사람이었다. 컴퓨터의 귀재로 성장한 그 친구의 도움을 받아 어떻게든 박상군 교장 일행과의 접촉을 시도해 볼 생각인 것이다.

……

시간은 또다시 흘러 1시간이 지나갔다. 하지만 정부에서는 5차 협상 이후에 아직 아무런 반응을 보이지 않고 있었다. 그것은 박상군 교장을 매우 짜증나게 했다.

"역시 정부 놈들은 일 처리가 정말 느려 터져."

정부 관리들을 욕한 박상군 교장은 임사환 선생을 쳐다보았다. 그리고 임사환 선생에게 뭔가를 지시하려고 했다. 그런데 그 순간에 임사환 선생이 놀란 어조로 박상군 교장에게 보고를 했다.

"장군, 어떤 녀석이 여기 컴퓨터에 침입해서 화상 채팅을 신청하고 있습니다!"

"……?"

뜻밖의 말에 박상군 교장은 어리둥절한 표정을 지었다.

"화상 채팅이라니? 해킹한 녀석이 말인가?"

"예. 장군과 화상 채팅을 하고 싶어하는데요?"

"신원 조회할 수 있겠나?"

"해킹한 사람의 신원은 불명이지만 화상 채팅을 신청한 사람은 대학 교수입니다."

"흐음……."

임사환 선생의 보고에 박상군 교장은 약간 생각하는 포즈를 취했다. 하지만 별로 뜸을 들이지 않고 곧바로 입을 열었다.

"좋아, 화상 채팅을 받아들이지."

"예. 곧 준비하겠습니다."

허락이 떨어지자 임사환 선생은 공중파 방송이 나오고 있던 화면을 바꾸었다. 화면에서는 아까 국방부 장관이 나왔던 것처럼 화상 채팅방이 만들어져 있었다. 그런데 그 화상 채팅방의 화면에 보이는 사람의 얼굴은 유정운의 형인 유명운이었다.

'형이 어떻게?!'

엄청나게 놀라고 있는 유정운과는 달리 유명운은 차분한 표정으로 박상군 교장이 채팅에 참여하기를 기다렸다. 이윽고 박상군 교장이 화상 채팅방에 들어오자 유명운이 먼저 말을 꺼냈다.

[난 고려대 물리학과 교수 유명운입니다. 당신이 이번 테러를 주도한 인물입니까?]

"그렇소만, 대학 교수가 무슨 일로 해킹을 다 했소?"

박상군 교장의 말은 '대학 교수 주제에 왜 끼어드냐?'라는 식으로 유명운을 약간 비꼰 것이었다. 하지만 유명운은 그에 굴하지 않고 당당하게 말을 이어 나갔다.

[학생들이 인질로 잡혀 있다는 게 안타까워서 당신들과 접촉을 해보려고 한 겁니다. 당신들은 당신들의 요구가 정말 실현 가능하다고

생각합니까?]

'인질 중에 내 동생이 있다' 라는 말을 쏙 빼버린 유명운은 대뜸 박상군 교장을 비판하기 시작했다. 일단 인질 중에 동생이 있다는 말을 하게 되면 그들이 유정운에게 어떤 위해를 가할지 모르기 때문이었다. 마치 인질들과 자신은 아무런 관계가 없으나 박상군 교장의 행동이 마음에 들지 않기 때문에 이렇게 나온다는 잘못된 생각을 심어주려는 것이다.

"우리의 요구를 실현시키는 건 정부이지 당신이 아닐 텐데? 괜히 주제넘게 끼어들지 마시오."

그러나 박상군 교장은 유명운의 비판을 일축해 버렸다. 만약 그런 소리만 계속하다가는 그대로 화상 채팅을 종료해 버리겠다는 의지였다. 그래서 유명운은 즉시 화제를 돌렸다. 일단 그의 목적은 동생인 유정운의 안전을 확인하는 것이기 때문이었다.

[그럼 학생들 중 한 명을 불러주십시오. 그 학생을 통해서 당신들의 인원이 모두 몇 명인지, 지금 인질들의 상태는 어떤지 등에 대해서 전부 캐낼 생각입니다.]

"……."

유명운의 요구는 매우 대담했다. 그건 마치 적에게 '네 약점은 뭐냐?' 라고 묻는 것과 똑같기 때문이었다. 하지만 의외로 유명운이 박상군 교장의 심기를 건드리는 말을 골라서 했는지 박상군 교장은 아주 도전적인 어조로 대답했다.

"호오, 그거 좋겠군. 어디 학생을 통해서 얼마나 많은 정보를 빼가나 두고 보지."

일단 학생과의 접촉을 허락한 박상군 교장은 어떤 학생을 유명운과 대면시킬 것인가를 놓고 약간 생각에 잠겼다. 그러다가 방송실에 앉아 있는 유정운에게 시선을 고정시켰다.

"거기 1학년 남학생. 네가 해라."

"……!"

박상군 교장과 얘기를 나누었던 학생은 유정운뿐이라서 박상군 교장이 유정운을 지목하는 것은 어찌 보면 아주 당연했다. 하지만 막상 지목된 유정운은 속으로 굉장히 뜨끔할 수밖에 없었다. 적진 안에서 자신의 형과 대화를 하게 됐기 때문이었다.

'꿀꺽.'

유정운은 마른침을 삼키며 자리에서 일어나 컴퓨터 모니터 앞에 섰다. 유정운이 디지털 카메라를 통해서 화상 채팅방 화면에 모습을 내보이자 순간적으로 유명운의 얼굴에 놀란 기색이 스쳐 지나갔다. 하지만 박상군 교장 일당과 인질로 잡힌 선생들은 유명운보다는 유정운에게 주의를 기울이고 있었기 때문에 유명운의 표정 변화를 놓쳐 버렸다.

[그래, 이름이 어떻게 되지?]

얼굴에서 놀란 기색을 완전히 지운 유명운이 다른 사람 대하듯이 유정운에게 질문을 던져 왔다. 하지만 유정운은 의외로 매우 담담한 얼굴로 대답했다.

"제 이름 들어서 뭐 하려구요?"

[……(이 녀석)!]

평상시의 무표정한 얼굴로 말을 하고 있는 유정운을 보고 머리에 열을 받은 유명운이 주먹을 불끈 쥐었다. 하지만 갑자기 이런 생각이 유명운의 뇌리를 스쳐 지나갔다.

'혹시 내가 아까 놈들에게 이름을 말했기 때문에 정운이가 자기 이름을 말하면 이름이 유사한 우리를 놈들이 이상하게 볼까 봐 이름을 묻지 못하게 하는 건가?

라고 생각한 순간.

'그럴 리가 없지. 녀석은 원래 저러니까.'

라며 그 생각을 완전히 머리 속에서 지워 버린 후, 유명운은 마치 곤란한 경우를 당한 듯이 쓴웃음을 지으며 입을 열었다.

[쓸데없는 질문을 해서 미안하구나.]

"미안한 거 알았으면 됐어요. 어쨌든 하고 싶은 질문이나 빨리 해요."

[……]

뭔가 불만에 가득 찬 어조로 말을 하고 있는 유정운의 태도 때문에 유명운은 '나중에 집에서 반 죽인다!' 라는 다짐을 하게 되었다. 아무튼 그런 다짐을 하면서도 유명운은 유정운에게 질문 던지기를 잊지 않았다.

[좋아, 그럼 인질범은 모두 몇 명이지?]

"정확히는 모르겠는데, 아마 20명쯤은 될 거예요."

[인질의 수는?]

"학생들하고 선생님들 포함하면 아마 1,100여 명 정도일걸요."

[학생들은 어디에 갇혀 있지?]

"3층 1학년 교실에요. 1학년 전체를 12개 교실에 몰아넣은 상태예요. 아마 12개 교실마다 감시하는 인질범이 1명씩 있을걸요?"

[선생님들은?]

"3층 방송실에 있어요. 60명 정도 되는 것 같아요."

[그럼 인질범들은 3층만을 장악하고 있다는 소리냐?]

"예. 적은 인원으로 많은 인질을 잡아두는 아주 효과적인 방식이죠."

[인질범들의 무기는?]

"총알로 쏘는 구식하고 화학총이 전부예요. 만약 어설프게 인질범 잡으려고 들어왔다가는 많은 사상자가 날걸요?"

[으음……]

바로 뒤에서 박상군 교장 일당들이 쳐다보고 있음에도 겁대가리를 상실한 유정운은 상황을 아주 자세하게 말했다. 어차피 시간이 지나면 누군가 반드시 죽는다는 상황이 유정운에게 공포를 날려 버리게 했던 것이다. 최대한 짧은 대화로 많은 정보를 유명운에게 알려주어 유명운이 뭔가 조치를 취하도록 하자는 게 유정운의 목표였다.

"녀석, 말 한번 잘하는군."

전혀 떨지도 않고 말을 하는 유정운을 보고 박상군 교장이 다가와서 그의 머리에 손을 얹었다. 따라서 유정운은 순간적으로 이대로 죽는 것이 아닌가 하는 공포에 사로잡혔다. 그렇지만 박상군 교장은 유정운의 머리를 몇 번 토닥인 것 외에는 별다른 짓을 하지 않았다.

"이 정도면 면담은 끝났겠지? 아무튼 인질들은 매우 위험한 상태이니까 정부에서 함부로 테러 진압하지 말라고 하시오. 아, 그리고 또한 가지. 이대로 시간을 끌면 학생을 차례차례 죽여 나갈 테니까 너무 시간 끌라고도 하지 마시오. 빨리 알려주는 게 사상자를 줄이는 길이라오. 그럼 이만."

그 말을 끝으로 박상군 교장은 화상 채팅을 종료시켰다. 사실 유정운이 아는 건 별로 없다고도 할 수 있기 때문에 더 얘기하게 두어도 상관없지만 왠지 계속 놔두면 위험할 것 같다는 느낌이 들었기에 서둘러 화상 채팅을 종료시킨 것이었다. 특히 목숨이 위태로운 상황에서도 침착하게 말을 하는 유정운의 모습은 박상군 교장에게 위기 의식을 불러일으키기 충분했다.

"어서 컴퓨터 보완에 신경 쓰게. 잘못하면 해킹당해서 자기장 발생 장치가 엉망이 될 수도 있어."

일단 임사환 선생에게 주의를 준 박상군 교장은 다시 유정운을 쳐다보았다. 사실 자기장 발생 장치가 망가져도 자신들에게는 무기가 있기 때문에 선생들이 함부로 마법을 쓰지 못할 것이라는 점은 충분히 알고 있었다. 그래서 해킹당했던 책임을 추궁하기보다는 유정운에게 관심을 갖게 되었다. 한편,

'그러고 보니까 학교에 자기장 발생 장치가 설치되어 있다는 말을 안 했구나!'

박상군 교장이 자기장 발생 장치에 대해 말을 하자 유정운은 그때서야 그 얘기를 유명운에게 하지 못했다는 것을 알아차렸다. 사실 마법사 군대가 없는 한국이니 자기장이 둘러쳐져 있든 말든 별로 관계가 없었고, 유명운은 6밴드이기 때문에 그가 학교에 몰래 잠입하더라도 마법 사용에는 지장이 없었다. 그렇지만 유명운에게 지금 상황을 자세히 알려준다는 목적을 제대로 해내지 못했기 때문에 유정운은 그점을 아쉬워하고 있었다. 그래서인지 박상군 교장이 던지는 질문에 대해 거의 반사적으로 대답하고 말았다.

"네 이름이 뭐지?"

"예? 유정운인데요."

"유정운?"

유정운에게서 이름을 듣자마자 박상군 교장은 약간 이상해하는 표정을 지었다. 그것을 보고 유정운은 속으로 아차 했지만 이미 상황은 물 건너가 버렸다.

"아까 그 교수의 이름이 유명운이라고 하지 않았던가? 이름이 비슷하군. 그러고 보니…… 왠지 외모도 비슷한 것 같은데?"

혼잣말 비슷하게 말하던 박상군 교장은 유정운의 얼굴을 뚫어져라 쳐다보며 그런 의혹을 내비쳤다. 유명운이 자신의 이름을 말한 적이 단 한 번밖에 없음에도 그것을 기억하고 있는 박상군 교장의 기억력에 유정운은 진저리를 칠 수밖에 없었다. 잘못하면 자신과 유명운이 형제라는 사실이 들통나서 자신에게 어떤 일이 일어날지 알 수 없어지기 때문이었다.

"흠……."

박상군 교장은 유정운의 얼굴 표정 변화를 놓치지 않으려고 온 정신을 유정운에게 기울였다. 하지만 유정운이 멍청한 표정으로 서 있었기 때문에 박상군 교장으로서는 자신의 생각을 부정할 수밖에 없었다.

'하긴, 이름이나 외모가 비슷한 사람들도 더러 있지. 게다가 서로 아는 사이라면 아까처럼 남남인 듯이 얘기를 하지 못했을 것이다.'

그렇게 결론을 내린 박상군 교장은 더 이상 유정운에게 주의를 기울이지 않았다. 날카로웠던 박상군 교장의 시선이 완전히 풀린 것을 보고 유정운은 속으로 안도의 한숨을 내쉴 수 있었다. 하지만 결코 그것을 얼굴에 드러내지 않았다.

"아무튼 정부 놈들이 빨리 결정하게 하도록 인질을 하나 죽여야겠어."

"······!"

유정운에게서 관심을 돌린 박상군 교장은 유정운 일행에게 폭탄과도 같은 선언을 했다. 사실 비록 인질로 붙잡혀 있다고는 하지만 박상군 교장 일행이 뭔가 위협적인 행동을 한 적은 없었기 때문에 유정운 일행은 약간 안심하고 있었다. 그런데 이제 그들이 본격적으로 인질 제거에 나선다고 하니 형언할 수 없는 공포가 밀려온 것이다.

"일단 난 말 잘 듣고 착한 학생들은 해칠 생각이 없어. 내가 제일 먼저 희생 양으로 삼을 인간은 문제아들이다. 어차피 사회에 나가봤자 문제만 일으킬 녀석들이니 죽여 버려도 상관없지."

박상군 교장은 그런 식으로 문제아들을 제일 먼저 죽이겠다고 밝혔다. 물론 박상군 교장의 말이 그것만을 뜻한다고 볼 수도 있겠으나 우등생일수록 소심하고 문제아일수록 무대포식이라는 걸 고려하고 한 말이라고도 할 수 있었다.

"문제아 리스트를 뽑아주게."

"예, 장군."

박상군 교장의 지시에 임사환 선생은 학교의 데이터 베이스에 접속하여 학생들의 정보를 검색했다. 그가 검색한 것은 여러 가지 문제를 일으킨 1학년 학생들의 신상명세였다. 검색 결과 2074년 3월 3일부터 4월 14일 오늘까지 문제를 일으켜서 블랙리스트에 오른 학생들의 이름들이 나타났다. 임사환 선생은 그 학생들의 이름과 사고 내용을 보다가 어이없다는 표정으로 박상군 교장에게 보고를 했다.

"3월 3일, 그러니까 입학하자마자 문제를 일으킨 녀석이 있습니다."

"입학하자마자? 싸우기라도 했나?"

"아니오. 학교 화장실을 망가뜨렸습니다."

"화장실을 망가뜨려?"

임사환 선생의 보고에 박상군 교장 역시 어이없다는 표정을 지었다. 사실 대개의 경우 학생들끼리 치고 받고 싸워서 학생부로 끌려가는데, 화장실을 부숴먹었다니 도무지 이해가 가지 않은 것이다.

"누군가, 그 녀석?"

"1학년 28반의 유정운이라는 녀석입니다."

화장실을 망가뜨린 학생의 이름이 임사환 선생의 입에서 거론되자마자 채소은과 임배희, 그리고 전애리 선생은 거의 기절할 정도로 놀라 버렸다. 물론 채소은이나 임배희, 그리고 전애리 선생은 이미 유정운이 그런 문제를 일으켰다는 사실을 알고 있었다. 그렇지만 자신이 좋아하는 사람, 총애하는 후배, 사랑스런 제자가 첫 번째 희생 양이 된다는 사실에 경악하지 않을 수 없었다.

"유정운? 그럼…… 이 녀석인가?"

박상군 교장은 유정운을 쳐다보며 고개를 갸웃했다. 이름이 똑같으니 그럴 가능성이 충분히 있지만 생긴 것으로 봐서는 그렇게 문제아처럼 보이지 않았기 때문에 의아했던 것이다. 하지만 여기에 있는 유정운이 화장실을 망가뜨린 유정운이라면 그를 첫 번째 희생 양으로 삼을 생각이었다.

"네가 그 유정운이냐?"

"……."

박상군 교장의 작은 목소리가 유정운의 귀를 강하게 때렸다. 그것은 옆에 있는 채소은이나 임배희, 그리고 전애리 선생이 느끼고 있는 놀라움보다도 유정운 자신이 느끼고 있는 놀라움과 두려움이 비교할 수 없을 정도로 컸기 때문이었다.

'말아먹을!!!'

유정운은 일단 속으로 울부짖었다. 자신의 마음을 진정시킬 필요가 있었기 때문이다. 그렇게 마음을 어느 정도 진정시키고 나서 유정운은 박상군 교장의 질문에 대답했다.

"예."

"……!"

간단한 대답이었지만 주위에 있는 사람들은 모두 놀라는 표정을 내비쳤다. 채소은과 임배희 등이 놀라는 이유는 유정운이 너무나 쉽게 대답을 했기 때문이었고, 박상군 교장 일당이 놀란 이유는 대답을 하는 유정운의 어조가 너무나 담담했기 때문이었다. 이제 곧 죽임을 당할 사람의 것이라고는 생각하기 힘들 정도였던 것이다.

"아주 여유가 있구나."

박상군 교장은 얼굴에 불쾌한 빛을 떠올렸다. 일반적인 청소년이라면 이 상황에서 살려달라고 울부짖거나, 혹은 도망치거나, 아니면 될 대로 되라는 식으로 무조건 반항한다는 등의 반응을 보이기 마련이었다. 그런데 유정운은 그런 반응을 보이지 않고 있으니 오히려 박상군 교장이 불안감을 느낄 수밖에 없었다.

"절 어떻게 죽일 생각이죠?"

"……!"

자신을 어떻게 죽일 것이냐고 물어오는 유정운의 모습을 보며 박상군 교장은 마음속으로부터 매우 불쾌한 느낌을 받았다. 그래서인지 갑자기 유정운이 살려달라며 애원하는 장면을 보고 싶어졌다.

"우리들이 지금 장난하는 게 아니라는 걸 보여주기 위해서 옥상으로 끌고 가 죽일 생각이다. 뭐, 상황에 따라 다르겠지. 옥상에서 떨어뜨리던가 옥상에서 총으로 쏴 죽이던가."

그 말을 하면서 박상군 교장은 유정운의 얼굴을 똑바로 쳐다보았다. 그렇지만 유정운은 눈 하나 깜짝하지 않았다.

"그럼 여론이 좋지 않게 조성돼서 선생님들 이미지에 굉장한 악영향을 끼칠 텐데요? 인질을 죽인 범인들의 요구를 들어주고 싶겠어요?"

"……."

의외로 유정운이 겁을 내지 않자 박상군 교장은 더 더욱 불쾌한 느낌을 받았다. 그래서 어조가 자신도 모르게 꽤 거칠어졌다.

"그 딴 거 다 필요없다! 우리의 요구를 들어주지 않으면 여기 있는 인질 전부 죽는 거고 요구를 들어주면 인질은 안 죽는다! 인질 다 죽이고 싶다면 알아서 하겠지!"

"장군."

박상군 교장의 어조가 거칠어지자 임사환 선생이 자중하라는 의미로 입을 열었다. 지휘자가 흥분을 하면 따르는 사람들은 불안함을 느끼기 때문이었다. 그것을 모를 리 없는 박상군 교장은 헛기침을 하여 자신의 마음을 가라앉힌 후에 입을 열었다.

"이 녀석을 어떻게 죽일 것인지는 나중에 결정한다. 일단 이 시각 이후로 30분 후에 인질을 죽이겠다는 방송을 내보낸다. 어서 준비해."

"예, 장군."

박상군 교장이 차분한 어조로 지시를 내리자 임사환 선생은 안심했다는 표정으로 대답을 하며 그의 지시대로 따르려 했다. 그런데 그 순간에 유정운이 불쑥 끼어들었다.

"저기, 죽기 전에 말하고 싶은 게 있는데요."

"……."

두려움이라고는 눈곱만큼도 찾아볼 수 없는 유정운의 모습에 박상군 교장은 계속해서 불쾌한 느낌을 받았다. 그렇지만 유정운이 딱히 반항하는 것도 아니라서 무조건 입 다물고 있으라는 말을 할 수는 없었다. 박상군 교장 자신의 성격상 그렇게 하지 못하는 것이다.

"뭐냐? 죽기 전에 하고 싶은 말은?"

불쾌한 느낌을 억누르며 박상군 교장은 유정운에게 되물었다. 그러나 유정운이 하고자 하는 말은 박상군 교장의 기분을 박박 긁어놓는 것이었다.

"아저씨들 목적이 마법사 군대 창설이랬잖아요? 그리고 마법사 군대를 창설하고자 하는 이유는 공격 마법의 질적 향상을 위해서구요. 근데 그거 다 헛소리 아니에요?"

"……."

어느 사이엔가 자신들을 아저씨라고 부르는 것도 그랬지만 자신들의 생각을 헛소리라고 말하는 것도 박상군 교장의 기분을 긁다 못해 칼로 후벼댔다. 하지만 아까처럼 어조를 높이지는 않고 약간 이를 가는 듯한 어조로 입을 열었다.

"왜 헛소리라고 생각하지?"

"한마디로 마법도 과학이기 때문이죠. 과학이 걸어왔던 길을 마법도 똑같이 걸어가야 하지 않을까요?"

"마법이 과학? 걸어왔던 길?"

유정운이 알 수 없는 소리만 하고 있었기 때문에 박상군 교장은 어리둥절한 표정을 지었다. 하도 뜬금없는 소리라서 지금까지 가지고 있었던 불쾌한 느낌이 한순간에 날아가 버릴 정도였다. 그렇지만 유정운은 그것을 예상하고 알 수 없는 소리를 한 게 아니었다.

"과학이 본격적인 발전을 시작하게 된 건 전쟁 때문이라고 해도 과언이 아니죠. 지금 없어서는 안 될 문명 이기가 된 컴퓨터는 포탄의 떨어지는 위치를 계산하려고 고안한 거고, 노벨이 만든 다이너마이트는 전쟁에서 큰 위력을 떨쳤고, 원자력 에너지는 원자 폭탄이 되어서 세계를 두려움에 떨게 만들었죠."

"그건 그렇지."

"하지만 전쟁에 쓰였던 과학 기술들이 지금은 어떻죠? 다이너마이트는 건물 철거할 때 쓰이고, 원자력 에너지는 원자력 발전에 쓰이고 있고, 컴퓨터는 실생활에 유용하게 쓰이고 있어요. 마법도 그런 길을 걸어야 하지 않을까요?"

"......!"

두뇌 회전이 결코 느리지 않는 박상군 교장은 유정운이 무엇을 말하고자 하는지를 알아차리고 흠칫했다. 하지만 유정운은 박상군 교장이 뭐라고 말을 하기 전에 자신이 하고자 하는 말을 계속 이어 나갔다.

"공격 마법은 서로를 해치기만 할 뿐 사회에 아무런 발전도 가져오지 않아요. 지금의 과학처럼 실생활에 도움이 되는 마법을 발달시켜야죠. 대신 고도의 과학 발전이 환경 파괴라는 폐단을 가져왔으니 고도의 마법 발전으로 인한 어떤 알 수 없는 폐단을 최대한 줄여야겠지만요."

"......."

유정운의 말이 결코 틀리지는 않았기 때문에 박상군 교장은 아무런 반박도 할 수 없었다. 그래서 대신 이렇게 말을 해야 했다.

"네 말도 옳다. 하지만 난 마법 중에서 공격 마법이 가장 마법적이라고 생각한다. 공격 마법이야말로 마법의 꽃이지. 네가 아무리 내 마음을 돌리려고 해도 내 생각에는 변함이 없다."

박상군 교장은 이 정도면 이제 유정운이 설득을 포기하거나 살려달라고 애원할 것이라 생각했다. 그런데 유정운은 이번에도 박상군 교장의 의도대로 행동해 주지 않았다.

"누가 아저씨의 마음을 돌리려고 했대요? 난 그냥 내 생각을 얘기했을 뿐이라구요. 처음부터 아저씨가 마음을 돌릴 것이라고는 손톱의 때만큼도 생각하지 않았습니다, 바보 아저씨."

"큭……!"

유정운의 말은 박상군 교장을 완전히 우롱하는 것이었다. 하지만 유정운은 거기에서 그치지 않았다.

"마법사 군대 창설이란 건 그냥 허울 아닙니까? 본래 목적은 이걸로 권력 한번 잡아보겠다는 거잖아요? 그렇지 않으면 왜 마법사 군대의 중요 자리를 아저씨들이 차지하려고 하는 겁니까?"

"넌 정부 녀석들을 믿는 거냐? 녀석들이 마법사 군대에게 제대로 된 권리를 부여하나 안 하나 어떻게 믿어? 게다가 마법사 군대를 이끌어갈 인재들이 있을 것 같나? 그래서 우리들이 인재 양성을 직접 하려는 생각이다! 뭘 모르는 건 너야!"

유정운의 말에 박상군 교장은 맞대응을 했다. 그렇지만 유정운의 말은 계속되었다.

"인재 양성? 웃기고 있네. 난 당신네들이 더 신용이 안 가는데? 마법의 부흥을 위해서랍시고 인질 잡아다가 협박을 하는 당신네들이라면, 권력을 잡아서 갖은 잘못을 저지를 게 뻔해! 그런 썩어빠진 정신으로 무슨 마법 부흥이야, 부흥이! 자신의 분수나 좀 알아라!"

"……!"

말을 하면 할수록 유정운의 어조는 커졌고 아랫사람을 대하듯이 변해 버렸다. 따라서 박상군 교장은 흥분을 하지 않을 수가 없었다.

"닥쳐! 이 애송이가!"

퍽!

흥분한 박상군 교장은 유정운을 향해 주먹을 날렸고 유정운은 그 주먹을 피하지 못하고 왼쪽 뺨에 맞고 말았다. 나이 든 노인의 주먹이라지만 굉장히 강해서 강렬한 통증이 느껴졌다. 그래도 주먹에 맞고 쓰러지지 않은 건 유정운의 오기 때문이었다.

"그만 하세요!"

유정운이 박상군 교장에게 맞자 그때까지 불안한 마음으로 가슴을 졸이고 있던 채소은이 벌떡 일어서서 박상군 교장의 앞을 가로막았다. 일어나는 순간 가까이 있는 사내들이 총구를 들이댔지만 채소은은 그것에 굴하지 않고 유정운을 감싸는 데 주력했다.

"정운이 말대로 정부에서 그런 요구를 들어줄 리가 없어요! 인질을 죽이면 교장 선생님은 범죄자밖에 되지 않는다구요!"

"…….'"

비록 박상군 교장은 아무 말도 하지 않았지만 속으로는 아직도 흥분하고 있었다. 어차피 죽일 녀석이니 지금 당장 죽여도 괜찮지 않을까 하는 생각을 하면서. 그런데 그렇게 박상군 교장과 채소은이 말을 하는 동안 당사자인 유정운은 고개를 돌리지도 않은 채 입가에 사악한 웃음을 떠올렸다. 그것은 형인 유명운과의 대화가 떠올랐기 때문이었다.

『넌 어째서 운동 선수가 경기 전에 몸을 푸는지 아냐?』

『그게 웬 게임하다 컴퓨터 때려 부수는 소리야? 당연히 준비 운동 하려고 그러는 거지. 경기 전에 몸을 안 풀면 몸이 제대로 움직여 주지 않으니까.』

『그건 누구나 다 아는 거고, 그걸 끈 이론으로 설명해 보라는 거야.』

『……몰라. 형이 해.』

『준비 운동을 하는 이유는 끈을 진동시키기 위한 것이야. 운동이란 건 끈을 많이 진동시켜야 하는 행위거든. 그런데 가만히 있는 끈을 진동시켜서 원하는 만큼의 큰 진동을 얻는 것보다는 약간이라도 진동하고 있는 끈에 약간의 힘을 주어 빠른 시간에 큰 진동을 얻는 게 더 효과적 아니겠어? 즉, 준비 운동이란 건 끈을 진동시키기 위한 행위란 거야. 알겠냐?』

『뭐, 대충. 이제 할 얘기 끝났지?』

『아직 남았어, 임마. 내가 그 정도에서 생각을 끝낼 바보처럼 보이냐?』

『그럼 빨랑 해.』

『준비 운동은 끈을 진동시키는 행위인 데 비해서 정확한 판단력과 빠른 반응 등은 그와 반대되는 행위야. 흔히들 말하잖아? 긴장하지 말고 제 실력 발휘하라고. 긴장한다는 건 끈이 원하는 진동보다 더 많이 진동하고 있다는 뜻이기 때문에 제 실력을 발휘하려면 긴장을 억눌러서 끈의 진동을 줄여야 하잖아. 그리고 주위에서의 반응을 바로바로 알아차리려면 끈의 진동을 최소화시켜야 해. 그래야 주변의 움직임을 쉽게 파악할 수 있거든.』

『점점 헷갈려지잖아. 그래서 결론이 뭐야? 끈 이론은 우수하다?』

『그거야 항상 도출되는 결론이잖아. 그보다 이번 결론은 이거야.』

『뭔데?』

『어떤 녀석 몰래 기습 공격을 할 일이 있잖아? 그럼 일단 녀석을 흥분시킨 후에 기습을 하는 거야. 물론 너 역시 흥분한 상태여야 해. 녀석의 흥분은 네 움직임을 알아차리지 못하게 하고, 네 흥분은 준비 운동이 되어서 네 기습을 더 확실하게 만들어줄 테니까.』

『내가 싸우길 바라는 거야?』

『누가 그렇대냐? 혹시라도 그런 일이 있을지도 모르니까 잘 알아두라는 거지.』

'큭큭.'

유명운과의 대화를 떠올리며 유정운은 속으로 키득키득 웃었다. 이미 그의 뇌리 속에는 뺨을 얻어맞은 것에 대한 분노로 가득 차 있었다. 박상군 교장은 유정운의 말 때문에 흥분한 상태, 그리고 유정운 자신은 통증에 대한 분노로 흥분한 상태. 이것은 유명운의 말대로 기습 공격을 하기에 아주 좋은 기회였다.

"위대한 마나여, 그대 나의 부름에 답하여 내가 이끄는 대로 따라오라."

거의 중얼거리다시피 한 주문으로 유정운은 마나전자 들뜸을 유도했다. 평소 같으면 대여섯 번을 해야 간신히 성공시키는 마나전자 들뜸이었는데, 이번에는 단 한 번에 성공하고 말았다.

"아……!"

박상군 교장 앞을 가로막고 유정운을 보호하고 있던 채소은은 유정운이 마법을 쓰려 한다는 사실에 놀라고 말았다. 자기장 발생 장치로 인해 5밴드 이상이 되어야만 마법 사용이 가능한 상태에서 4밴드라고 알고 있는 유정운이 마법을 쓰려고 하니 경악할 수밖에 없었던 것이다.

'죽여 버린다!'

흥분한 상태에서의 유정운은 앞뒤 가리지 않고 박상군 교장을 죽이는 것에 전력을 쏟았다. 사실 지금 인질범들은 박상군 교장 한 명이 아니기 때문에 박상군 교장을 죽여봤자 이 상황이 전부 해결되는 것이 아니었다. 그런데도 흥분한 유정운은 그런 것을 전혀 따지지 않았다. 흥분이라는 것이 박상군 교장의 반응을 늦게 만드는 효과도 있었지만, 유정운의 판단력을 흐리게 하는 효과도 있었던 것이다.

"위대한 마나여, 그대의 강렬하고 뜨거운 분노가……!"

유정운은 자신이 제일 자신있어하는 폭발 마법을 사용하려고 했다. 정확히 말해서는 박상군 교장의 얼굴을 폭발 마법으로 박살내려는 것이었다. 이번에는 유정운이 5밴드에 해당하는 마나전자를 전부 들뜨게 하는 것에 성공했기 때문에 그것은 충분히 가능했다. 그런데 그 순간.

"……!"

"……!"

유정운과 임사환 선생은 똑같이 경악의 표정을 지었다. 유정운이 들뜨게 한 5밴드의 마나전자가 전부 임사환 선생에게 넘어가 버렸기 때문이었다. 적은 수의 마나전자도 아니고 5밴드나 되는 마나전자가 전부 터널링 되어버린 기현상이 발생한 것이다.

'말아먹을!!'

중요한 순간에 터널링이 되어서 마법을 사용할 수 없게 된 유정운은 속으로 분통을 터뜨렸다. 게다가 그 마나전자들이 하필이면 임사환 선생에게로 터널링 되어버렸기 때문에 다시 마법을 사용할 시간적

여유가 없었다. 유정운이 마법을 사용하려는 것을 임사환 선생이 알아차렸으니 자신을 가만히 둘 리가 없는 것이다.

'엄청난 양의 마나전자……!'

자신의 전도띠를 가득 채운 마나전자를 감지하며 임사환 선생은 질식할 듯한 기분을 느꼈다. 마법실기 시간에 이상규가 유정운의 마나전자를 받아 느꼈던 질식감과 마찬가지로, 5밴드나 되는 자신의 전도띠를 마나전자로 가득 채워본 적이 매우 적은 임사환 선생이었기에 5밴드를 꽉 메우면서 돌아다니는 마나전자로 인해 아주 강렬한 질식감을 느낄 수밖에 없는 것이다.

'누구지? 누가 이런 엄청난 양의 마나전자를……!'

자의든 타의든 마나전자를 자신에게 터널링시킨 상대를 찾기 위해 임사환 선생은 눈을 부릅떴다. 그런 그의 눈에 유정운의 안타까워하는 얼굴 표정이 잡혔다. 사실 채소은 역시 놀라는 표정을 짓고 있어서 그녀가 마법을 썼다고 착각할 수도 있었으나, 예리한 임사환 선생은 안타까워하는 표정을 짓는 유정운이 마법을 사용하려 했다는 것을 알아차렸다.

'저 녀석, 위험하다!'

임사환 선생은 순간적으로 그렇게 판단했다. 그것은 터널링된 5밴드의 마나전자 때문에 임사환 선생이 그렇게 느낀 것이었다. 이 정도의 마나전자라면 학교 내에 흐르고 있는 자기장의 영향을 받지 않고 마법을 사용할 수 있기 때문이었다.

'죽여야 한다!'

5밴드의 전도띠를 꽉 채운 마나전자. 그것은 임사환 선생을 흥분시키기에 충분했다. 그리고 그 흥분은 임사환 선생의 판단력을 흐리게 만들었다. 아직 인질을 죽이겠다는 방송도 하지 않은 상황에서 인질을 죽이게 되면 계획이 틀어질 수도 있었는데, 여기서 유정운을 죽이지 않으면 위험하다는 생각이 임사환 선생에게 총을 들게끔 만들어 버렸다.

스윽―

아직 흥분을 가라앉히지 못한 박상군 교장의 허락도 없이, 임사환 선생은 유정운을 향해 총구를 들이대었다. 그것도 구식총이 아닌 최신 화학총을 들이대었다. 급소를 빗나가더라도 시간이 약간만 지나면 자연히 죽게 되는 화학총을 쏘려는 것이었다.

'죽었다!'

유정운은 순간적으로 그렇게 생각했다. 임사환 선생이 총을 쏘려는 장면을 뻔히 보고 있었지만 운동 신경이 느린 유정운으로서는 그것을 피할 수가 없었다. 그리고 설령 피하더라도 인질로 있는 다른 선생들이 그 총에 맞을 가능성도 있었다. 물론 그런 생각까지 유정운은 하지 못했지만 임사환 선생이 총을 쏜다면 절대 피할 수 없다는 것은 확실했다.

"……!"

거의 체념 상태의 유정운과 비슷한 순간에 채소은은 임사환 선생의 행동을 확인하였다. 살기에 차서 유정운을 향해 총구를 들이대는 임사환 선생의 모습은 왜 그러한 행동을 하려는지 정확히 알지 못하는 채소은에게도 위기 의식을 느끼게 했다. 그대로 두면 임사환 선생이 반드시 총을 쏠 것이라는 확신이 채소은의 뇌리에 각인된 것이다.

"비켜라! 이 녀석을……!"

유정운과 임사환 선생에게서 그 어떤 낌새도 알아차리지 못한 박상군 교장은 유정운에게 본때를 보여주기 위해 채소은을 보고 비킬 것을 명령했다. 그런데 그 순간.

타앙—!

소음 장치를 부착하지 않은 화학총에서 큰 총성이 터져 나왔다. 마침내 임사환 선생이 화학총의 방아쇠를 당겨 버린 것이다. 화학총의 총구는 정확히 유정운의 심장을 겨누고 있었기 때문에 유정운은 그 화학총탄을 그대로 맞는 수밖에 없었다. 아니, 적어도 유정운이나 임사환 선생이나 그렇게 될 것이라는 생각을 했다. 하지만 상황은 그러한 예상과 완전히 빗나가고 말았다.

"……!"

자신의 앞에서 휘날리는 은발을 보며 유정운은 섬뜩한 느낌을 받았다. 너무나 아름다운 은발이 춤을 추며 떨어지는 광경은 유정운에게 감탄이 아닌 경악을 가져다 주었다. 그 은발의 주인이 누구인지를 너무나 잘 알기 때문에 유정운은 자신의 눈을 믿을 수가 없었던 것이다.

〈3권으로 이어집니다〉